5월의 귀인

5월의 귀인

1판 1쇄 찍음 2017년 2월 21일
1판 1쇄 펴냄 2017년 2월 28일

지은이 | 이수진
펴낸이 | 고운숙
펴낸곳 | 봄 미디어

기획·편집 | 김민지, 김자우, 홍주희, 김현주

출판등록 | 2014년 08월 25일 (제387-2014-000040호)
주소 | 경기도 부천시 원미구 소향로17, 304(두성프라자)
영업부 | 070-5015-0818   편집부 | 070-5015-0817   팩스 | 032-712-2815
E-mail | bommedia@naver.com
소식창 | http://blog.naver.com/bommedia

값 9,000원

ISBN 979-11-5810-288-3 03810

5월의 귀인

이수진
장편 소설

contents

1
5월, 점괘, 운명적

점괘가 잘못 나왔다.

미신이란 믿는 자의 마음가짐에 따라 결과가 달라지는 법. 동일한 결과를 두고서도 받아들이는 사람의 입장과 주위 환경에 따라 점괘의 해석은 각양각색이 된다.

사람의 인생 또한 선택과 집중의 연속이다. 그러나 수많은 인생의 길 중에서 어디를 어떻게 걸어가야 하는지 도무지 알 수가 없다. 마블 코믹스의 영웅이 짠, 하고 나타나 세상을 구해 주는 것처럼 누군가가 이 애타고 막막한 상황에서 건져 주면 좋으련만.

간절한 바람은 말 그대로 바람일 뿐이다. 어디에서 왔으며 어디로 흘러갈지 모르는, 눈에도 보이지 않고 잡을 수는 더더욱 없는 무형 무색 무취의 미혹 덩어리.

원은 볼펜으로 콕콕 노트를 찔렀다.

용하기는 개뿔. 낙서로 지저분해진 노트 위로 볼펜이 싼 똥을 치우느라 여념이 없었다.

얼마 전 용하다는 소문을 듣고 도이의 손에 붙들려 찾아간 강남의 유명한 타로 점집. 황금 같은 주말 오후에 장장 두 시간을 기다린 보람이 있었다. 5월에는 꼭 귀인이 나타나 꼬인 인생이 풀린다고 했다.

물론 그 귀인이 '연인 맞죠, 연인?'이라는 질문에 타로 점을 보던 아줌마는 '귀인이라고요, 귀인!'이라고 말했을 뿐이다.

귀인이라면 귀한 사람, 귀한 사람은 당연히 사랑하는 사람이라고 제멋대로 생각해 버렸다.

원은 포옥 한숨을 내쉬었다. 고개를 들어 오른쪽 대각선 방향에 비스듬히 앉아 있는 하준을 훔쳐보았다. 샤프하기도 하여라. 지성미가 뚝뚝 떨어지는 저 안경을 보고 있자니 하다못해 저 안경다리라도 되어 보고 싶구나. 엄마 미소가 절로 지어졌다. 하준은 정면을 주시하다 이따금 노트북에 무언가를 입력했다.

꿈결 같은 장면이었다. 점괘대로라면 연인은 분명 저 사람이어야 할 텐데. 두둥실 하늘로 오르던 꿈이 툭 털어졌다. 5월은 이미 이틀 전에 지나갔고, 벙어리 냉가슴 앓듯 대책 없는 짝사랑이 다시 끓어오르기 시작했다. 비록 짧은 시간이었지만 점괘를 믿고 차분함을 유지했던 짝사랑은 미친년 널뛰듯 제모습을 찾아간다.

"원?"

혹시 음력 5월이 아닐까? 보통 무속인들은 날짜 기준을 음력으로 하잖아. 아니야, 타로는 서양 점인데? 서양 점이라도 점이니까 음력이 맞는 거겠지. 점을 보고 지출한 복비 3만 원이 아까워서라도 우기고 싶었다.

원은 자신을 부르는 소리도 듣지 못한 채 배시시 웃었다.

"이봐, 백 기자? 내 말이 말 같지 않아? 우스워?"

"네?"

"왜, 증권가에 돌고 있는 찌라시라서? 비웃음이 절로 나와?"

"비웃다니요? 절대 아닙니다. 누가 우리 편집장님의 말을 찌라시라고 폄하하는 겁니까?"

"내가 방금 무슨 말을 했는데?"

"그러니까 편집장님께서…… 무슨 말씀을 하셨을까요?"

장 편집장의 눈꼬리가 하늘로 쭉 올라가더니 끝내 찢어지고 말았다.

"네가 얼마나 하찮게 흘려들었으면 여기 모인 저것들조차도 아무 반응이 없겠냐?"

그제야 주위를 둘러보니 회의실에 모인 동료들은 심드렁하게 제 할 일을 하고 있었다. 귀지를 파서 훅 날리거나 스마트폰을 내려다보며 킥킥거리거나, 혹은 부러진 손톱에 울상을 짓거나.

그때 어디선가 들려오는 낮은 목소리가 원의 귓가를 울렸다.

"편집장님, 채령 열애설이 증권가에서 돌고 있는 건 이번이 처음이 아니지 않습니까? 여태껏 채령의 열애설을 특종으로 보도한 매체는 단 한 곳도 없었어요. 작년에 찌라시 믿고 잠입 취재 들어갔던 '데츠패치'가 주거 침입 및 명예 훼손으로 고소당한 걸 설마 잊으신 겁니까?"

부편집장 하준의 지적에 장 편집장의 표정이 한순간에 우울하게 변했다.

"맞아요, 편집장님. 열애설을 터트리지도 않았는데 근거 없는 열애설을 취재하려고 한 이유만으로 명예 훼손으로 언론사가 고소당한 건 대한민국 헌정 역사상 처음 있는 일이었을걸요? 소속사가 너무 막강해요. 우리는 고소당하면 그날로 폐업이라고요."

최 기자가 거들자 편집장의 얼굴에 더욱 먹구름이 꼈다.

"그건 데츠패치가 채령 이전에 MJ엔터미디어를 건드려서 그렇게 된 거잖아."

원은 편집장의 얼굴이 안되어 두둔해 버리는 실수를 하고 말았다. 순간 편집장의 얼굴에 햇살이 돋아났다.

"바로 그거라고요! 백 선배, 데츠패치는 팩트를 보도했어요. 결국 고이다가 무진그룹의 도 회장과 결혼했으니까. 근데 사람들은 되레 언론사를 욕했죠. 왜? 만인의 스타가 눈앞에서 죽을 뻔했거든요. 데츠패치가 아니었다면 기자 회견도 없을 테고, 기자 회견만 없었어도 고이다는 칼에 찔리지도 않았을 테니까요. 대중들은 그녀들이 오매불망 기다린 미니를 장장 반년이나 더 기다리지 않았겠죠. 전 아직도 기억나요. 드라마 방영 늦어졌다고 데츠패치를 테러하던 무수한 댓글들이!"

하나는 숨을 쉬지도 않고 빠르게 말을 뱉어 냈다. 구구절절 옳은 말이라 원은 자연스럽게 고개를 끄떡끄떡했다.

"데츠패치가 그 이후로 MJ엔터미디어의 주적이 된 건 잘 아시죠? 자기네 최고의 톱스타인 채령에게도 접근하니까 어디 한번 죽어 봐라, 하면서 먼저 똥을 투척했다고요. 데츠패치가 소송 공방 기간 동안 회사가 휘청거렸다는 건 업계가 다 아는 사실이니 우린 그걸 타산지석으로 삼아야 한다고요. 채령을 건들면 되로 주고 말로 받는다!"

원의 소리 없는 동의에 힘을 얻었는지 하나는 마지막 쐐기를 박았다.

"차라리 신지민 열애설은 어때요? 제 친구가 청담동 호텔에서 일하는데 신지민이 남자와 함께 있는 걸 봤대요."

사진 기자인 박 기자가 묵언 수행하던 입을 열고 회의에 동참했다.

"박 선배, 신지민은 금사빠라 걔 열애설은 흔템이에요! 흔템!"

"금사빠는 알겠는데 흔템은 뭐냐?"

"흔한 아이템! 아무리 찾아봐도 먹을 게 없어 아사 직전일 때도 굶어 죽을까? 주워 먹어 볼까? 고민하게 만드는 아이템

11

이라고요."

하나는 선배들 앞에서 거침없이 제 의견을 피력했다. 원은 내심 부러운 눈으로 쳐다보았다.

"너희들이 기자라니 내가 참 한심하고 부끄럽다. 기자라고 하는 것들이 용기도 없고 사명감도 없고."

"연예인 뒤꽁무니만 쫓는 우리가 뭔 사명감?"

편십상의 말에 하나가 옆자리의 원에게 속삭였다.

"적어도 우리끼리는 그런 식으로 비하하지 말자. 우리, 편집장님 말씀대로 기자 맞잖아."

"네, 실수 인정. 잘못했어요, 선배."

하나가 고개를 까딱했다.

"지난해부터 우리 회사 영업 실적이 엉망이라는 거 모두 알고 있지? 까딱하다가는 있는 광고도 다 떨어져 나가게 생겼어. 그렇게 되면 내 밥줄은 물론 너네 밥줄도 끊겨. 특종 물어 와. 안 그럼 당장 폐업하게 생겼다고!"

"우리에겐 사장님이 계시잖아요."

박 기자가 별일 아닌 것처럼 말하자 편집장은 용암처럼 불타올랐다.

"우리 아버지가 언제까지 화수분 해 준다고 하시던? 올해 1분기 실적 보시고 기함하셨다! 2분기 실적도 엉망이면 지원을 끊겠다고 엄포를 놓으셨어."

"네에? 정말이요?"

"그럼 진짜 폐업하게 되는 겁니까?"

편집장의 말 한 마디에 회의실이 술렁거렸다.

"내가 이 말까지는 안 하려고 했는데 계속 이런 식이라면 아마 그렇게 될 거야. 명색이 언론산데, 자급자족이 아니라 모회사의 돈으로 연명한다면 회사 간판을 내려야지. 안 그래?"

장 편집장의 고뇌하는 얼굴이 자못 비장하기까지 하다. 회의실은 단번에 쥐 죽은 듯이 고요해졌다.

그들의 회사 '프라이버시'는 실상 데츠패치보다 1년 앞선 연예 방송 인터넷 신문사. 정확한 팩트만 보도한다는 신념 아래 연예 방송계의 신변잡기를 취재했다. 그런데 4년 전에 느닷없이 출현한 데츠패치는 파파라치처럼 탐사 보도 형식으로 연예인들의 기사를 썼다. 일단 터트리고 보자 아니면 말고, 라는 식의 보도에 지쳐 있던 대중들은 환호했다. 톱스타에 관한 열애설 및 불법에 관한 사건들이 있다면 대중들은 데츠패치가 나서 주길 기대했다. 어느새 프라이버시는 데츠패치의 아류로 인식되기 시작했다.

그러다 보니 프라이버시는 장유신 편집장의 아버지, 장준식 옹이 경영하는 혜민그룹의 지원이 없으면 자력갱생이 불가능할 정도로 인지도가 낮아졌다. 유명 포털사이트에서 프라이버시의 기사를 클릭하는 조회수가 미미하다 보니 홈페이지 광고를 통한 수익 창출도 점점 희박해져 갔다.

"편집장님, 채령의 열애설을 누구에게 들었습니까?"

"찌라시라니까."

"편집장님이 회사의 사활을 찌라시에 걸 분은 아닌 것 같은데요?"

부편집장 하준의 지적에 편집장의 눈빛이 기묘하게 빛났다.

"무서운 놈."

"취재원이 있죠?"

"그래. 채령의 동선까지 알고 있는 확실한 사람이 있지. 게다가 아무도 눈치채지 못하고 있고. 귀신같은 데츠패치도 말이야."

회의실이 또다시 술렁거렸다. 이번에야말로 채령의 열애설을 이용해 데츠패치를 눌러 버릴 수 있다는 기대감이 넘실거렸다. 회의적이라고 피를 토하던 하나의 표정도 놀란 토끼처럼 변했다.

"그렇다면 채령의 열애설 취재는 무슨 수를 써서라도 해내야 하는 거네요?"

"맞아. 어때, 몸이 근질근질하지? 피도 막 뜨거워지고?"

"그걸 왜 이제야 말하세요? 그럼 제가 목이 터져라 반대하지 않았을 것 아니에요."

긴장이 풀린 하나는 금방 조잘거렸다.

"자자, 다들 진정하고. 팀을 꾸려야지. 취재 팀장은 류하준 부편, 사진은 박석호, 그리고 보조 취재는 백원이다."

"저는요? 원이 선배보단 제가 한 살이나 더 어려서 쌩쌩한 체력을 가지고 있다고 자부합니다."

하나가 반기를 들었다.

"취재가 체력전이기만 하냐?"

"체력이 좋아야 밤을 새죠."

"체력보단 두뇌전이고 성실전이지."

"두뇌도 제가 더 말랑말랑하다고요."

"그렇겠지, 잔머리의 대가니까. 확실하다니까 발 담그려는 네 뻔뻔함에 경의를 표한다. 이 불성실과 안티의 아이콘아."

"편집장님, 이런 식의 보복은 거절합니다."

"나도 거절은 거절한다. 이상 회의 끝."

창졸간에 채령 열애설의 취재팀 일원이 된 원은 눈만 끔뻑 끔뻑했다. 대박 아이템 취재팀의 일원이 된 것보다 하준과 24 시간을 보낼지도 모른다는 사실에 심장이 둥둥거리기 시작했다.

"백 기자, 표정이 왜 그래? 하기 싫으냐?"

"아, 아닙니다. 편집장님."

원은 꿈속을 헤매는 듯한 멍한 표정을 금방 지웠다.

"편집장님, 제게 따로 해 주실 말씀이 있을 것 같은데요?"

하준의 말에 장유신 편집장의 얼굴이 기묘하게 일그러졌다.

"용한 놈."

"백 기자, 어서 집에 가서 짐 꾸려 와. 오늘이라도 당장 취재 들어갈지 모르니까. 석호 너도."

"네!"

원은 하준의 말에 경쾌하게 대답한 다음 씩씩한 걸음으로 회의실을 나섰다.

5월은 분명 음력 5월이 맞는 모양이다.

아무래도 점괘는 오락가락하나 보다. 맞을 듯하다 핀트가 야금야금 어긋난다. 복비 3만 원의 점괘라 그런가?

강원도 원주, 남한강이 보이는 으리으리한 저택 옆 인근 숲가 도로에서 잠복근무를 한 지 사흘째.

원은 승합차의 문을 열고 하얀 봉지를 들어 보였다.

"좋은 아침입니다."

"햄버거는?"

석호가 허기진 얼굴로 물었다.

"밥버거 사 왔는데?"

"난 고기가 좋은데."

"불고기 밥버거야."

"역시 넌 진정한 내 친구다."

원은 석호가 안으려고 손을 뻗자 허리를 숙여 피했다.

"선배님도 드세요."

"고마워."

사흘간 잠복근무를 했는데도 피로한 기색 하나 없이 버텨내는 남자. 역시 하준을 짝사랑한 이유가 있었다.

그는 원의 대학선배였다. 언론정보학과를 졸업한 후 지상파 삼사 언론고시를 모두 합격한 입지전적인 인물. 그런데 멀쩡한 직장에 돌연 사표를 내고 장유신 선배와 인터넷 신문사를 차렸다.

우연히 동아리 모임에서 하준을 만나 현재 짝사랑만 5년째.

그녀는 졸업 후 유수 언론사에서 인턴을 마치고 정식 기자가 될 수 있는 절호의 기회까지 마다하고 프라이버시에 입사했다. 프라이버시에 기자라곤 장 편집장과 하준 선배밖에 없었던 그때, 입사를 한 것은 무모한 선택이었지만 가장 잘한 선택이기도 했다. 원은 현재 창업 공신으로 대접받고 있었다.

"선배님, 밥버거에 계란 추가했어요."

"어?"

원의 말에 하준이 밥버거를 유심히 바라보았다. 추가된 계란은 하나가 아니라 두 개였다.

"달걀 좋아하시잖아요! 그것도 반숙으로."

"반숙 좋아하는 거 어떻게 알았어?"

"어떻게 모를 수가 있어요? 선배님과 제가 함께 한 세월도 5년이 넘었는데."

콩닥거리는 심장 소리가 가슴 밖으로 새어 나가면 안 될 텐데. 원의 뺨이 발그레하게 물들었다.

"근데 왜 내 밥버거엔 계란이 없어? 차별하냐?"

밥버거의 포장지를 벗기던 석호가 원을 향해 눈을 부라렸다.

"넌 달걀 안 좋아하잖아."

"누가 그래? 안 좋아한다고! 나 삶은 달걀 앉은 자리에서 열 개도 먹을 수 있거든."

"응, 집에 가서 많이 삶아 먹어."

"야, 백원! 정말 이러기야? 하준 선배만 챙기는 이유가 도대

17

체 뭐냐? 설마……."

석호의 미묘한 뉘앙스에 원의 심장 소리가 쿵쿵 망치질을
했다. 둔감하기로 유명한 이 녀석이 눈치를 챈 거야? 내 짝사
랑을!

"하준 선배가 부편집장이고 편집장님과 친하니까 잘 보이
려고 수 쓰는 거지? 나보다 먼저 승진하려고! 그니까 너답지
않게 콧소리 내며 아부하는 거지, 지금?"

"아부?"

애교로 안 보이는 건가. 풍선처럼 부풀어 올랐던 심장에서
푸시시 바람이 빠지는 기분이었다. 원은 하준도 자신의 모습
을 그렇게 여겼는지 궁금해 그를 쳐다보았다. 하룻밤을 새웠
는데도 석호와 달리 하준에게서는 후광이 보이는 것 같았다.

"백 기자는 창업 공신이라서 석호 네가 아무리 발버둥 쳐도
따라잡을 수 없을 거야."

"하준 선배! 지금 계란 두 개의 청탁에 넘어가시는 겁니
까?"

석호가 불을 뿜는 용처럼 발끈했다. 원은 하준의 멋진 모습
에 저도 모르게 속삭였다.

"전 아직도 학사 주점에서 선배님이 펼친 달걀 예찬론을 잊
을 수가 없거든요."

"달걀 예찬론? 그게 뭔데?"

되물은 사람은 석호였다.

"그때 선배님이 그러셨어요. 누가 제일 좋아하는 음식이 뭐

냐고 물으면 달걀이라고 대답한다고요. 유대인들이 제일 좋아하는 음식이 달걀이라면서 그 뜻을 알고 좋아하기로 마음먹었다고요."

"내가 그랬어?"

하준의 얼굴이 머쓱해졌다.

"유대인들이 왜 달걀을 좋아하는데?"

석호의 얼굴에는 순수한 호기심이 어려 있었다.

"달걀은 익히면 익힐수록 단단해지니까. 그때 선배님이 그러셨어요. 어떤 회유와 외압이 들어와도 달걀처럼 굴하지 않고 진실을 보도하는 언론인이 되자고."

"그렇게 멋진 말을! 그럼 나도 이제부터 달걀만 먹겠어."

석호의 아이 같은 말에 원과 하준이 웃음을 터트렸다.

"그때는 내가 허세를 좀 부린 모양이야."

"허세라고 하셔도 멋있었어요."

원의 말에 하준이 고맙다고 말하며 밥버거를 먹기 시작했다. 원은 배시시 웃음이 새어 나왔다. 오래전부터 하고 싶은 말이었다. 하준의 그 한마디에 기자로서의 사명감이 가슴에 새겨졌으니까.

우뚝 솟은 태산 같은 선배와 함께 일하게 된 현재가 자랑스러웠다.

어떤 곳에서도 용기를 잃지 않는 법을 배웠으니까. 기자로서.

원은 밥버거를 우적우적 씹어 대는 석호를 쳐다보았다.

"석호야, 나 카메라 하나만 줘라. 제임스 본드 뺨치는 걸로 다가."

"그게 무슨 소리야?"

질문은 하준이 했다.

"저, 주방보조원으로 별장에 잠입합니다."

"엥? 네가? 무슨 수로?"

석호가 입가에 밥풀을 묻히며 물었다.

"내일 파티에 사람들이 엄청 많이 오나 봐요. 모텔 앞 식당 아줌마가 별장 파티 때문에 분주하더라고요. 지인들에게 고기 만질 사람 없냐고 전화하길래 제가 고기 좀 썰어봤다고 했죠. 당장 채용되던데요? 시간당 2만 원짜리 알바입니다."

"나도 식육 식당 전문점의 딸로 태어났어야 했어."

석호는 아깝다는 듯 주먹을 허공으로 휘둘렀다. 석호의 엉 뚱함에도 아랑곳없이 하준이 물었다.

"언제?"

"아침 일찍 오라고 하던데요. 대규모 파티라서 준비할 요리 들이 많다고 했어요."

"어떻게 하려고? 계획은?"

"오전에 고기 해체 작업을 끝낸 후, 오후에는 초대받은 사 람처럼 둘러보며 채령을 찾아보려고요."

"그러다가 들키면 어쩌려고?"

원은 블랙 봉투에 든 황금빛 초대장을 흔들어 보였다.

"들킬 일 없어요. 여기 초대장이 있으니까요."

"초대장? 어디에서 났어?"

석호가 원의 초대장을 빼앗아 봉투에 적힌 이름을 읽어 보았다.

"백결? 너 백 배우 만났어?"

"이번 주 압구정 숍에서 우연히. 들어가는 작품 없느냐고 근황 물어봤는데 요즘 이것저것 바쁘다고 하더라. 근데 곽 전무가 이런 쓸데없는 파티에 초대한다며 비웃더라고."

"백결이 네게 초대장을 줬어? 취재하라고?"

"아니, 쓰레기통에 버리는 걸 보고 슬쩍했어."

"이상해. 백결이 널 경계하지 않는 걸 보면. 우호적인 기사 하나 써 준 적도 없고만."

"나쁜 기사도 쓴 적이 없지. 왜냐하면 난 팩트만 취재하니까."

"백결 사생활이 깨끗하다고 말하고 싶은 거냐? 나도 박석호가 아니라 백석호였다면 백 배우가 친근감을 느꼈을 텐데. 성씨 같은 걸로 이토록 수월하게 접근하다니. 넌 이제 아예 가족처럼 느껴지겠다?"

"그럼, 가족이나 다름없지."

얼굴색 하나 변하지 않고 원은 여상하게 대답했다. 기자와 배우 관계일 뿐이라고 말했지만 실상 원과 결은 이란성 쌍둥이였다. 백결은 한류 스타이자 최고의 배우였다. 직업의 특성상 취재 반경이 좁아질까 염려되어 동료들에게 비밀로 함구하고 있을 뿐. 굳이 긁어 부스럼을 만들고 싶지는 않았다.

초대장을 요리조리 뜯어보던 석호가 불쑥 입을 열었다.

"부편집장님, 성일그룹의 차남 곽동욱과 채령의 열애설이 사실이라면 이건 정말 초대박이겠죠? 곽 전무는 유부남 아닙니까? 채령이 뭐가 아쉽다고 유부남을 만나는 걸까요?"

"아직 단정 지을 만한 건 아무것도 없어. 곽 전무는 사람 모으기를 좋아하는 인사라, 정·재계는 물론 연예계도 가리지 않아. 채령이 곽 전무와 어떤 사이인지는 취재가 끝나 봐야 알 수 있어. 우리 수중에 있는 건 채령이 성일그룹으로 들어가는 사진 한 장밖에 없다고. 채령이 성일그룹과 광고 계약을 맺은 걸 잊은 건 아니겠지?"

"그래도 아니라니까요! 촉이 딱 왔습니다. 편집장님의 취재원이 이 별장을 꼭 집어 주는 순간, 모종의 냄새가 났다고요. 채령은 아마 곽 전무와 그렇고 그런 사이일 겁니다. 원래 광고 찍다가 광고주가 스폰서 되고, 스폰에서 진정한 사랑이니 어쩌고 하면서 재벌가의 이혼이 떠들썩하게 되는 거라고요."

"곽 전무가 파티광이라는 걸 몰라? 비즈니스도 파티장에서 한다고 소문났어. 연예계 마당발인 곽 전무는 파티를 열 때 의례적으로 톱스타들에겐 초대장을 보낸다고."

하준의 침착한 어조에 어쩐지 짜증이 배어 있는 것 같았다. 원은 석호에게 눈을 흘기며 답답해했다. 소도둑처럼 생긴 대학 동기는 눈만 끔뻑끔뻑했다.

"채령이 스폰서라니? MJ엔터미디어가 그렇게 우스운 소속사였어? 그런 말 함부로 하지 마. 우리 회사 소송당하면 네가 책임질래?"

"아니, 소속사 몰래 스폰서 끼고 있는지 누가 알아?"

"퍽이나! MJ엔터미디어가 잘도 그렇게 놔두겠다. 어쩌면 채령은 이 별장에서 진짜 열애 상대자를 만날지도 몰라. 곽 전무는 그저 장소 제공을 하는 지인일 수 있다고."

"백 기자 말에 한 표."

하준의 동의에 원은 순간 머리가 어지러웠다. 저건 분명 칭찬의 눈빛이었다. 석호 옆에 있다 보니 빛이 나 보이는 것이다. 고맙다, 친구야.

"장비나 줘. 사용법도 알려 주고."

"오케이."

사진 담당 전문 기자인 석호는 신이 나 초소형 몰래 카메라를 클러치 백에 설치하고 원에게 사용법을 가르쳐 주었다.

"백 기자, 드레스와 구두는 준비했어? 드레스 코드도 있는데?"

"네. 시내에서 빌려 왔으니 염려 마세요. 부편집장님."

원은 하준에게 싱긋 웃어 보였다.

"아가씨, 솜씨가 보통이 아니야. 어떻게 이렇게 발골을 잘했어? 닭이면 닭, 소면 소, 돼지면 돼지, 어느 것 하나 나무랄 데 없이 예쁘게 다듬었잖아. 심지어 스테이크용은 중량도 딱 맞아. 생활의 달인에 나가도 되겠어."

"부모님이 정육점을 하시거든요. 곁눈질로 배웠어요."

"곁눈질로 배운 것치곤 너무 깔끔하다! 가업을 이을 생각인 가?"

"가업이요? 네. 가업은 이으라고 있는 것이니까요."

"금방 끝내 버렸네. 여기 일당 10만 원. 오늘 정말 수고했어 요."

원은 주방 아주머니가 쥐여 준 10만 원을 주머니에 쑥 집어 넣고 별장 밖으로 나오는 척하며 이목을 피해 잽싸게 저택의 구석으로 숨어들었다. 지금 숨어 있는 곳은 별장의 물품들을 처박아 놓은 창고. 5층 건물의 맨 꼭대기였다. 성일그룹 차남, 곽 전무의 별장은 으리으리한 저택으로 넓은 정원과 분수가 있는 중세풍의 건물이었다.

원은 핑크 립스틱으로 화장을 마무리했다. 거울을 보니 꾀 죄죄하던 모습은 사라지고 화사한 복숭앗빛 뺨의 여자가 서 있었다.

이만하면 괜찮은걸? 연예인은 아니지만 연예인 사돈의 팔 촌, 처조카의 친구 여동생 즈음으로는 보일만 했다.

하지만 드레스가 좀처럼 마음에 들지 않았다. 튜브톱 화이 트 미니 드레스는 대체로 몸에 꽉 낀 편이지만 유달리 헐렁한 부분이 있다. 한숨을 내쉬었다. A컵이 B컵 가슴을 어찌 따라 갈까. 원은 백팩에서 손수건과 티슈를 찾아 마구잡이로 밀어 넣었다. 겨드랑이 살도 영혼까지 끌어 모았다. 가까스로 품앗 이한 가슴이 옹골지게 드레스를 채웠다.

드러난 어깨와 봉긋한 가슴이 어색해 질끈 묶었던 머리카락을 풀었다. 굽실굽실한 머리카락이 어깨 아래로 떨어졌다. 그 바람에 드러났던 가슴이 가려져 안심이 됐다.

본드 걸의 기분이 이런 것일까. 취재를 위한 잠입은 언제나 짜릿했다. 역동적인 느낌까지 들게 한다. 여기서 특종을 낚는 다면 더할 나위 없이 좋을 텐데.

원은 살그머니 문을 열어 보았다. 해는 벌써 뉘엿뉘엿 서산 으로 넘어갔다. 100m 떨어진 곳에 위치한 높은 담벼락 너머 저곳에 그녀의 팀이 있었다.

빠르게 옷을 갈아입은 원이 연회장으로 향했다.

현재 시간 5시. 공식적인 파티 시간은 7시. 초대받은 이들은 속속 도착해 리셉셔니스트의 안내를 받았다. 1층에는 꽤 넓은 연회장이 있었는데, 그곳에는 벌써부터 갖가지 음식들이 차려 져 있었다.

TV를 종횡무진하는 유명 셰프도 얼핏 눈에 들어왔다. 식자 재 트럭에 실린 어마어마한 양의 식재료로 가늠해 볼 때 하루 에 끝날 파티가 아니었다.

메이드들이 쉴 새 없이 각 층에 있는 룸을 들락날락거렸다. 룸에는 특이하게도 레드, 블랙, 화이트, 블루 등등의 이름이 붙어 있었다. 마치 사생활을 보호하는 암호같이 보였다. 파티 를 즐기다 피곤하면 각자의 방에서 쉴 수 있게 한 것은 유명인 들에게는 꽤 쓸모 있는 배려였다. 곽 전무는 진정한 파티광인 모양이었다.

"저기, 실례가 되지 않는다면 초대장 좀 볼 수 있을까요? 등록을 안 하신 듯해서요."

원은 뜨악한 표정을 얼른 지우고 뒤를 돌아보았다. 물론 여유로운 웃음도 함께였다. 우아한 손놀림으로 초대장을 내밀었다. 연회장을 구경하려다 그만 딱 걸린 것이다. 눈썰미 좋은 리셉셔니스트는 용케 초대장 검사를 받지 않은 원을 알아보았다.

"백결님의 파트너분이시군요. 한데 백결님은……?"

"오빠는 좀 뒤에 온대요. 우리 오빠 얼굴이면 초대장은 없어도 되잖아요. 안 그래요?"

"실례가 안 된다면 관계가 어떻게 되시는지, 최상의 파티를 제공하기 위한 최소한의 정보 수집은 필수라서요."

"아, 여동생이에요. 친여동생. 이런 파티는 처음이라 구경시켜 준다고 오빠가 먼저 가 있으라고 했답니다. 중국 팬미팅 때문에 참석이 늦는다고 연락이 왔어요."

"동생분의 성함을 알려 주시면 저희들이 더욱 성심성의껏 모시겠습니다."

"전, 백원이에요."

"백원요?"

"네."

"백결님의 여동생다운 이름이시네요. 백결님의 방은 3층 화이트입니다. 그 방을 편하게 쓰시면 될 것 같습니다."

리셉셔니스트의 인증을 받고 보니 숨어 다닐 필요가 없겠다는 생각이 들었다. 까다로운 초청자의 대행인도 무사히 속여 넘겼으니까. 한결 편한 마음으로 석호에게 문자를 보냈다.

〈잠입은 성공적. 그쪽은?〉

〈채령 벤은 아직 안 보임. 나타나는 즉시 연락하겠음. 이상 무전 끝. 오버.〉

석호는 형사 놀이에 빠져 있는 듯하다. 우린 기잔데. 하지만 불법의 경계를 얼쩡거리고 있다 보니 외려 범인에 가까웠다.

피식 웃으며 원은 핸드폰을 클러치 백에 집어넣고, 넣어 두었던 카메라를 만져 보았다. 파티장에는 실내악 음악이 흐르고 있었다. 화려한 복장으로 들어선 사람들은 삼삼오오 짝을 이루며 샴페인을 즐겼다.

유명인들의 파티는 처음이라 신기한 눈으로 이리저리 둘러보았다. 눈에 익숙한 연예인부터 경제면에서 봤던 기업가까지. 곽 전무의 인맥은 명불허전이었다.

정각 7시에 파티의 시작을 알렸다. 한데 특이한 점은 파티의 주최자인 곽 전무가 눈에 띄지 않는다는 것이다. 유명 MC가 나와 사회를 보고 분위기를 주도했다. 자유롭게 식사를 하고 아는 사람들과 인사를 하고. 이 파티는 먹고 즐기는 것이 목적이 아닌 마치 인맥을 쌓기 위한 장으로 보인다. 유명인들의 파티는 뭔가 폐쇄적이고 비밀스러울 만 한 일들이 일어나기 마련인데, 아직까지 그런 낌새는 전무하다.

오페라 가수의 공연이 끝났을 때 원은 하품을 했다.

〈채령은 아직이야?〉
〈응. 거긴 어때?〉
〈무슨 파티가ㅜㅜ.〉
〈왜 울어?〉
〈교양적이다 못해 거룩해질 지경.〉

원은 문자를 보내고 고개를 들었다. 몇몇 연예인들의 지겨워하는 얼굴이 포착됐다. 고정관념을 깨야 돼. 비밀스럽고 은밀한 데다가 연예인들이 낀다고 해서 지레 난잡한 파티를 예측한 건 지나친 억측이다.

11시가 훌쩍 넘었을 즈음 드디어 파티의 비밀이 야금야금 풀리기 시작했다. 전문 경매사가 나와 유명 작품과 보석, 한정판들을 초대인들 앞에 내놓았던 것이다. 분위기는 순식간에 달아오르다 못해 과열 양상까지 띠었다.

뭔 경매를 야밤에 하는지. 퍼뜩 물품 창고에서 가져오지 못한 소지품들이 생각났다.

원은 벌떡 일어나 5층으로 향했다. 댕댕, 기괴하게도 5층 복도로 올라가자마자 육중한 괘종시계가 종을 쳤다. 자정이다. 귀신이 나올법한 분위기보다 채령이 아직도 도착하지 않았다는 게 짜증이 났다.

잠입 취재의 맛은 예측이 들어맞았을 때! 그 순간을 기다리

며 인내하고 인내하는데 자꾸 시간이 유예되면 괜히 초조해진
다.

소지품을 들고 창고를 나올 때 띠링, 문자가 왔다.

〈불나방 뜸.〉
〈불나방은 채령. 건투를 비네. 원 대원.〉

석호는 제대로 007 제임스 본드에 심취한 것 같았다. 실소
를 지어 보이며 원은 살금살금 3층으로 향했다.

막 3층에 발을 디딘 순간, 2층에서 3층으로 연결된 계단에
서 저벅저벅 누군가 걸어오는 소리가 들렸다. 고개를 숙인 상
대방을 알아본 원은 소리 없는 비명을 질렀다.

들키면 여기서 끝장이다! 허둥지둥 앞으로 뛰어가 문이 열
려 있는 어느 한 방으로 쏙 들어갔다. 문 입구에 서서 배우 우
신혁이 지나가는 걸 쳐다보았다. 저도 모르게 안도의 한숨이
새어 나왔다.

우신혁은 프라이버시에 악감정을 가지고 있는 배우로 유명
했다. 열애설을 취재하다 강남 텐프로의 아가씨와 동거를 하
고 있다는 첩보를 접하고, 낱낱이 파헤쳐 기사화한 기자가 바
로 원이었다. 신혁은 정정 기사를 내라며 회사까지 와서 길길
이 날뛰다 갔었다.

하지만 정정 기사는 나가지 않았다. 그것은 사실이었으니
까. 신혁도 더 이상 어쩌지 못했다.

원은 놀란 가슴을 진정시키고 한 방 앞으로 달려가 문손잡이를 잡았다. 채령이 도착했다는 연락을 받았으니 무슨 수를 써서라도 채령을 찾아내야 한다.

"블랙 방에서 기다리시면 전무님께서 곧 오실 겁니다."

문밖에서 들리는 소리에 기함했다.

어떡하지? 나가야 되는데, 나갈 수가 없잖아! 원은 다급히 실내를 두리번거렸다. 여기서 정체를 들킬 수는 없다.

바깥에서 문손잡이를 돌리는 소리가 난다고 생각하는 순간, 두꺼운 커튼 쪽으로 냅다 뛰어갔다. 다행스럽게도 육중한 커튼은 넉넉한 공간으로 원을 숨겨 주었다. 천만다행이었다.

누군가의 발걸음 소리가 들리더니 문이 쿵하고 닫혔다. 그러고는 더 이상 소리가 들리지 않았다. 그건 곧 누군가 이 방에서 계속 상주하겠다는 소리였다.

원은 난감했다. 아까 '제가 방을 잘못 찾았네요. 실례했습니다'라고 말했어야 했는데! 지금 정체를 드러내면 스스로 기자라고 말하는 꼴과 다름없었다.

한동안 시간이 흘렀다. 꼼짝없이 커튼 안에 갇혀 나무 꼬챙이마냥 꼿꼿이 서 있었다. 점점 숨이 막혀 오고 종아리가 당겨 왔다. 편한 운동화를 신다가 굽이 11cm가 넘는 샌들을 신고 있으니 이 발이 내 발인지, 남의 발인지 도무지 알 수가 없었다. 벽에 등을 대고 스르르 미끄럼을 타듯 소리 없이 아래로 주저앉았다. 다리가 살만해졌다.

몸이 편하니 용기가 샘솟는다. 원은 살짝 커튼을 들추었다.

슈트를 입은 남자의 기다란 다리가 이내 한쪽 다리 위로 올라갔다. 시선을 계속 올렸다. 거대한 앤티크 양식의 소파가 보이고 길쭉한 남자의 손도 보였다. 단정하지만 고전미가 느껴지는 행커치프에서 남자의 옆얼굴로 시선을 옮기려는 찰나, 남자가 불쑥 소파에 등을 묻었다. 가장자리를 딱딱한 원목으로 처리한 소파에 가린 남자의 얼굴은 끝내 보이지 않았다.

누군지 안다고 해서 이 난감한 상황이 어디 가지는 않겠지만, 마음씨 좋은 인자한 아저씨라면 어찌어찌해서 이렇게 됐다고 사정 설명이 가능하지 않을까 싶은 기대감이 들었다.

불현듯 문 열리는 소리가 들렸다.

"나예요. 채령."

원은 그만 꿀꺽하고 침을 삼키고 말았다. 괴괴한 실내였다면 상대방의 귀에도 들릴 만큼.

채령이 넝쿨째 굴러 들어오다니! 원은 다시 커튼을 살짝 들추었다.

눈으로 들어오는 건 팔랑팔랑한 붉은 드레스의 밑단, 카메라 틸트업하듯 시선을 점점 위로 올렸다. 풍성한 골반 위 개미만 한 허리. 한 줌도 되지 않을 것 같은 그곳에 손을 척 올리고 비딱하게 서 있는 여자. 당당하고 오만한, 아주 매혹적인 얼굴. 삼척동자도 척 알아본다는 채령이 분명했다.

붉은 드레스로 온몸을 휘감은 채령은 머리 또한 장대했다. 불타오르고 있는 사자 갈기 같은 머리카락. 그제야 석호가 채령을 왜 불나방으로 불렀는지 알 것 같았다. 심미안이 없는 동료의 눈에는 채령의 아름다운 코디가 거추장스러운 날개로 보였을지도.

저도 모르게 숨이 멈춰졌다. 채령의 눈이 가늘어졌기 때문이다. 그녀의 눈은 마치 유혹하는 것처럼 끈적끈적했다. 소파에 가려 얼굴이 보이지 않는 남자도 분명 그렇게 느꼈을 것이다.

금방이라도 침대에 들어가 유혹적인 눈빛을 보낼 것 같은 성적인 의미가 철철 넘쳤다. 자신이 남자였다면 그녀의 눈빛 한 번에도 환호성을 질러 댔을 터였다. 하지만 다행스럽게도 자신은 여자였기에 원은 직업 정신을 놓치지 않고 클러치 백 속 초소형 카메라에 채령을 잘 담도록 각도를 조절했다.

"뉴욕에서 돌아온 다음 계속 연락했었는데."

채령은 도도한 걸음으로 한 발짝씩 걸어가 남자의 무릎 위에 앉았다. 같은 여자가 봐도 그녀는 정말 아름다웠다.

"한 번도 연락을 주지 않다니!"

채령은 남자에게로 허리를 숙였다.

"나쁜 남자."

채령은 연기를 하는 듯 유혹적인 음성으로 말을 끝맺었다.

설마 키스를? 원은 바짝 긴장하며 촬영에 몰두했다.

"방을 잘못 찾아온 것 같습니다. 채령 씨."

방에 울리는 무뚝뚝한 목소리는 야릇한 긴장으로 점철된 분위기를 단번에 깨뜨렸다.

"거짓말, 당신도 날 만나고 싶어 했으면서."

"착각은 자유지만 남에게 피해를 주게 되면 그건 민폐라고 하지요."

"좀 솔직해져 봐요. 당신도 그날 밤, 좋았었잖아요. 내 위에서 그렇게 헐떡거렸으면서."

쿨럭. 기침이 나오려는 걸 가까스로 참았다. 채령의 언어 사용이 저토록 사실적이고 자유분방한 줄은 꿈에도 몰랐다. 우아하고 고상했던 모습은 정녕 소속사의 이미지메이킹에 불과했단 말인가. 역시 연예인은 함부로 믿어서는 안 될 존재였다.

그렇다면 저 남자는 채령의 하룻밤 상대? 근데 왜 채령이 못 잊고 있는 거지? 테크닉이 좋았나? 척 보기에도 천하의 채령이 묘령의 남자에게 매달리고 있는 상황 아닌가!

"이건 명백한 성희롱입니다. 내 다리에서 당신의 무거운 엉덩이를 좀 떼 주시겠습니까?"

"지금 내 엉덩이가 어떻다고요?"

"무겁습니다. 아주 많이."

강적이다. 아름다운 여자에게 쏟아지는 언어의 융단 폭격은 처음 목도하는지라 원도 얼떨떨했다.

그런데 어디선가 들어본 적이 있는 목소리다. 연예인인가? 골똘히 생각했지만 쉽게 떠오르지 않았다. 남자의 얼굴을 보고 싶었지만 지금 상황에선 지나친 호기심은 고양이도 죽일 수 있는 법.

"고소하겠어요!"

"고소당할 짓 한 적 없습니다만."

"내 마음을 훔쳐 갔잖아요!"

"본의가 아닙니다."

"지금도 훔쳐 가고 있잖아요. 그런 무신경한 어조로 말하지 말란 말이에요. 당신 없으면 정말 못 살 것 같잖아!"

채령의 외침은 마치 어린아이가 떼를 쓰는 것 같았다. 일이 어떻게 돌아가는 건지, 원! 열애설은 쌍방향이 아니라 한쪽의 일방적인 구애인 모양이었다.

"이제 그만 좀 합시다. 스토킹, 주거 침입, 업무 방해로 고소당하고 싶지 않다면요."

"날 그렇게 무심하게 부르지 말라고요! 설렌단 말이에요."

"그건 채령 씨 사정이고요. 또다시 내 경고를 무시하면 이젠 가만히 있지 않겠습니다."

"가만히 안 있으면요?"

"박 대표에게 채령 씨의 만행을 알려야겠죠. 증거도 있으니까요."

"증거가 어디 있다고요?"

"하루에 100통이 넘는 전화, 사생팬을 능가하는 사유지 침입, 그리고 오늘 업무 방해까지. 내 핸드폰과 CCTV, 마지막으로 지금 녹취한 것까지 합하면 무수하게 많습니다."

"녹취를 하다니, 야비하게!"

"채령 씨가 한 짓에 비하면 장난 수준이죠."

남자의 말이 확실히 먹힌 것 같았다. 채령의 얼굴이 단박에 일그러지며 혐오스러운 눈빛을 띠었다.

"우리 대표님에게 이르기만 해 봐요. 그땐 이판사판이니까."

"나도 가만히 있지는 않을 겁니다. 아마 진흙탕 싸움이 되겠죠. 누가 더 손해일지는 그 작은 머리를 많이 굴려 보세요."

박 대표라면 MJ엔터미디어의 그 박 대표인데, 유약한 외모와 달리 채령까지 쩔쩔맬 정도의 카리스마가 있는 모양이다. 그나저나 종아리가 너무 땅겼다. 코에 침을 바르는 순간 균형을 잃고 말았다. 커튼을 재빨리 잡아당겼다. 다행히 원의 정체는 드러나지 않았지만 무풍지대에 바람이 분 듯 커튼은 출렁거렸다.

채령의 눈이 얼핏 커튼으로 향하자 등에서 땀이 나는 것 같았다. 하지만 그녀는 곧 애절한 얼굴로 남자를 다시 내려다보았다.

"정말 난 안되는 건가요?"

"네, 채령 씨는 안 됩니다."

"왜요?"

"비호감이니까요."

"다들 나를 찬양하는데, 내가 어딜 봐서 비호감이죠?"

"비호감으로 느껴져서 그냥 비호감이라고 했는데, 왜 비호감이냐고 물으니 달리 할 말이 없군요."

"뭐 이딴 남자가 다 있어? 대장금 흉내를 낼 정도로 내가 비호감인 거예요?"

"정답입니다."

"하, 당신 눈 제대로 달린 거 맞아? 당신 게이지? 그렇지 않고서야 어떻게 나 같은 여자를 마다할 수가 있어?"

"게이는 아닙니다."

채령은 벌떡 일어섰다. 한마디도 지지 않는 얄미운 남자에게 저주를 남겼다.

"당신 같이 사이코 같은 남자를 누가 좋아할까? 평생 고자로 살아요!"

문이 쾅하고 닫히자 실내는 다시 조용해졌다.

원은 방금 본 상황에 어안이 벙벙했다. 만인의 연인인 채령이 남자에게 딱지를 맞다니! 그것도 게이인지 고자인지 알 바 없는 남자에게서. 가만, 조금 전에 분명 채령 위에서 헐떡거렸다고 했잖아? 그럼 저 남자는 단물만 쪽 빨아먹고 발 빼는 거야, 이러면 진짜 곤란한데. 채령의 열애설을 취재하겠다고 잠입까지 불사했는데. 정말 이러기냐고요!

열애설이 신기루처럼 날아가 버렸다. 채령이 실연당한 걸 알고 싶어 하는 대중은 많지 않다. 만에 하나 기사를 내더라도 아끼는 배우의 명성에 흠집을 냈다고 팬클럽이 테러를 할지도 모른다. 허탈했다. 정녕 프라이버시의 중흥은 물 건너간 것일까.

원은 커튼 자락을 놓고 포옥 한숨을 내쉬었다. 마음 같아서는 채령의 사랑을 받아 주라고 남자의 멱살을 잡고 싶은 심정이었다. 고함을 지르고 싶은 걸 겨우 참으며 한 것이라곤 머리카락을 쥐어뜯는 것밖에 없었다.

뚜벅뚜벅. 방을 울리는 구둣발 소리에 바짝 긴장했다. 잘못 들은 게 아닐까. 잠시 멈췄던 소리가 다시 들리기 시작했다. 바늘 하나 들어올 만큼 커튼을 들춰 보자 저 멀리 날렵한 구두코가 자신을 향해 있는 것을 발견했다.

아뿔싸, 들켜 버린 거야?

사형을 앞둔 죄수처럼 벌벌 떨었다. 한 발자국씩 천천히 남자가 다가왔다. 제발 들키지 않게 해 주세요!

촤르르!

기도가 무색할 만치 밝은 빛이 시야로 쏟아졌다. 줄곧 어둡고 갑갑한 곳에 갇혀 있던 원은 눈을 찡그렸다. 단단한 손이 팔뚝을 움켜잡고 험악하게 원을 일으켜 세웠다. 갑작스런 움직임에 몸에서 우두둑 소리가 나는 듯했지만 꾹 참아 냈다.

"죄, 죄송합니다. 엿볼 생각은 전혀……."

질끈 감았던 눈을 떠 상대방을 바라보았다. 그를 알아본 원의 눈동자가 얼어붙었다. 남자의 입매가 비틀려 올라갔다.

"이런……."

귀에 익은 그 음성이 원의 귓전을 때리려는 찰나, 성급하게 문 열리는 소리가 들렸다.

"미안, 오래 기다렸지? 파티에 쥐새끼가 끼어들어서 그만. 감히 내 신성한 파티에 기자 놈들이 숨어들었다고 하잖아? 잡히기만 해 봐. 얼굴도 들지 못하게 낯짝을 갈아 줄 테니까."

남자의 어깨너머로 씩씩거리는 곽 전무의 얼굴이 얼핏 보였다. 원은 새하얗게 질려 버렸다. 엎친 데 덮친 격. 설상가상,

사면초가!

남자의 눈이 슬쩍 클러치 백으로 향했다. 원은 카메라가 든 백을 꽉 움켜쥐었다.

"이봐, 차 사장? 내 말 듣고 있어?"

"한 번만 더 채령과 합작해서 이런 자리를 마련한다면, 곽 전무님과의 거래는 없던 걸로 하겠습니다."

"아니, 그게 말이야. 채령이가 통 사정을 해서 말이지. 근데 거기서 뭐하는 거야?"

"채령보다는 이 여자가 더 마음에 들어서요."

그들에게 한 발 내딛는 곽 전무가 '여자?'라고 말하는 게 또렷이 들렸다.

그 순간 남자의 입술이 제 입술 위에서 느껴졌다.

"채령을 마다한 이유가 있었군. 그럼, 우리의 거래는 자네가 재미를 보고 난 다음에 이야기하도록 하지. 난 자네가 즐길 동안 쥐새끼를 찾아내서 박살을 내놓지."

그들을 오해한 곽 전무가 문을 닫으며 사라졌다.

있는 힘껏 남자를 밀어내려고 했지만 허사였다. 원은 백을 떨어뜨리고 두 주먹으로 남자의 가슴을 때렸다. 반란은 남자의 한 손에 싱겁게 제압되어 버렸다.

"들키고 싶은 거야?"

포개진 입술을 잠시 떼어 내고 속삭이는 남자는 악당 같았다. 남자가 원을 바짝 잡아당겼다. 속절없이 그에게 끌려간 원은 버둥거렸다. 남자의 손이 허리로 휘둘러지는 그 순간, 마주하고 있던 입술이 원을 삼켜 버렸다.

뜨겁고도 열정적인, 세차고 야한 키스였다. 뭉툭한 살덩이
가 몰려와 문을 두드렸다. 이를 앙다물고 열지 않았다. 그러자
심술궂은 남자의 치아가 아랫입술을 꽉 깨물었다.

"앗!"

기회를 놓치지 않고 혀가 넘나들었다. 어지러운 속도로 빨
리고 깨물리고 유린당했다. 전신을 돌던 피가 모조리 말라 버
릴 것 같은 무자비한 키스. 그 키스에 무너지지 않으려고 남자
의 재킷을 꽉 부여잡았다. 폭풍 같던 키스가 잠잠해졌다. 부드
럽게 밀고 들어오는 입술과 혀가 지나가는 곳마다 색다른 쾌
감을 일으켰다.

넘어질 것 같았다. 휘청할 뻔하자 남자의 다리가 다리 사이
로 들어와 지지대가 되었다. 민망한 자세에 당황해 고개를 돌
렸지만 입안을 제집인 것처럼 돌아다니는 혀에 정신이 몽롱해
졌다.

입술이 빨리는 소리, 흐트러진 숨결, 거친 호흡.

설마 이게 내 입에서 나는 소리는 아니겠지? 말도 안 돼!

질식할 것 같다고 생각되던 순간, 원의 얼굴을 부여잡고 있
던 손이 아래로 내려갔다. 봉긋한 가슴 사이에 차가운 손가락
이 느껴졌다. 남자의 경계가 풀어졌다는 것을 알아차렸다. 그
틈을 놓치지 않았다.

"저리 비켜요!"

있는 힘껏 남자를 밀어 겨우 그에게서 벗어났다.

남자가 상황을 알아차리기 전, 원은 손바닥을 활짝 펴서 남자의 **뺨**을 향해 스매싱을 날렸다. 따악! 경쾌하리만치 무서운 소리가 허공을 갈랐다. 남자의 얼굴이 돌아갔다. 덜컥 겁이 났지만 원은 입술을 깨물며 떨림을 무시했다.

고개를 천천히 돌린 남자의 얼굴에는 붉은 자국이 선명하게 드러나 있었다. 이 모든 일들이 거짓말처럼 느껴졌다. 가슴이 아득해졌다.

남자가 이를 드러내고 씨익 웃었다.

"꽤나 인상적인 상봉이군."

눈앞이 캄캄해진다. 원은 가슴을 들썩일 정도로 크게 호흡했다. 귀를 막고 싶었다.

"안녕, 백원? 그동안 잘 지냈어?"

그만 눈을 감고 말았다.

맹수같이 웃고 있는 남자는 바로 전남편, 차도하였다.

2
열아홉 신부

사위는 쥐 죽은 듯 고요해졌다. 이따금 들리는 소리라곤 바람이 지나가는 소리, 아니면 별이 쏟아지는 소리. 검은 밤에는 눈썹달이 누워 있고 은밀한 별들은 밤의 품에 안착했다. 바람은 이방인, 밤의 위세에 눌려 고요히 지나칠 뿐이다.

원은 다리가 저렸지만 포기하지 않고 다소곳한 신부 흉내를 냈다. 연지곤지를 찍고, 도투락댕기에 비녀도 꽂고 앙증맞은 족두리도 썼다. 휘황찬란한 활옷은 너무 예뻤지만 움직임을 둔하게 만들었다. 원은 한삼으로 얼굴을 살짝 가리고 킥킥 웃었다.

내가 시집을 가다니! 절친 4인방 도원결의 중, 제일 먼저 결혼 스타트를 끊었다.

방년 19세. 꽃다운 청춘에 결혼식을, 그것도 전통혼례를 올린다는 말을 친구들은 전혀 믿지 않았다. 어렸을 때부터 약혼자가 있다는 말에도 줄곧 콧방귀만 껴 왔다. 그런데 사주단자를 받아 택일을 하고, 상견례를 마친 뒤 예단과 함을 보내고 받자 친구들의 눈은 퉁방울만 해졌다. 원은 혼비백산한 얼굴을 마주하며 의기양양한 미소를 지어 보였다.

너희들과 난 이제 하늘과 땅 같은 존재야. 너희들은 지옥의 고3, 나는 고3을 건너뛰어 취집에 성공한 행운의 여자, 백원이다!

그제야 친구들의 눈에는 충격과 서운함이 가득했다. 도이와 의지는 금세 충격을 떨쳐 내고 부러움 반 시샘 반으로 눈을 흘겼지만, 유결은 막막한 얼굴에 왠지 모를 슬픈 빛을 띠웠다.

작년 겨울, 할아버지는 원의 결혼 소식을 느닷없이 통보했다. 제일 놀라고 결사반대한 사람은 부모님도 아니고 첫째, 둘째 오빠인 건과 강은 더더욱 아니었다. 다름 아닌 원의 이란성 오빠, 수였다.

"말도 안 돼요! 얘, 이제 겨우 열아홉 살이란 말이에요. 재고해 주세요, 할아버지."

"원이가 열아홉이 되던 해 시집가는 사실은 모두 알고 있었잖아."

"그, 그건 농담이셨잖아요?"

"누가 농이라는 거야?"

"설마 그게 진담이었다고요? 너도 그렇게 알고 있었어?"

수가 자신을 쳐다보았을 때, 원은 고개를 끄떡였다.

"너 미쳤냐? 아무리 고3이 싫어도 지금이 조선 시대도 아닌데, 얼굴도 못 본 약혼자에게 시집을 가야겠어? 네 황금 같은 인생이 늙다리와의 결혼으로 저당 잡힌다고. 머리는 장식이냐? 제발 생각 좀 하고 살아."

"얼굴을 왜 못 봐?"

"봤어? 그래서 아무렇지도 않았던 거야?"

"저쪽 목련 저택 할머니 손자잖아. 큰오빠, 둘째 오빠랑 동갑이라고. 늙다리 아니다, 뭐!"

"그 녀석이라고?"

목련 저택 할머니 손자라는 말을 들은 건과 강의 목소리가 합쳐져 원의 귀에 꽂혔다.

"내가 예전부터 말했잖아."

"원아, 그건 장난이었잖아! 근데 오빠라니? 너한테 오빠는 우리들 밖에 없어. 절대 그놈에게 오빠라고 부르지 마! 알았어?"

장남, 건의 위협이었다.

"그 음침한 녀석에게 시집을 간다고? 할아버지, 애 제정신 아니에요. 시집 못 보내요! 원이는 우리에게 단 하나뿐인 여동생이란 말이에요. 이런 동생을 그 녀석에서 보낸다니, 절대 안 돼요!"

둘째인 강 또한 강경했다.

"거봐! 형들도 반대하잖아. 할아버지, 이건 아니죠. 멀리서 봤을 때, 그 형 음흉하다 못해 사악했다니까요!"

"하지만 난 하고 싶은걸?"

삼 형제는 물음표가 가득한 얼굴로 기함했다. 오빠들의 결사 항전을 단 한마디로 정리한 사람은 엄마였다.

"10년 전부터 집안끼리 했던 약속이야. 함부로 깰 수 없는 정혼이라고. 원이도 괜찮다고 하는데 너희들이 반대할 이유 없다."

"옳지, 옳지. 건이 어멈 말이 백번 옳구나."

할아버지의 입가에는 만족스러운 웃음이 벙싯거렸다.

원은 귀가 따갑도록 들었다. 10년 후 목련 나무가 만발해서 목련 저택이라 불리는 집으로 시집간다는 것을. 질리도록 말해 준 사람은 넌지시 정혼 사실을 처음 일러 준 할아버지가 아니라 목련 저택의 주인, 고유란 할머니였다. 오빠들은 단순히 흘려들은 말이었지만 그 말은 원의 가슴에 씨앗처럼 심어졌다.

할아버지와 소꿉친구인 고 할머니는 원을 어여삐 여겨 할아버지에게 원이를 손자며느리로 달라고 버릇처럼 말했다. 그럴 때마다 농담 반, 진담 반으로 대꾸하던 할아버지는 고 할머니의 마음이 진심이란 것을 알게 되어 하나뿐인 손녀를 고 할머니의 손자에게 시집보내겠노라며 진지한 약조를 하고 말았다. 남아일언중천금. 원이 겨우 아홉 살이었을 때 정혼은 비밀리에 신속히 이루어졌다.

단, 혼례를 치를 즈음 혼인 당사자들에게는 정당한 거부권이 한 장씩 부여되고, 도저히 결혼을 못 할 합당한 거부가 아

44

니라면 혼례는 굳건한 신뢰를 바탕으로 치루자는 약속.

원은 별다른 저항이 없었고 고 할머니네 손자인 도하도 마찬가지였다.

혼례 이야기가 나오자마자 속전속결로 치러진 상견례 장에서 원은 시댁 어른들과 곧 남편이 될 사람을 만나게 되었다.

고상과 우아함으로 점철된 시어머니, 정효영 여사. 입이 무겁고 인자한 시아버지, 유광그룹 차재엽 사장.

그리고 그들 부부의 외동아들, 차도하.

원은 긴장되어 그만 물 잔을 엎지르고 말았다.

"저런, 새아기가 많이 긴장한 모양이구나."

"죄송합니다, 아주머니."

"아주머니라니? 어머니라고 불러야지."

다정한 어조로 염려해 주던 정 여사의 목소리 톤이 알게 모르게 높아졌다. 어른들의 식사가 시작되고 원은 재빨리 물을 닦았다. 물이 상을 넘어 다리에까지 뚝뚝 떨어지려고 하자 도하가 손수건을 꺼내 원의 다리를 가려 주었다.

원은 깜짝 놀라 그를 쳐다보았지만 도하는 묵묵히 식사만 할 뿐이었다. 어렸을 때부터 알고 지내던 도하는 어느새 늠름하고 멋진 어른이 된 느낌이었다. 볼이 살짝 붉어졌다.

"오빠, 간장 좀……."

튀김을 찍어 먹을 초간장이 도하 앞에 있었다. 그가 간장을 원의 앞에 놔 주었다.

"고맙습니다."

"근데 원아, 이제 곧 도하와 부부가 될 사이인데 언제까지 오빠라고 할 거니? 오빠라면 도하말고 여기에도 많잖아? 남편 될 사람에겐 누구누구 씨라고 부르는 거란다."

"어멈아, 그렇게 따지면 서방님이라고 부르는 게 제일 맞지 않겠니?"

고 할머니가 시어머니가 될 정 여사의 말을 뚝 잘랐다.

"어머님, 그 호칭은 도하가 너무 나이 들어 보이잖아요. 겨우 스물다섯밖에 안 됐는데."

"따지면 그렇다는 거지. 네가 원칙을 따지는 것 같아서 말이다."

"아유, 어머님도 참. 제가 무슨 원칙을 그렇게 따졌다고. 사돈들 보는 앞에서 절 까다로운 시어머니로 만드시네요."

엄마의 눈매가 가늘어진 것도 오빠들이 한숨을 푹푹 내쉬는 것도 할아버지의 얼굴에 먹구름이 낀 것도 그때는 보이지 않았다.

무심한 듯 챙겨 주는, 시크한 도하만이 원의 눈동자에 초롱초롱 맺힐 뿐이었다. 벚꽃이 눈처럼 흩날리던 그때, 도하를 처음 본 그날부터 시작된 두근거림 때문에 아무것도 알아차리지 못했다.

원은 쪼그리고 앉아 있던 다리에 쥐가 나 슬쩍 펴 보았다. 코에 침을 발라도 경련은 금방 가라앉지 않았다.

전통 혼례를 주장한 것은 할아버지였다. 눈에 넣어도 안 아픈, 단 하나뿐인 손녀의 가장 예쁜 모습을 보고 싶다고 입버릇처럼 말한 할아버지의 소망이었다. 웨딩드레스를 입은 결혼식도 다음 주에 서울에서 치러질 예정이었다. 시어머니의 강력한 요구였다.

넓은 집 앞마당에서 사모관대 입은 도하와 맞절을 하고 합환주를 나누었다. 춘삼월, 쌀쌀한 꽃샘추위도 일순 물러간 봄볕 가득한 그때. 원은 도하의 어린 신부가 되었다.

화촉은 눈물을 흘리더니 꽃이 되었다. 21세기에도 화촉은 꽤 낭만적이었다. 은근한 불길이 시선을 잡고 어둠도 잡아먹고 있었다. 그 느낌이 좋아서 조금 더 지켜보기로 했다.

컹컹. 누렁이 짖는 소리가 집 안에 울려 퍼졌다. 몇 시쯤 되었을까? 핸드폰을 보고 싶었지만 한복은 영 불편해서 손 빼기조차 힘이 들었다. 신랑이 어른들에게 불려나간 것이 저녁 식사 무렵이었다. 동네잔치에 사람들이 시끌벅적하게 웃었다.

도원결의 3인방은 원과 담소를 나누다 달이 떠오른 시각 제집으로 돌아갔다. 하염없이 남편을 기다리는데, 그 시간이 결코 짧지만은 않았다. 친구들이 해 준 이야기가 머릿속에 남아 오늘 밤, 어떻게 초야를 치를지 고민이 되었기 때문이다.

발그레한 뺨으로 원은 킥킥 웃어 보았다. 정말 로맨스 소설에 나오는 그것을 하는 것일까?

"초야는 그런 거야. 신랑은 옷고름을 풀고 신부는 아닌 척 부끄러워하면서 다소곳이 고개를 숙이지. 그럼 신랑이 알아서 해."

의지의 말에 도이가 반기를 들었다.

"그건 어디까지나 고전 사극 버전이고. 전통 혼례를 올렸다고
해서 조선 시대라고 착각하면 안 돼. 원아, 긴장하지 말고 쳐면을
설어. 나는 현실 여자다!"

"현실 여자?"

"그래. 결혼에도 사랑에도 성관계에서도 주눅 들지 않는 진취
적이고 적극적인 여자. 넌 완벽한 조건을 갖췄어. 네가 고수라는
것 숨기지 말고 까발려 버려!"

"난 키스도 해 본 적이 없는데."

"이론 고수도 고수라고! 네가 여태껏 읽어 온 할리퀸 로맨스 소
설의 공력을 무시하지 마라. 네가 그랬잖아. 언젠가 피가 되고 살
이 된다고. 할 수 있지?"

"물론이지. 그 세계는 내가 꽉 잡고 있어."

"역시 우리 원이는 대단해. 그리고 실제는 이론과 어떻게 다른
지 꼭 말해 주기다. 약속."

도이의 손가락을 잡으며 그러마, 하고 덜컥 약속해 버렸지
만 두려운 마음이 삐죽 솟아올랐다. 과연 내가 잘할 수 있을
까.

이제나저제나 신랑 오기만을 기다렸지만 도통 오질 않는다.

원은 평소 쓰고 있는 자신의 방이 깔끔한 신방으로 변모한 것을 가만히 지켜보았다. 문간방이라 적막하기 그지없다.

깜빡 잠인 든 모양이었다. 삐걱거리는 장지문 여닫히는 소리가 났다. 퍼뜩 정신을 차려 보니 어둑한 밤하늘이 잠깐 보였다가 사라졌다. 바깥의 한기가 안으로 숨어들었다.

거대한 나무처럼 도하가 우뚝 서 있었다. 입이 마르고 가슴이 떨렸다. 한삼 속에 갇힌 손을 깍지를 껴 꼭 마주 잡았다.

그가 우두커니 자신을 내려다본다. 시간이 멈춘 듯하고 숨결도 멈춘 듯하다. 우주의 중심이 자신인 것처럼 뱅뱅 돈다. 아마도 그의 시선 때문이리라. 발그레한 뺨을 숨길 수가 없다. 이제 곧!

원의 기대와는 다르게 뱅뱅 돈 것은 술에 취해 비틀거린 신랑이었다. 도하가 사모를 비딱하게 벗으며 방바닥에 대자로 드러누웠다.

엥? 이건 무슨 시추에이션? 원은 눈을 똥그랗게 떴다.

"알딸딸하니 기분 좋다! 방바닥도 뜨겁고."

"서방님?"

도하가 고개를 돌려 원을 지그시 응시했다. 그 눈은 이미 풀려 있었다. 입에서 뿜어져 나오는 술 냄새로 가늠해 보건대, 아마도 수십 잔을 들이켠 듯했다. 대체 누가? 왜?

"뭐라고?"

"서방님!"

"아…… 그래, 그래. 내가 서방이지."

도하는 손을 내저으며 반대편으로 고개를 떨어뜨렸다.

"아니, 그쪽이 아니라 이쪽이라고요."

원은 재빨리 손을 놀려 자신 쪽으로 서방의 고개를 돌려놓았다. 이런 게 어디 있어? 오늘은 첫날밤인데 누가 우리 신랑을 이 지경으로 만들어 놓은 거야? 울고 싶어졌다.

그윽한 신랑의 눈길 아래 홍조를 드리운 얼굴을 고이 떨어뜨리려던 계획은 물 건너갔다.

"누가 이랬어요?"

"응?"

"누가 술을 이렇게 많이 먹였냐고요?"

"형님들."

이 원수 같은 오빠들이! 원은 손이 부르르 떨렸다. 도하의 눈이 자꾸 감기려고 한다.

"자면 안 돼요! 족두리도 벗겨 주고 옷고름도 풀어 줘야지."

"내가?"

"그럼 누가 해요? 신랑이 해 줘야지."

"음."

"도하 씨, 도하 씨!"

문득 도하가 눈을 번쩍 떴다. 초점이 얼추 맞은 눈이어서 원은 가슴이 벌렁거렸다.

"내 말 들려요? 서방님? 도하 씨?"

"맘에 안 들어."

"내, 내가요?"

심장이 쿵 내려앉는 것 같았다. 도하의 손가락이 원의 뺨을 매만졌다. 갑자기 그가 헤벌쭉 웃었다.

"오빠라고 불러."

오, 오빠? 갑자기 호칭 정리는 왜?

"우리 엄마 없을 때는……."

"어머님이 없을 때……?"

도하의 눈이 스르르 감겼다.

"도하 오빠? 오빠!"

"응, 왜?"

"이렇게 자면 안 되잖아요. 나도 자고 싶단 말이에요!"

"원아, 자자. 그냥 자자, 우리."

신랑이 불러 주는 이름 때문에 울컥하던 마음이 싹 가라앉았다. 날 원이라고 불렀어. 가족처럼, 애틋하게, 다정하게.

그 울림이 너무 좋아서 원은 두 손바닥을 뺨에 대어 보았다. 뜨거웠다. 어쩜 좋아.

원의 뜨끈한 숨소리에 화촉의 살랑거림이 심해졌다. 노곤한 불빛에 원의 눈도 어느새 스르르 감겨진다.

❁   ❁   ❁

10년 전, 벚꽃이 흩날리는 4월의 어느 장날.

할아버지와 장터에 갈 때면 두근 반 세근 반으로 가슴이 뛰었다. 광대 아저씨가 풍선을 말아 주기도 하고, 흥겨운 트로트 음악에 덩실덩실 엉덩이춤도 출 수 있지만 무엇보다 좋은 건 할아버지가 아낌없이 사 주는 달달한 간식들이었다.

꿀빵, 뽑기, 솜사탕 등등 휘황찬란하게 펼쳐진 단 것들의 세계에서 허우적거리고만 싶었다.

"그러다 뮤탄스 제국이 쳐들어와서 네 이빨은 모조리 검게 변할 거야."

"흥. 그러든지 말든지."

"엄마한테 다 일러 줄 테다."

저 원수 같은 수만 없으면 정말 좋을 텐데. 원은 눈을 흘기며 수에게 메롱 해 보였다. 면내에 5일마다 한 번씩 서는 장날은 백가네 이란성 쌍둥이들의 천국이었다.

얼큰한 국밥을 한술 뜨고 수가 어른처럼 '시원하다'라고 말했다. 할아버지가 껄껄 웃으시며 수의 머리를 쓰다듬어 주셨다. 그렇다. 난 저 머리가 마음에 안 든다. 바가지를 엎어놓은 형상의 저 머리!

"원아, 고기 더 주랴?"

"아니요. 고기는 많아요."

"할아버지, 원이는 아마 설탕 주면 좋아할 걸요? 국밥에도 설탕을 넣어 먹었으면 좋겠다고 말하거든요."

"내가 언제?"

"저번에 그랬잖아!"

수의 공격에 원은 뽀로통해져 입을 댓 발이나 내밀었다. 내가 오빠라고 부르나 봐라. 겨우 1분 차이로 동생이 되어야 했던 원은 수에게 오빠라고 부르지 않음으로써 복수를 완성한다.

"아니, 이게 누군가. 백정?"

할아버지의 존함을 함부로 부르는 할머니는 처음 보는 사람이었다. 서울에서 왔는지 화려한 양장 차림에 모자까지 썼다. 구멍이 송송 난 모자는 TV에서만 본 것이다. 이곳의 할머니들은 간살스럽다고 흉보는 모자.

"은행나무집 고유란?"

"진짜 정이 맞구려. 반갑네."

"이게 얼마 만인가?"

"한 60년 되었지?"

60년이 마치 6년처럼 느껴지는 말투였다. 그렇게나 오래도록 친구를 할 수 있다는 사실, 그 세월이 흘러도 서로를 스스럼없이 부를 수 있다는 사실에 원은 놀랐다.

"저 할머니, 엄청 부자로 보이지? 저 형도 그렇고."

수가 귓속말을 했다. 그러고 보니 할머니의 뒤에는 중학생처럼 보이는 소년이 서 있었다. 시골 아이들이 입으면 왕자님 옷이라고 놀릴 법한 조끼와 바지를 입고 점잖게 서 있는 소년. 해끗한 그 얼굴에 사라락 벚꽃이 휘날리는 것 같다. 근데 벚꽃이 눈동자에서 얼어붙었다.

"이 애들은 누군가?"

"우리 집 손주들."

53

"쌍둥이 같은데?"

"맞아. 쌍둥이야."

할머니가 어린 쌍둥이에게 관심을 보였다.

"누가 형이니?"

"저요!"

수는 손을 들며 아무렇지도 않게 대답했지만 원은 아무렇지 않을 수 없었다.

"바가지머리를 해서 누가 봐도 딱 일란성 쌍둥이인 줄 알겠어. 정이 자네는 어쩜 요런 올망졸망한 것들을 손자로 두었나? 다복함이 참말 부럽네."

모든 게 이 바가지머리 때문이다. 그렇게 싫다고 했는데 엄마는 관리하기 쉽다는 논리 하나로 원의 앞머리를 수와 똑같이 잘라 버렸다.

"우린 이란성이에요! 그리고 할머니."

"응? 이란성이라고?"

"전 여자애라고요. 남자애가 아니라!"

"네가 여자애라고?"

순간 말을 잘못한 것은 아닐까 생각했다. 고유란 여사의 눈에서 알 수 없는 광채가 번뜩였다. 원은 움츠려들었다. 마치 잡아먹힐 것만 같았다.

고유란 할머니가 이사를 온 것은 장날에서의 만남 이후 그 다음 주였다. 할아버지의 말에 의하면, 전에 할머니가 살던 은

행나무 집이 사라져 버리는 바람에 우리 동네에서 제일 큰 저택, 목련 나무로 뒤덮여 목련 저택이라 불리는 집에 산다고 했다.

한옥밖에 없는 동네 언덕배기에 저택이 지어졌을 때 누가 살까 모두가 궁금해했다. 어쩌면 공주님이 살게 될지도 모른다고 생각한 원은 이따금 누가 이사 오는지 고개를 빼꼼 내밀어 확인하곤 했다.

그 집에 공주님은 살지 않았다. 대신 귀공자로 보이는 소년이 드나들기 시작한다는 말이 입에서 입으로 회자됐다. 필시 일전 장터에서 봤던 중학생 오빠가 틀림없을 것이다.

작은아버지의 푸줏간에서 얻은 육포는 참말로 고소하고 쫄깃쫄깃했다. 원은 질겅질겅 씹으며 두둑한 배를 두드렸다. 사촌들과 시간 가는 줄 모르게 노느라 어느새 저녁때가 다가온지도 몰랐다.

"혜지야, 너도 맛있지?"

혜지는 킁킁 거리기만 할 뿐 답이 없었다.

"하나 더 줄까?"

이제는 모른 척한다. 배시시 웃으며 혜지의 목줄을 잡아당겼다. 털이 복슬복슬한 삽살개는 백가네의 자랑이었다. 그 개에게 혜지라는 이름을 붙여 준 사람은 바로 원이었다.

이름에 맺힌 한을 혜지의 이름을 통해 풀어보려는 꼼수. 아무리 그래도 여자애 이름을 백원으로 지을 것은 또 뭔가. 이렇게 작명을 하신 분은 아버지다. 아버지 본인은 백경이라는 그 럴싸한 이름을 가지고 있으면서 왜 이란성 쌍둥이는 백수, 백 원이란 말인가?

아홉 살 꼬맹이라고 하더라도 백수와 백원이 무엇을 의미하 는지는 잘 알고 있다. 놀고먹는 사람은 백수, 지지리도 돈 없 는 사람은 백 원이라도 달라고 한다. 이름을 바꿔 달라고 꼬박 하루 동안 울고불고 난리를 피웠지만 아버지는 눈썹도 끄떡하 지 않으셨다.

대신 원은 개똥이라는 삽살개의 이름을 혜지라고 바꿔 불렀 다. 자꾸 부르던 통에 수에게 전염되고, 쌍둥이 오빠와 할아버 지에게도 통하더니, 급기야 개똥이는 혜지가 됐다. 안타까운 게 있다면 혜지는 수놈이다.

"왜 개똥이가 혜지야?"

어느 날 수가 물었다.

"부잣집에 사는 여자애 이름 같잖아."
"부자가 되고 싶어?"
"응. 맛있는 것도 많이 먹고, 공주님 인형도 갖고 싶고, 새 옷도 입고 싶어."
"새 옷은 나도 입고 싶어. 형들이나 사촌들이 입던 옷을 얻어 입 는 것 말고."

"그래도 넌 남자잖아. 난 여잔데, 엄마가 만날 남자애들처럼 입히니까 싫어."

"그거야, 우리 사촌들은 죄다 남자고 우리 집엔 돈이 없으니까."

"그러니까 우리 혜지만이라도 예쁜 것 많이 가지라고 그러는 거야. 말이 씨가 되니까 나쁜 말 하지 말라고 엄마가 그러잖아. 그것처럼 예쁘게 불러주면 예쁜 개가 될 거야. 예쁘게 살았으면 좋겠어."

"그래도 작은아버지가 정육점을 하셔서 우리 고기는 자주 먹는다, 그치?"

"응, 그건 좋아. 하지만 난 케이크가 먹고 싶어. 달달한 거. 그건 너무 비싸서 생일 때 한 번 얻어먹기도 힘들어. 촛불 딱 켜고 생일 축하합니다, 라고 축하받아 봤으면 좋겠어."

"원아. 오빠가 나중에 돈 많이 벌어서 우리 원이 케이크 많이 사줄게."

"그럼 내가 오빠라고 불러 준다."

"약속했다?"

"응. 약속."

원은 어려운 집안에서 사남매를 키우느라 허리가 휘는 부모님을 생각하지 못하는 아홉 살짜리가 아니었다. 하지만 가끔 다른 아이들이 부러워할 만한 예쁘고 빛나는 것들을 가지고 싶었다.

바로 눈앞에 있는 소년처럼.

"안녕?"

원의 말에 소년이 걸음을 멈추었다.

"이거 먹을래?"

먹다 만 육포였다. 그나마 제일 맛있는 부분이고 양도 제법 많았다. 소년은 원을 홀린 듯이 쳐다보았다. 아니, 정확하게 말하자면 원의 앞에 있는 혜지를 쳐다보았다. 원이 내민 육포는 쳐다도 안 보고 무릎을 꿇더니 혜지의 갈기를 만져 보았다.

"얘 이름이 뭐야?"

"혜지."

소년이 물어봐 준 것이 좋아서 냉큼 대답했다.

"혜지?"

의아한 소년의 눈에 무심함이 사라지고 빛이 반짝인다.

"이 개, 너네 집 개야?"

"응."

"삽살개지?"

"응. 순종이래."

"혜지? 천연기념물에게 어울리는 예쁜 이름이네."

"천연기념물이 뭔데?"

"너무 소중하니까 천연기념물로 지정해서 보호해 주는 거야. 삽살개는 정말 귀한 개거든."

"내가 지어 줬어."

소년은 '잘 지었네.'라고 무뚝뚝하게 말했다.

"내 이름은 원이야."

"응?"

"백원이라고."

소년이 주머니에서 주섬주섬 백 원짜리 동전 하나를 내밀었다. 설마, 이 오빠가?

"만지는데 왜 하필 백 원이야?"

"내 이름이니까."

"뭐?"

"내 이름이라고. 성은 백, 이름은 원!"

"그랬구나."

소년은 그다지 놀라지 않았다. '원이라고' 중얼거리더니 손바닥에 있던 백 원을 도로 주머니에 넣으려고 했다.

"줬다가 뺏는 경우가 어디 있어?"

야무지게 말하며 원은 백 원을 사수했다.

"기분 나빠하는 거 같아서."

"조금 나쁘지만 오빠니까 봐줄게."

"오빠? 너 남자애 아니었어?"

"아니야! 아니라고!"

"하지만 그날 장터에서 너와 똑같이 생긴 남자애가……."

"걘 남자고, 난 여자라고! 걔 이름은 수, 나는 원. 그리고 우린 이란성이야. 안 닮았다고!"

"아하. 그렇게 되는 거구나. 닮았는데."

"안 닮았다니까!"

"그래, 네가 그렇다면 안 닮았어."

표정 변화가 없는 게 특기인 모양이었다. 소년은 빤히 혜지만 바라보며 원의 말에 맞장구를 쳤다. 혜지를 정말로 좋아하는 것 같았다.

"오빠 이름은 뭐야?"

"차도하."

차도하. 원은 소년의 이름을 속으로 읊조리다 말했다.

"도하 오빠, 내 천연기념물 할래?"

혜지만 보던 눈이 그제야 원을 바라보았다.

"내가 왜?"

"하기 싫어? 혜지와 놀게 해 주는데도?"

"혜지와?"

"응."

"그래. 그러자, 그럼."

"와아, 신난다!"

"그러고 보니 너 혜지와 똑같이 생겼다. 이 더벅머리!"

더벅머리 아닌데? 바가지머리인데. 이씨!

신기한 것을 발견한 듯 도하의 눈이 웃음으로 빛이 났다.

❀   ❀   ❀

목련 저택에 자주 놀러 가고 싶었던 건 결코 차도하 때문만은 아니었다. 물론 도하 오빠가 예쁘고 빛나서, 자신의 천연기념물로 지정해 놓은 것도 한 이유이긴 했다. 그러나 목련 저택이 좋았던 이유는 달달한 간식이 많아서였다.

오늘도 어김없이 찾아가자 고 할머니가 애정 어린 눈빛으로 단팥빵을 건네주었다.

"원아, 할머니가 우리 원이 좋아하는 것 많이 사 줄 테니까, 원이는 우리 집안으로 시집와야 한다."

"네. 할머니, 이 단팥빵 너무 맛있어요. 우유와 먹으면 정말 꿀맛이에요."

"우리 원이 식성이 어쩜 이렇게 나와 같누."

"할머니도 달달한 거 좋아하세요?"

"물론이지. 우리 원이, 할머니가 케이크도 많이 사 줄 테니까 우리 도하에게 시집오는 거 잊지 마라."

"네, 할머니."

원은 창문 너머로 혜지를 조련시키고 있는 도하를 내려다보았다. 천연기념물이 천연기념물과 잘 놀고 있군. 나는 계속 빵을 먹어도 되겠다. 도하의 무뚝뚝한 얼굴에 웃음이 어리는 건 혜지가 도하의 명령대로 손바닥에 앞발을 잘 올렸을 때뿐이었다. 한순간 도하의 웃는 얼굴이 원의 눈에 박혔다.

그러던 어느 날 할아버지가 가족들 앞에서 원이 크면 목련 저택으로 시집보내겠다고 발표했다. 원은 자주 들어서 알고 있었고, 부모님들도 고개를 끄떡였다. 한창 반항하는 중학생 쌍둥이 오빠 둘과, 말썽꾸러기 수는 자기들의 일이 아니었기에 흘려들었다. 귀담아들었어도 그 말은 당연히 농담이라고 생각했다.

초등학교 5학년이 되던 해, 도하가 서울에서 원의 마을로 전학을 왔다. 그동안은 방학 때마다 놀러 왔을 뿐이다. 전학을 온 건 할머니의 고향에서 10대의 마지막을 보내기 위함이라는 것을 할아버지로부터 전해 들었다.

하지만 그것보다 더 생생한 육성으로 원은 도하의 일거수일투족을 날마다 듣게 되었다. 도하와 건이 한 반이 되었기 때문이었다. 강은 바로 옆 반이었다.

"완전 재수 없었어. 눈 내리깔고, '차도하라고 해'라고만 하는 거 있지? 내가 낯설어 할까 봐 먼저 알은척했는데도, 완전 쌩까더라고? 저 딴에는 서울 명문고에서 지내다 왔다 이거겠지. 한번 있어 보라 그래. 우리 진성고를 뭐로 보고?"

"진짜 그랬어? 와, 정말 재수 없다! 그 형 처음 봤을 때부터 난 재수가 없었어!"

건의 말에 수도 맞장구를 쳤다. 원이 흘겨보았지만 건은 알아차리지 못했다.

"차도하, 그 녀석. 잘난 척이 이만저만이 아니야. 모의고사에서 전교 1등 한 번 했다고 온 학교 애들이 자기를 떠받드는 줄 아나 봐. 중요한 행사에 학생회장이 결석을 하겠다니! 말이 되냐?"

"형! 언제 그 형을 이길 거야? 전교 1등은 되찾아와 놓고선, 학생회장 선거에서 지면 어떡해? 내년에 출마할 생각 없어?"

"3학년이 어떻게 전교 회장에 출마해? 수능 준비해야지."

"아깝다. 그럼 그 형을 무슨 수로 이겨?"

"공부밖에 없지. 당분간은."

강의 말에 수는 더욱 분개했다. 하지만 원은 알고 있다. 도하가 학생회장이 된 것은 모두 여학생들의 전폭적인 지지 때문이라는 걸. 도하가 전학을 오자마자 저택을 기웃거리는 교복 입은 언니들이 많아졌다.

수의 바람은 결코 이루어지지 않을 것이다. 백건, 백강의 인기는 도하보다 훨씬 못했으니까. 건과 강은 여학생들을 놀려대고 장난치기에 바빴다. 게다가 외모 차이는 또 어떠한가? 도하는 왕자님, 원의 오빠들은 좀 준수하게 생긴 도련님 수준이었다.

원의 눈에 보이는 사실이 수의 눈에는 보이지 않는가 보다.

"차도하, 그놈은 배신자야! 주말에 시내 주주클럽 간 애들 담임한테 다 꼬발랐어. 비밀 유지하자고 우리 반 전체가 단체 혈맹까지 맺었는데, 혼자 배신했다고! 나쁜 놈, 이젠 상종도 안 할 거야."

"의리를 모르는 형이구나. 내가 다음에 만날 때 인사하나 봐라."

건의 말에 수가 흥분했다.

"근데, 건아. 그거 들었냐? 며칠 전에 주주클럽에 담배 꼬나물고 제성고 일진 대가리 처박던 놈이 차도하랑 닮았대."

"뭐? 누가 그래?"

"제성고에 있는 규태 알지? 그 녀석이 일진 따까리였잖아. 그날 주주클럽에서 일진에게 걸려서 얻어터졌는데, 어떤 놈이 나타나서 그 일진들을 일망타진했다는 거야."

"그놈이 차도하라고?"

"차도하라고 확실히 말하지는 않았어. 그저 닮았다고만 했지. 근데 내 촉으론 왠지 의뭉스런 그 녀석 같았단 말이지?"

"차도하 그놈이 분명할 거야. 평소에도 눈빛이 섬뜩하지 않았냐? 속을 알 수가 없잖아. 모범생 스트레스가 저라고 왜 없겠어? 우리도 있는데. 그날따라 손이 근질근질했겠지. 드디어 본색을 드러낸 걸 거야."

"정말 그럴까?"

강은 건의 말에도 고개를 갸웃거렸다.

"뭘 고민해? 형, 건이 형 말이 백번 맞아! 난 그 형! 그럴 거라고 처음 보는 순간 딱 짐작했어."

수가 또 끼어들었다. 한 대 쥐어박고 싶었지만 오빠들 방이라 그냥 참고 들었다. 그 이후로도 도하를 일컬어 얼음 독사라느니, 재수 없다느니 하는 말들이 입에서 입으로 오고 갔다.

원은 담배를 피우고 일진들과 싸움질을 한다는 말이 명치에 얹혔다. 혜지와 잘 놀고 있는 오빠라면 그럴 일이 없을 텐데. 비폭력 평화주의자가 바로 혜지의 주인이었으니까. 정말 도하 오빠가 그렇게 무섭고 차가운 사람일까?

가을 하늘이 드높아진 오후, 방과 후 수업을 마치고 혜지와 함께 산책을 나온 원은 목련 저택 앞에서 발걸음을 멈추고 말았다.

예쁘게 생긴 웬 여자와 도하가 이야기를 하고 있었다. 곧 여자의 얼굴이 한편으로 꺾이더니 어깨를 들썩였다. 그러곤 드라마에 나오는 비련의 여주인공처럼 눈물을 보이며 뛰어나갔다.

얼굴을 보니 원이 아는 언니였다. 일전에 도하의 선물을 건네주며 카카오 함량 70%가 넘는 초콜릿은 저보고 먹으라고 함께 주던 마음씨 좋은 언니였다.

"제성고 일진 대가리 처박던 놈이 차도하랑 닮았대."

자꾸 제 오빠들의 목소리가 머릿속에서 맴돌았다. 언뜻 본 도하의 표정이 무서워 더 선명하게 들리는 듯했다. 원이 못 본 척하며 방향을 틀 때 혜지가 컹컹 짖었다.

"원."

날 불렀나? 원은 로봇처럼 휙 돌아 어색한 웃음을 지어 보였다. 아까와는 딴판으로 입가에 미소를 띠운 도하가 다가왔다.

"왜 그냥 가?"

"음…… 혜지 산책시키려고."

"우리 혜지, 그동안 잘 있었어?"

도하는 어느새 다정한 손길로 혜지의 목덜미를 간질였다. 섬뜩한 눈빛, 섬뜩한 눈빛…….

강의 음성이 귀에 달라붙어 떨어지지 않는다.

"혜지 좀 봐 줄래? 난 운동가야 해서."

"산책시켜 줘야 한다면서?"

"겸사겸사. 하하."

"원, 잠깐 기다려 봐."

"왜?"

"잠깐이면 돼."

저택으로 들어간 도하는 잠시 후에 사진기처럼 생긴 물건을 가지고 나왔다. 그러고는 원에게 한쪽에 서라고 하며 찰칵 사진을 찍었다.

기계는 금방 사진을 토해 냈다. 도하가 사진을 보여 주었다. 맑은 하늘을 배경으로 원과 혜지가 찍혀 있었다.

"좀 웃지."

"왜 사진 찍어?"

"이젠 여기 못 올 테니까."

"어디 가?"

"유학 가면 혜지도 자주 못 보겠지?"

"유학? 어디로 가는데?"

"미국."

"내년에 고3인데, 유학을 왜 가?"

"미국에 있는 학교 들어가려면 어쩔 수가 없어."

"그렇구나. 언제 돌아오는데?"

"대학 마치고. 한 5년 후에."

"그동안은 혜지를 못 보니까 아쉬운 거구나. 계속 찍어, 도하 오빠."

원은 혜지와 함께 포즈를 취해 주었고 도하는 여러 번 사진을 찍었다. 그중 한 장을 내밀었다. '너도 한 장 가져'라고 시크하게 말하면서.

"근데 원아, 왜 자꾸 여자애들 선물을 내 방에 가져다 두는 거야?"

"어, 어떻게 알았어?"

"내 방에 들락날락할 사람 너밖에 없잖아. 아까도 귀찮게 해서 짜증 났어."

"미안해, 오빠. 언니들이 내게 잘해 줘서, 초콜릿과 사탕을 이만큼 줘서 거절할 수가 없었어."

원은 불쌍한 얼굴로 받은 사탕과 초콜릿의 양을 두 손으로 보여 주었다. 참회의 뜻으로 울면 때리지는 않겠지? 원은 자신이 몰랐던 도하의 모습이 나올까 봐 조마조마해졌다.

"한두 번도 아니고. 귀찮아."

"오빠, 언니들에게 잘해 주면 안 돼? 오빠 좋아한다던데. 좋아하는 사람이 자길 귀찮아한다고 하면 언니들이 불쌍해지잖아. 오빠 마음도 안 좋고."

도하는 원을 빤히 바라보다 입을 열었다.

"불쌍하다고 사귀어 줄 수는 없잖아."

"그렇긴 하네. 그런 언니들이 한둘도 아니고. 그래도 오빠가 좀 다정하게 대해 주면 좋겠어. 아까도 그 언니, 너무 불쌍해 보였어."

앞으로 다디단 간식과 바이바이 해야겠구나. 더구나 도하 오빠는 유학을 간다니까. 원은 좀 서글퍼졌다.

"그래. 넌 아직 어린애니까."

도하가 아무것도 모르는 애랑 무슨 얘기를 하냐는 뜻으로 한숨을 내쉰 것 같기도 하다.

어린애라서 어린애라는 말을 듣는데, 왜 도하 오빠의 어린애라는 말은 듣기 싫은지 모르겠다. 아무것도 모르는 아이라고 무시하는 것 같다.

"그래도 오빠에게 시집가는 건 나야!"

갑작스러운 원의 고함에 도하는 함박 웃음꽃을 피웠다. 꼬맹이가 화를 내니 웃긴 모양이었다.

"알았어. 누가 뭐래?"

"그러니까 나 무시하지 마."

"내가 널 언제 무시했다고?"

"아까 애라고 무시했잖아."

"그런 적 없는데?"

이 순간만큼은 오빠들 말대로 도하가 참 얄미웠다. 닭 잡아먹고 오리발을 마구 내밀고 있었으니까.

그것이 마지막이었다. 도하는 그다음 날 목련 저택에서 사라졌다. 유학을 가기 위해서 서울로 전학을 갔고, 무성하던 차도하에 관한 소문도 바람처럼 사라졌다. 할아버지는 도하가 미국으로 유학을 떠났다며 원에게 전해 주었다. 정말 그 말대로 5년 동안은 도하를 만날 수 없었다.

　시간은 화살과 같이 빨리 흘러갔다.

　그리고 열아홉 살이 되었을 때, 집안 어른들의 약속대로 원은 도하의 신부가 되었다.

3
오해의 끝, 이별

왜 이런 사이가 되었는지 알지 못한다. 이유를 밝혀내고자 했을 때는 이미 늦어 버렸다. 일상의 대화조차도 어색한 관계가 되어 버렸으니까.

도하는 침대 옆자리에서 부스럭거리는 소리를 듣고만 있었다. 새벽 5시. 원이 일어나는 시간이었다. 그를 깨우지 않기 위해 조심조심 이불을 걷고 일어나는 것이 느껴졌다. 겨울의 길목에 선 무렵이라 따뜻한 침대 속을 벗어나기 힘들 법도 한데, 원은 발딱발딱 잘도 일어났다.

원이 방을 나간 후 도하는 몸을 일으켰다. 더 이상 침대 위에 누워 있을 수 없었다. 아버지와 함께하는 아침 식사 시간이 6시고, 7시까지 출근하려면 여유를 부려선 안 된다. 늦게 퇴근해 자정 즈음 잠을 청하고 서너 시간 수면한 후 기상하는, 빡

빡하고 숨 막히는 일상이 어느새 자연스러운 일과가 되어 버렸다.

그룹 경영에 참여하기 위해 24시간이 모자를 정도로 스스로를 채찍질하고 있었다. 언론은 유광그룹의 승계 절차를 대대적으로 보도했지만 그것은 섣부른 추측이었다.

후계 구도를 확실히 하기 위해 유학에서 돌아온 후, 지난 2년 동안 유광그룹의 지주 회사인 유광자동차에서 말단부터 착실히 실무를 익혔다. 2년 만에 부사장으로 발령이 나 세간의 주목을 끌기 시작하면서 덩달아 언론도 호들갑을 떨었다.

피로가 누적되고 신경이 예민해진 탓에 잠을 잘 이루지 못하는 나날이 계속되었다. 그럴 때면 꿈결 같았던 짧은 신혼 초가 떠올랐다. 내로라하는 재벌가에 시집와서도 한동안 씩씩하던 원이가 그리워졌다.

"아, 좋다. 도하 오빠의 품."

원은 도하를 꼭 끌어안고 감탄사 같은 말을 내뱉곤 했다.

"잠들기 싫은데."

"얼른 자. 내일도 늦잠자면 어머니가 가만히 있지 않을 걸?"

"지금이 아니면 오빠 얼굴을 볼 수가 없잖아. 결혼하면 하루 종일 볼 줄 알았는데."

"미안, 내가 바빠서."

"미안하면 같이 소풍 가요. 김밥이랑 샌드위치 싸서. 어머니 덕택에 나, 솜씨 많이 늘었어요."

"소풍 가고 싶어?"

"응. 햇살이 반짝이는 날에 오빠와 손잡고 초록빛 가득한 공원을 산책하고 싶어. 그러다가 오빠가 나한테 무릎베개해 달라고 하면, 내가 못 이기는 척 튕기다가 오빠를 재워 줄 거예요. 그동안 많이 바쁘고 힘들었으니까 여기서만이라도 쉬라고. 아! 생각만 해도 너무 낭만적이야."

원의 마음 씀씀이에 도하는 가슴이 뭉클해졌다. 원의 머리를 쓰다듬으려고 손을 뻗다가 도로 제자리로 불러들였다.

"어제 읽은 로맨스 소설에서 나오는 장면이었어요. 꼭 따라 해 보고 싶었어요."

"뭐?"

"한 번 협조해 주면 안 되나, 남편?"

"나중에, 나중에 해 줄게."

"무르기 없기다! 우리 꼭 소풍 가는 거예요!"

"응."

"사랑해요, 도하 오빠."

"고마워."

"그게 다예요? 얼른 말해 봐요. 얼른!"

"피곤해. 나 내일 일찍 나가야 해."

"부끄러워서 그러는구나. 부부끼리 부끄러워하면 안 돼요. 비밀은 없고 사랑만 있는, 부끄럼이 없는 사이."

"그만 자."

원이 눈앞에서 애교를 부려도 도하는 눈을 먼저 감으며 그녀에게서 등을 돌렸다.

서운해 한다는 것을 알고 있었지만 그럴 수밖에 없었다. 그렇지 않으면 짐승처럼 달려들 게 뻔했으니까. 새벽녘 잠이 든 원의 등을 토닥토닥하거나 이마에 가만히 뽀뽀하는 것만이 도하가 할 수 있는 최대한의 애정 표현이었다.

그러던 원이 이제는 그보다 먼저 일어나 아침을 준비한다. 그녀는 완벽하게 시집의 가풍을 익혔고, 몸가짐도 바르고 말씨도 음전해졌다.

마음이 불편했다.

식사 시간은 고요했다. 식탁에 앉은 사람은 아버지와 어머니 그리고 도하였다. 아침 식사는 간단하지 않았다. 진수성찬이라고 불릴 만큼 갖가지 반찬과 찜, 구이, 전골 등이 있었다. 외려 식욕이 뚝 떨어지는 것만 같다.

한동안 식사 자리에는 밥 먹는 소리만 들렸다.

"아가, 나 국 좀 더."

"네, 어머님."

도하는 식사 시중을 들기 위해 한편에 서 있던 원이 재빠르게 다가오는 것을 지켜보았다. 무표정한 얼굴에 억지웃음을 그려 놓고 새 국을 떠 시어머니 앞에 가져다 놓았다. 발걸음을 조심하며 제자리에 서는 모습까지. 원은 능숙한 모습이었다.

"아가?"

"네, 아버님."

"도라지 무침이 아주 맛있구나. 네가 했니?"

"아유, 여보. 어떻게 도라지 무침을 며늘애가 하겠어요? 덕산 댁이 했겠죠."

아버지의 물음에 어머니가 코맹맹이 같은 목소리로 대꾸했다.

"아닙니다, 큰 사모님. 도라지 무침은 작은 사모님께서 하셨어요."

시립해 있던 덕산 댁이 끼어들었다.

"그렇지? 아주 새콤달콤하고 쌉싸름한 게 입맛 돋우는 데는 그만이구나."

"근데 좀 짜죠?"

"응? 그게 무슨 소리요?"

"당신 입맛에 꼭 맞는다는 건 간이 세다는 뜻이니까요. 아가, 회장님 고혈압 있으신 거 알고 있지? 한데 이렇게 짜게 만들면 어떡하니?"

"죄송합니다, 어머님. 아침이라서 입안이 깔깔해 간을 잘 맞추지 못했나 봅니다."

"앞으로 주의하거라. 내일부턴 더 일찍 일어나고. 집에 있는 사람이 기본적인 간도 제대로 맞추지 못하면 지나가는 소도 웃을 거야."

"네. 주의하겠습니다."

원은 허리를 굽히며 대답했다.

"난 괜찮으니까 신경 쓰지 말거라, 아가."

시아버지의 말에 원은 '네'라고 작게 대답할 뿐이었다.

"당신도 짜게 먹는 습관 좀 버리세요. 건강에 해롭다고 몇 번이나 더 말씀드려야 해요?"

"나도 주의하겠소, 여보."

"그런 뜻이 아니란 거 잘 아시잖아요."

"알지, 알다마다. 흠흠."

겨우 남아 있던 식욕도 달아났다. 도하는 수저를 놓았다.

"그만 먹게?"

어머니가 걱정스러운 어조로 물어왔다.

"속이 부대껴서요."

"왜 속이 부대껴? 과음했니?"

"네."

대충 둘러댔지만 어머니는 식탁 위를 뜯어보며 트집거리를 찾고 있었다. 하지만 콩나물 조개 해장국이라 별다른 흠을 찾지 못했다.

도하의 모친, 정효영 여사는 며느리를 탐탁지 않게 여겼다. 도하 또한 잘 알고 있었다. 할머니가 예뻐한 손자며느리였기에 그 반발심이 상당했다. 집안을 일으키는 손자며느리라는 둥, 복이 주렁주렁 매달리다 못해 차고 넘칠 것이라는 둥, 누구와 다르게 예쁜 짓만 해서 주머니에 넣고 다니고 싶다는 둥. 도하가 원과 정혼한 10년 동안 할머니의 입에서 칭찬이 마르지 않았던 탓이다. 할머니에게 알게 모르게 죄스러워하는 어머니가 듣기엔 참 거북살스러운 칭찬이었다.

"어머니. 저 사람 점심시간에 회사로 보내 주세요."

"왜? 오늘 해야 할 일이 얼마나 많은데. 나와 미술관에도 가야하고, 프랑스어 수업 선생님도 오시는 날인데."

"미뤄 주세요. 오늘 부부 동반 모임이 있어서요."

"중요한 모임이니? 너도 알다시피 외가 쪽 며느리 중에서 프랑스어 못하는 애는 원이 밖에 없어."

"뉴욕에서 알던 친구가 이번에 미부대사관으로 부임했어요. 점심을 같이 먹기로 했는데, 부부 동반으로 만나자고 하네요."

"……알겠다."

그제야 어머니는 뜻을 꺾었다. 도하는 자리에서 일어났다.

"먼저 나가 보겠습니다, 아버지."

"그래. 오늘은 출근하자마자 회의가 있지?"

"네."

도하는 방으로 돌아왔다. 원은 금방 따라와 재킷을 건네주었다. 무표정한 원의 얼굴을 보고 있자니 가슴 한편이 서걱거린다. 망아지 같던 그녀는 어디로 사라진 것일까.

"편하게 입고 나와."

"네?"

"어머니가 예의가 아니라고 하면, 그쪽도 사적 모임이라 가

76

벼운 차림으로 온다고 해."

"네, 도하 씨."

"둘이 있을 때는 오빠라고 불러도 된다고 했잖아."

"둘이 있을 때 더 조심해야죠. 어머님 앞에서 실수하지 않으려면 어쩔 수 없어요."

신혼 초, 어머니 앞에서 자신에게 오빠라고 불렀다가 원이 눈물 쏙 빠지게 혼난 기억이 떠올랐다. 마음이 아려 도하는 원을 가만히 안아 주었다. 불안한 듯 원은 도하의 품에서 곧 빠져나왔다.

"늦겠어요. 얼른 가요, 도하 씨."

원이 원답지 않게 행동하고 말한다. 어렸을 때에는 없었던 불편한 얇은 막이 묘하게 그들의 관계를 뒤덮었다.

"12시까지야."

"네."

도하는 출근 후 일에만 전념했다. 시간을 쪼개 쓰다 보면 마음을 갉작이는 불편감이 사라진다. 시침은 어느새 오후 2시를 향해 달려가고 있었다. 도하는 원에게 전화를 걸었다. 점심을 먹고 있는지 전화를 받지 않았다.

정오가 되었을 때 약속이 취소됐다며 회사에 도착한 원에게 문자를 보냈다. 집으로 들어가기 전 몇 시간 정도 하고 싶은 대로 하라며 자유 시간을 주었다. 사실 부부 동반 모임은 있지도 않은 약속이었다.

간단하게 끼니를 때우고 도하는 다시 원에게 전화를 걸었지만 역시 받지 않았다. 오랜만에 자유를 만끽해서일까. 다른 번호로 전화를 할까 말까 고민을 하다가 통화 버튼을 눌렀다.

—여보세요.

"차도하입니다."

—도하 씨?

"혹시 원이랑 같이 있습니까?"

—아, 죄송해요. 미리 말씀드렸어야 했는데. 제가 갑자기 일이 생겨서 지금 파주로 올라왔어요.

"그럼 원이 혼자 있는 겁니까?"

—아뇨. 지금 유결이랑 함께 있을 거예요. 아시죠? 유결이가 이번에 한국대 의대에 합격해서 서울로 올라와 있었거든요.

도하는 시간 끌 필요도 없이 짧은 인사를 하고 통화를 마쳤다. 애초에 원과 함께 시간을 보내 달라고 부탁한 사람은 장도이였다. 한데 유결과 같이 있다는 소식이 그를 껄끄럽게 만들었다. 그는 결혼 전 원에게 소개받았던 도원결의 4인방을 떠올리며 한숨을 삼켰다.

"오빠, 얘는 장도이. 도원결의에서 용감 무식 저돌 '도'를 맡고 있고요. 얘는 강유결, 우리 도원결의의 유일한 청일점 지성 품위 섹시 담당 '결'! 그리고 마지막으로 지의지는 귀염 숙맥 어리버리 '의'를 맡고 있어요."

"그럼 넌?"

"아하하. 도하 오빠, 되게 센스 없다. 나는 당연히 완전 절대 미모를 담당하고 있는 '원'이죠."

자신이 유학을 떠난 뒤 그들은 중학교 시절부터 절친한 사이가 되었다고 한다. 이름을 한 자씩 따 삼국지의 유비, 관우, 장비처럼 도원결의를 맺었다는데, 도하는 그때 키가 멀대같이 크고 곱상하게 생긴 유결이 자신을 노려보고 있다는 것을 깨달았다.

원의 친구들은 지옥 같던 고3을 끝내고 모두 서울 소재의 대학교에서 합격 통지서를 받았다. 찬란한 봄볕에 싱싱하게 피어오를 친구들과는 다르게 원은 시들어 가고 있었다. 자꾸 막내처남 수의 말이 귓가에 어른거린다.

"매제, 얘 얼굴 봐요. 살이 이렇게나 빠졌잖아요. 시집살이 혹독하게 시키는 거 아닙니까? 저번에 보니까 사돈 어르신은 여전히 우리 원이 못 잡아먹어서 안달이시던데."

"야, 무슨 말을 그렇게 해? 우리 어머님 그런 분 아니셔. 얼른 도하 씨한테 사과해."

"없는 말 지어 낸 건 아니잖아? 저번에 엄마랑 네 시댁에 같이 갔을 때, 고작 도자기 그릇 하나 깨 먹었다고 네 시어머니가 소프라노 음색으로 널 혼내셨잖아."

"그건 내 잘못이었어. 그 그릇이 얼마나 귀한 거였는데. 나중에 듣고 보니까 루이 14세가 쓰던 식기였대. 너 루이 14세 알지? 역사 책에 나온 태양왕."

"아무리 귀한 그릇이라도 그렇지, 그릇이 사람보다 더 귀하냐? 루이 14세 같은 소리 하고 있네. 루이 14세가 살아 돌아와도 그렇게는 안 하겠다."

"저는 그런 거 보지도 못했을 거면서."

수는 원이 피자를 걸신들린 듯 먹는 걸 보고 눈을 찡그렸다.

"원이 너, 집에서 밥도 못 얻어먹고 지내는 거야? 천천히 먹어."

"피자 구경 정말 오랜만에 했거든."

"이딴 것도 못 먹어? 재벌이라며?"

"몸에 해로운 거니까."

"매제!"

수의 서슬 퍼런 눈동자가 선연하다. 그때 한참 어린 막내처남의 일갈보다 마음을 좀먹었던 건 자신의 무력함이었다. 잘하고 있는 걸까, 하는 의문이 머릿속에 맴돌았다. 하지만 그때의 원은 씩씩했다. 그래서 도하는 좀 더 있으면 괜찮아질 거라는 안일한 생각을 해 버리고 말았다.

도하가 귀가했을 때 원은 돌아와 있었다. 얼굴은 한결 밝아 보였다.

"오늘 누구 만났어?"

"유결이 만났어요."

"재미있었어?"

"응, 아주 많이요. 근데 우리 한참 헤맸어요. 유결이나 나나 서울 지리는 잘 몰라서. 내가 먼저 서울서 살았는데 아무것도 모른다고 결이가 핀잔 줬어요. 나보고 붕어래요. 무정한 놈."

오랜만에 들어본 원의 거친 말투가 반가우리만도 한데, 입 안이 쓰디쓰게 느껴졌다. 원의 생기와 활력에 기생하는 건 자신이 아닐까하는 생각이 든다. 마음에 벽이 쌓이는 것 같다. 한동안 원은 유결이가 어쩌고저쩌고 이야기했다.

아무런 대꾸도 해 주지 않는 것이 서운한지 원이 뽀로통한 표정을 지었다. 하지만 이내 잊어버리고 노트북을 켜고 인터넷을 했다. 친구들과 종종 메신저를 하는 원은 금방 안색이 밝아졌다. 아마도 오늘의 외출이 꽤나 신이 났는지 친구들에게 다다다, 보고하는 것이 느껴졌다.

원보다 나이 많은 어른이면서도 조바심이 드는 건 어쩔 수 없다. 그래서 그녀에게 더 가까이 다가갈 수 없는 강이 그들 사이에 흐르는가 보다. 원은 이제 겨우 미성년의 티를 갓 벗은 스무 살에 불과했다.

"차 서방."

"네, 할아버님."

"자네 조모가 서둘지만 않았어도 우리 원이를 이렇게 빨리 시집

보내려고 하지 않았네."

"네."

"약속하게. 우리 원이 당장 애 엄마로는 만들지 않겠다고."

"네? 하지만……."

"아네. 자네 할머니가 이제나저제나 증손자 소식을 눈이 빠지도록 기다리고 있다는 거. 하지만 우리 원이는 이제 겨우 열아홉 살이네. 시집살이도 힘들 텐데 아이까지 있으면 원이 인생은 없어지게 되는 거야. 좋은 시절에 대학 공부도 하지 못한 원이가 안 됐지 않은가. 하니 나와 약속해 주면 좋겠네."

"네, 할아버님. 그렇게 하겠습니다."

"스물두 살이 넘기 전에는 절대 아니 되네."

도하는 그저 '네'라고만 대답할 수밖에 없었다. 꽃같이 어여쁜 손녀가 하루아침에 어른이 되는 것이 할아버지로서 못내 안타까운 일일 터였다.

할아버지와 약속했지만 도하는 불안한 마음이 들었다. 그의 두 손에 안착한 원이 어느 날 미풍에 떠다니는 나비처럼 두둥실 날아갈까 봐. 원의 세상에서 유리한 입지를 먼저 선점할 수 있었던 것은 할머니 덕이었다.

원은 어릴 적부터 도하의 색시가 될 것이라고 세뇌당한 것과 다름없다. 언젠가 최면에서 깨어나 진짜 마음을 보게 되면 어떡하지. 그땐 어쩔 수 없이 원이를 보내 줘야 한다고 마음은 대답한다. 도하는 원이에게 향하는 시선을 애써 다른 곳으로 돌렸다. 그렇지 않고서는 마음 깊숙이 파묻어놓았던 무서운 괴물이 출몰할 터였다.

결혼한 지 어느덧 1년이 흐른 어느 날, 출장에서 돌아온 도하는 집 안 공기가 심상치 않음을 느꼈다. 아버지의 헛기침 소리와 함께 어머니의 찡그린 얼굴이 보였다.

"다녀왔습니다."

"올라가 보렴."

도하는 방에서 원을 찾았다. 강아지처럼 쪼르르 달려 나와야 할 그녀가 보이지 않았다. 거대한 침실을 둘러보다 안쪽 욕실의 문을 열었다.

"어? 왔어요?"

토끼처럼 눈이 빨간 원의 얼굴이 보였다.

"왜 울고 있어?"

"아, 그냥 눈이 따가워서."

"무슨 일이 있었던 거야?"

묻고 나서 도하는 입을 다물었다.

어머니다. 분명 어머니가 원의 가슴에 못 박는 말씀을 하신 거다. 결혼 후 어머니의 결벽증과 완벽주의를 원이 어떻게 감당할까 염려가 됐었다. 자신에게도 어머니의 날카로움과 차가움이 때론 이질감으로 다가왔으니까.

화가 났다. 당장이라도 아래층으로 내려가서 소리를 지르고 싶었다. 그만 좀 하시라고.

"아, 아니에요. 일은 무슨……."

원이 간절한 눈빛으로 부인했다. 그녀도 알고 있을 것이다. 자신의 무력함을. 아무것도 할 수 없었다. 사춘기 시절조차 그 흔한 반항도 한 번 해 본 적이 없었으니까.

어머니는 직감이 예민해 도하의 사소한 변화라도 알아차렸다. 무뚝뚝하고 차갑게 원을 대하다 잠깐이라도 안쓰러운 눈빛을 보낼라치면, 어머니는 냉큼 원을 야단치고 패악스럽게 굴었다.

"아가! 너희 시아버지 향수 알레르기 있는 것 몰랐니? 저번에 내가 이야기했잖아. 대체 하나에서 열까지 언제까지 가르쳐야 하는 거야? 행커치프가 향수병에 빠졌다 나온 것처럼 인공향이 진동하잖아!"

"행커치프에 뿌린 건 퍼퓸이 아니라 오드뚜왈렛이라서요. 금방 날아갈 거라 생각했어요, 어머니."

"너! 어디 어른 앞에서 지금 따박따박 말대꾸하는 거야? 너희 집에서는 이렇게 가르치던? 어른이 가르쳐 주시면 감사하다, 이렇게 여기면 될 것을. 나이도 어린 것이 어디서 시어머니 가르치려 들어?"

"잘못했습니다, 어머님."

신혼 초, 시아버지 행커치프에 원이 향수를 뿌려 놨다는 이유만으로 집 안을 들썩이는 사달이 났다. 보다 못한 도하가 원의 앞으로 나섰다.

"어머니, 아버지 알레르기 나아지신 거 아니에요? 어머니 향수
냄새에도 별다른 증상을 보이지 않으셔서 괜찮으신 줄 알았는데
요."

도하가 한마디 거드는 통에 정 여사는 더욱 성을 냈다.

"그럼, 내가 지금 없는 말 꾸며서 말한다는 거야? 도하, 너! 어디
서 안 사람 역성을 들어도 이런 식으로 들어? 내가 널 어떻게 키웠
는데!"

"……잘못했습니다."

어머니의 말에 도하는 고개를 숙일 수밖에 없었다. 그때 알
았다. 원에게 잘해 주면 잘해 줄수록 어머니의 화를 돋운다는
것을. 그 후 도하는 입을 닫아 버렸다.

도하는 원이 후다닥 눈물을 지우고 그의 옷을 정리하는 모
습을 지켜보다 방을 나왔다. 아직까지는 잘 견뎌 내고 있지만
언제 병이 날지 모를 일이었다.

"아버지."

아버지는 서재 안에서 컴퓨터 화면을 주시하고 있었다.

"왜 그래? 할 말 있니?"

"제가 도착하기 전에 오늘 무슨 일 있었어요?"

"네 할머니 다녀가셨다."

아버지의 말에 도하는 굳게 입을 다물었다. 할머니가 오시면 어머니의 기분은 최고조로 나빠졌다. 손자며느리에 대한 자자한 칭찬이 마를 날 없는 할머니는 어머니의 안색 변화에도 아랑곳없으셨으니까.

"너희 아직도 소식이 없는 거냐?"

"네?"

"아이 말이다."

도하는 안색을 굳혔다.

"어머니께서 증손자를 언제쯤 볼 수 있냐고 물으셨다. 시집살이해서 들어서지 않는 것 아니냐고, 너희들 분가시키라고 하시더구나."

"어머니께서 언짢아하셨겠네요."

"그래. 그래서 집 안 분위기가 엉망이 된 거야. 도하야. 네가 새아기 잘 달래 줘라. 보는 내가 민망할 정도로 참 많이도 혼을 내더구나."

"네."

"회사 일 하느라 바쁜 네게 세세한 집안일까지 이야기하기 좀 그렇지만, 모든 일이 가화만사성이라고 했다."

"명심하겠습니다."

도하는 아이가 생기지 않는 원인이 원을 가까이하지 않은 자신 때문이라는 말은 하지 않았다. 그것은 그녀의 할아버지 백정 옹과의 결연한 약속이었다. 아버지는 원을 달래 주라고

86

했지만 모두가 자신의 잘못 같아서 그녀에게 면목이 없었다.

원은 어머니에게 혼이 나면서도 아이가 없는 것을 남편의 탓으로 돌리지 않았다. 한 마디만 하면 어머니의 비난의 화살은 자신에게로 향할 텐데, 어느새 그녀는 성숙한 아내가 되어 있었다. 종알종알, 재잘재잘 대던 생동감 있는 모습을 잃어먹고 어른의 눈을 하게 된 아내.

자신이 살갑고 따뜻한 사람이었다면 원은 이 무거운 집안에서 좀 더 잘 견딜 수 있었을까. 도하의 마음은 굴뚝같으나 선뜻 나설 수 없었다. 어떻게 무엇을 어디서부터 시작해야 하는지 도무지 감이 잡히지 않았다. 피어나야 할 꽃을 일찌감치 꺾어 버린 것 같은 죄책감만 든다.

어쩌면 무심한 철벽을 주위에 쌓아 놓고 자신만의 성에서 혼자 살아가는 건 그일지도 모른다.

외국 회사의 자동차 공장 인수합병 건으로 바쁜 나날을 보내고 있었다. 귀가해서도 예외는 아니었다. 잠자리에 들기까지 잦은 통화에 서재에서의 업무처리까지 24시간이 모자를 정도로 일을 했다.

"도하 씨, 저 오늘 한의원에 다녀왔어요."

"응? 왜?"

"어머니께서 보약 한 재 먹자고 하셔서요."

"네가? 어디 아파?"

"아니, 그게……."

그제야 도하는 노트북에서 눈을 떼 원을 바라보았다. 그녀의 뺨은 발그레해 있었다.

"자궁을 튼튼하게 해 주는 약이라고 해서요."

번뜩 섬광 같은 생각이 뇌리를 스쳤지만 도하는 눈을 노트북으로 돌렸다. 아직 1년은 더 기다려야 한다.

"알았어. 잊어버리지 말고 꼬박꼬박 잘 먹도록 해."

"도하 씨?"

"미안, 지금 중요한 메일을 보내야 돼서."

"……네."

원이 등을 보이고 밖으로 나갔다.

도하는 노트북을 닫고 한숨을 푹 내쉬었다. 어머니는 그들 부부가 노력을 하고 있는 것으로 안다. 그런데 이제 와서 털끝 하나 건드린 적 없다고 말한다면 그 탓을 또 원에게로 돌릴 게 뻔했다. 원도 그 부분에 대해서는 일체 말을 꺼내지 않았다.

다행이었다. 할아버지와의 약속이 발목을 잡고 있는 이상 원을 멀리하는 것이 현명했다. 도하는 스스로를 믿을 수 없어 모른 척할 수밖에 없는 노릇이었다.

방으로 돌아갔을 때 원이 놀란 듯 무언가를 감추는 게 보였다.

"뭐 하고 있었어?"

"아무것도 아니에요. 이제 자려고요?"

"응. 피곤해."

핸드폰을 어디에 두었더라. 도하는 협탁 위며 화장대며 살펴보았지만 보이지 않았다.

"뭐 찾아요?"

"내 핸드폰 못 봤어?"

"서재에 두고 온 거 아니에요?"

"그런가?"

방을 나가 서재를 살펴보았지만 핸드폰은 보이지 않았다. 전화를 걸어 보아야겠다고 생각하며 침실로 돌아왔다. 그때 원이 자신의 핸드폰을 손으로 들어 보였다.

"욕실에서 찾았어요. 씻을 때 가지고 들어갔나 봐요."

"고마워."

도하는 미소 지으며 침대 속으로 들어갔다.

"굿 나잇."

원의 이마에 쪽, 소리가 나게 뽀뽀를 하고 잠에 빠져들었다.

회의를 일찍 끝내고 집무실로 돌아왔을 때, 윤하가 반갑게 인사를 했다.

"웬일이야?"

"이거, 예상과 너무 똑같은 반응이라 지루할 정도다? 내가 어제 문자 보냈잖아. 하니, 나 자기한테 돌아갈래. 이렇게."

"그렇게 부르지 말랬지?"

"내 맘이다."

윤하는 유학 시절 대학 동문이었다. 하일그룹의 막내딸인 윤하는 부모님의 강압으로 울며 겨자 먹기로 뉴욕에서 먼저 경영 공부를 하고 있었다. 어린 시절부터 막역한 사이라 도하의 유학지가 뉴욕이란 것을 알자마자 연락이 왔었다. 이제 같이 놀 사람이 생겼다며 두 손 두 발 들고 환영한다고.

그러나 도하가 공부에만 집중하자 윤하는 원색적으로 '공부에 미친 놈', '공부 못해 죽은 귀신 들러붙은 놈'이라고 욕을 해댔다.

"차도하, 이 의리 없는 놈! 그새 도둑장가를 가?"

"결혼한다고 말했잖아."

"농담인 줄 알았지."

"진담이라고 몇 번 이야기한 걸로 아는데?"

"그래도 그렇지. 결혼 전날 통보해 주는 게 어디 있냐? 비행기 표가 없어서 참석도 못 했잖아."

"참석하지 말라고 전날 말한 거야."

"내가 깽판 칠까 봐?"

"깽판 치게 놔둘 줄 알고?"

"우리 우정이 이리도 유리 같은 것인지는 또 몰랐다, 자식아!"

"다행이지. 강철이 아니라서."

도하의 말에 윤하가 흘깃 꼬나보았다. 윤하는 10대 시절 잠깐 도하를 좋아했었지만 그가 자신에게 눈을 돌리지 않으리라는 것을 알고는 곧 포기했다. 좋은 우정을 이어 가고 있는지 10년째. 허물없는 사이가 되어 버린 친구라 할지라도 결혼식에 초대받지 못 한 건 억울했다. 절친의 대접을 받지 못했다고 나 할까.

"밥이나 사."

"약속 있어."

"누구?"

"아내."

"우와, 징그러워. 너 지금 그윽하게 아내라고 불렀냐? 천하의 왕재수 차도하가 마시멜로가 돼 버렸네."

"시끄러."

"잘됐다. 나도 좀 끼워 줘. 귀국하자마자 열 일 제쳐 놓고 널 찾은 건 네 부인도 한몫했으니까. 궁금해서 미칠 지경이야. 네가 유학 시절 내내 노래 부르던 꼬맹이가 어떻게 자랐나 싶어서."

"꿈 깨. 우리 원이에게 네가 무슨 말을 할 줄 알고?"

"우리 원이? 너 내가 알고 있는 차도하 맞니?"

"얼른 가. 점심시간 다 됐어."

"왕재수 차도하."

"장난 그만하고 가."

"이거나 먹어라!"

윤하는 도하의 목을 잡고 냅다 입술에 키스해 버렸다. 도하가 윤하를 떼 내려고 했지만 결사적으로 목을 붙들고 있는 통에 떼 내기가 쉽지 않았다. 윤하의 혀가 들어오지 못 하도록 철통 방어를 하며 윤하의 손을 떼어 냈다.

"나윤하! 이게 무슨 짓이야?"

"우리의 처음이자 마지막 키스."

"뭐?"

"한때 내가 널 좋아했을 때 너와 키스하면 어떤 느낌일까, 궁금한 적 있었거든. 근데 별거 없네."

도하의 황당한 얼굴에 윤하가 씨익 웃어 보였다.

"차도하, 심각해지지 마. 네가 유부남이 됐으니까 시도해 볼 수 있었어. 혹시 총각이면 네가 내 키스 때문에 흔들려서 들러붙을 수도 있으니까 말이지."

도하는 도깨비처럼 사라지는 윤하를 어이없이 바라보았다. 윤하는 어디로 튈지 모르는 망나니 같은 녀석이었다. 곧 손등으로 입술을 훔쳤다. 찝찝했다. 감히 내 첫 키스를 훔치다니. 황당무계라도 이런 황당무계는 없었다. 하지만 도하는 곧 침착해졌다. 첫 키스가 아니다. 그가 한 것도 아니고, 입을 열지도 않았으니까. 그의 첫 키스 상대는 바로 원이어야 한다.

손목시계를 내려다보았다. 약속 시간이 지났는데도 원이 오질 않았다. 아침에 그녀가 한 말이 떠올랐다.

"오늘이 무슨 날인 줄 알아요?"

"무슨 날인데?"

"아, 아니에요. 오늘 점심 같이 먹어요."

"나올 수 있겠어?"

"한의원 가는 날이라 잠깐 시간 돼요."

"그래. 점심 같이 먹자."

"네. 오늘 맛있는 거 사 줘야 돼요?"

"응. 근데 오늘 무슨 날이야?"

"아니요, 그냥. 도하 씨와 밥 먹고 싶어서."

도하는 싱긋 웃으며 책상 서랍을 열었다. 작은 보석함 케이스가 예쁘게 포장되어 있었다. 그가 심사숙고 끝에 고른 알사탕 같은 다이아몬드 반지였다. 아기자기한 캔디 모양으로 세공한 것은 아마 세상에서 이게 처음일 터였다.

오늘은 원의 생일. 아침에 그녀가 넌지시 물었을 때 실토하려다가 그만두었다. 어머니가 놓친 며느리의 생일을 먼저 알은체해서 원을 곤경에 처하게 하고 싶지 않았다.

원은 자신의 생일날에도 부모님과 도하의 시중을 들었다. 미역국이 없던 밥상 앞에서 오늘이 원의 생일이라고 발설하면 필시 어머니는 날 왜 나쁜 시어머니로 만드냐며 역정을 내실 게 뻔했다.

그리고 도하는 원이 깜짝 놀라며 기뻐하는 얼굴을 보고 싶었다. 분위기 좋은 레스토랑도 예약해 두었다. 결혼 후 처음 맞는 원의 생일을 진심으로 축하해 주고 싶었다.

그런데 약속한 시간 12시가 지나고 1시가 돼도 원은 나타나지 않았다. 전화를 걸었지만 전화기는 꺼져 있다는 음성만 들렸다. 윤 집사에게 전화를 걸어 원이 아직 집에 있냐고 물었더니 오전에 이미 집을 나섰다고 했다. 염려가 되었다. 어디로 간 것일까. 초조해서 일이 손에 잡히지 않았다.

원으로부터 전화가 온 것은 밤 10시가 훌쩍 넘은 시간이었다. 아니, 정확히는 강유결에게서 온 것이다.

하루 종일 원의 자취를 쫓아다니느라 도하는 신경이 곤두서 있었다. 도원결의에게 연락을 해 보았는데 장도이와 지의지는 집에서 생일을 축하해 주는 것이 아니냐고 되레 물어 왔다. 강유결에게 전화를 해 보았지만 전화를 받지 않았다. 왠지 원이 유결과 같이 있다는 느낌이 들었다.

왜 아직 귀가하지 않느냐는 어머니의 물음에 도하는 솔직히 고백했다. 오늘은 원의 생일이라 늦게 들어가겠노라고. 그러자 어머니는 예상한 반응을 보였다. 도하는 더 이상 통화를 할 수 없어 전화를 끊었다.

도하는 유결이 알려 준 원룸 앞에 서 있었다. 문을 두드리니 유결이 굳은 얼굴로 그를 맞았다. 좁은 방 안에 술에 취해 널브러져 있는 원을 발견했다.

가슴이 꽁꽁 얼어붙는다.

"무슨 짓을 한 거야?"

"무슨 짓을 한 건 그쪽 아닙니까?"

유결의 눈동자는 도전적이었다.

"왜 연락을 받지 않지?"

"원이가 받지 말라고 해서요."

"무슨 소리야?"

"잘 알고 계실 텐데요? 원이를 외롭게 한 사람은 내가 아니라 차도하 씨입니다. 저렇게 취하지 않았더라면 난 당신에게 끝까지 연락하지 않았을 겁니다."

유결이 침대로 다가가 원의 어깨를 건드렸다. 누군가가 폭탄의 심지를 건드리는 기분이었다. 도하는 차갑게 유결의 손을 내치며 그녀를 품에 안았다.

"앞으로 이런 일 있으면 즉시 내게 연락해."

"싫은데요?"

도하의 눈썹이 꿈틀거렸다. 이제 겨우 고등학생 티를 벗었다고 생각했는데, 유결의 눈은 이미 남자의 눈이 되어 있었다.

"아직은 원이가 당신 사람이니까 보내는 겁니다. 시댁 어른들 무서워하는 것 잘 아니까."

"헛소리 지껄이지 마."

"네, 그렇겠죠. 당신에게는 헛소리일지 모르죠. 하지만 원이에게는 아니에요. 오늘이 무슨 날인지 압니까?"

"그래서?"

"원이 생일이었는데, 아무렇지 않다고요? 차도하 씨는 원이에 대해 제대로 알고 있는 게 있기는 한 겁니까?"

"네가 우리 부부 사이에 끼어드는 건 더 이상 용납하지 않아."

원을 안고 돌아서는 도하의 등 뒤에 유결의 말이 비수처럼 꽂혔다.

"당신은 아무것도 모릅니다. 그리고 절대 아무것도 알아내지 못할 거예요."

"넌 알고 있고?"

"적어도 그쪽보단 많이 압니다."

어린 남자의 치기일 뿐이다. 갖고 싶은 것을 바로 코앞에서 놓쳤을 때의 처절함, 그 이상도 이하도 아니다.

도하는 더 이상 상대하지 않고 유결의 원룸을 나왔다. 차에 원을 태우고 집에 도착할 때까지 그녀는 깨어나지 않았다. 도하는 불안했다. 아슬아슬하게 서 있는 얼음의 표면이 부서질 것 같아서. 남편에게 털어놓지 못한 원의 진심이 무엇인가 하여······.

그 일이 있고 난 후 한동안 원은 생명력 없는 인형이 된 듯했다. 불씨가 꺼진 화톳불처럼, 무기력함이 피어오르는 원의 눈동자에 떠오른 건 체념이었다. 그나마 시어머니에게 필사적으로 맞추려고 노력하며 말하는 게 전부. 도하가 퇴근을 하고 집에 돌아왔을 때도 별다른 말을 하지 않았다.

원의 생일 이후 도하도 원과 이야기를 나누려고 하지 않았다. 점점 대화가 끊어지더니, 침대에서 나누는 굿 나잇 뽀뽀조차 사라졌다. 원이 무슨 말을 할지 두렵기도 했고, 어머니와 원의 사이에서 샌드위치가 되어 긴장하는 것도 지겹기도 했고, 회사 일이 눈덩이처럼 불어나 눈코 뜰 새 없이 바빠지기도 했다.

하지만 그 무엇보다 도하를 삐딱하게 만든 건 질투였다. 유결이 알고 있다는 말, 그 말을 자신에게 하지 않는 원에게 화가 났다. 아무리 힘들어도, 아무리 나이가 어려 철이 없어도 남편이 있는 여자가 해서는 안 될 행동을 저질렀다. 남편이 아닌 다른 남자를 의지하는 것.

걷잡을 수 없는 질투는 도하를 더욱 차갑게 만들었다. 그런 도하에게 원은 어떠한 말도, 어떠한 미소도 보내지 않았다. 두 사람의 관계는 깨진 유리잔을 억지로 붙여 놓은 것처럼 악화일로로 치닫고 있었다.

그 사실을 제일 먼저 알아차린 사람은 바로 정효영 여사였다. 아들 내외가 전에 없는 냉전 상태에 돌입하자 정 여사의 억지가 자연히 사라졌다. 아들이 무례한 어조로 며늘애를 탓할 때면 시원하기보다 불안한 마음이 들었다. 마뜩잖았던 며느리였지만 아들로부터 냉대를 받으니 한편으론 불쌍한 마음이 들기도 했다.

"오늘 밤 젊은 경제인들의 모임이 있어요."

"응?"

"파티예요. 차 보낼 테니까 저 사람 늦지 않게 보내 주세요."

"아, 알았다."

"늦을지도 모릅니다."

"그래. 그러렴."

도하는 출근할 때 원의 얼굴을 힐끗 쳐다보았다. 다 죽어가는 사람처럼 처분만 기다리는 얼굴. 불덩이가 치밀어 올랐다. 하지만 빙해보다 더 차가운 마음속에 불덩이를 가둬 놓았다.

호텔 파티에는 내로라하는 대한민국의 재계 인사들이 모였다. 대한민국 미래를 짊어져 나갈 젊은 경제인들이 친목 도모를 위해 만든 사적인 자리였으나 속내는 새로운 사업의 동향을 알아보고 앞으로의 투자자와 동반자를 모색하는 자리였다.

도하는 심사가 어지러웠다. 차가운 샴페인이 머릿속을 정리해 주었으면 했다.

"혼자야? 오늘도 네 부인 못 보는 거야?"

섹시하게 차려입은 윤하가 긴 머리카락을 찰랑거리며 나타났다. 그의 어깨에 손을 올려놓자 치우라며 냉정히 말했다.

"오늘 왜 이리 살벌해? 시베리아 벌판에 서 있는 것 같잖아."

그는 아무런 대꾸도 하지 않았다. 조금 전 비서가 원이 출발했다는 소식을 문자로 알려왔다. 심술궂은 마음으로 기다리고 있는데, 윤하까지 나타나 장난을 치니 더욱 짜증이 났다. 대체 언제 오는 거야?

"어머, 너무 아기다. 여기에 참석할 나이는 아닌 것 같은데. 저 귀염둥이 아가씨, 아빠 찾으러 왔나? 가만, 여긴 젊은 경제인들의 모임인데. 저렇게 큰 딸을 누가 낳았다는 거야?"

윤하의 말에 도하는 연회홀의 입구를 쳐다보았다. 분홍빛으로 순결하면서도 청아하게 차려입은 원이 보였다. 그녀의 등장으로 순식간에 이목이 입구로 집중되었다. 겁먹은 작은 토끼처럼 귀엽고 사랑스러운 자신의 아내.

눈이 부실 정도로 아름다웠다. 어디에 내놓아도 뒤지지 않는 순백의 아름다움. 작은 키였지만 완벽한 비율을 자랑하는 탓에 늘씬한 그녀의 각선미로 남자들의 시선이 모여들었다. 순식간에 이곳은 연약한 사슴을 노리는 늑대들의 소굴이 되었다.

도하는 언짢은 마음을 겨우 숨기며 원에게 다가갔다.

"이제 왔어?"

"네, 방금요. 늦은 거예요?"

"조금."

도하는 원의 손을 잡고 파티장으로 들어섰다. 그제야 사람들은 그녀가 유광그룹의 새로운 여주인이라는 것을 알았다. 윤하는 놀란 눈으로 도하를 바라보다 원에게 인사를 건넸다.

"어머, 안녕하세요. 반가워요."

"네?"

"이쪽은 내 친구, 나윤하. 인사해. 여긴 내 아내, 백원."

도하가 두 사람을 소개했다.

"백원이라고요? 동그라미 두 개의 그 백 원은 아니죠?"

원이 윤하의 말에 기분 나빠하는 티를 보였다. 그제야 원은 종이 인형이 아니라 사람 같아 보였다. 오랜만에 보는 원의 감정이라 도하는 심술궂은 만족감을 느꼈다.

"아, 미안해요. 실례했어요. 사람 이름으로 장난치는 게 아닌데."

"이 사람은 이해할 거야. 이름으로 놀리는 사람들이 많아서 꽤 면역이 된 편이거든."

도하의 말에 원의 눈동자에서 불꽃이 피어올랐다. 마음에 들지 않는다는 뜻이었다. 도하는 저도 모르게 입아귀를 위로 끌어올렸다.

"그래도 그렇게 말하는 건 아니지. 원이 씨가 너무 예뻐서, 이름까지 너무 귀여워서 그랬어요. 차도하가 하는 짓이 밉살스럽긴 하죠? 마음에 안 들면 내가 한 대 패 줄까요? 이 녀석을 한 대 칠 사람은 여기 나밖에 없을 걸요? 난 얘랑 불알친구나 다름없거든요."

"……네?"

"그렇다고 진짜 거기를 봤다는 말은 아니에요."

"입 다물어."

도하는 차갑게 말하며 원의 기색을 살폈다. 원이 당황할 줄 알았는데, 예상외로 차분했다. 도하는 그녀를 데리고 사람들에게 인사를 시켰다. 원은 유광의 차기 안주인답게 당당하게 행동했다.

파티가 무르익었을 때, 도하는 한쪽 구석에 앉아 있는 원을 발견했다. 아는 사람 하나 없이 외로운 섬처럼 뚝 떨어져 앉은 원이 안쓰러워 발걸음을 향하려는 찰나, 젊은 경제인단의 회장이 도하의 앞길을 막았다. 한참 동안 회장에게 잡혀 있던 탓에 원을 놓친 도하가 윤하에게 다가갔다.

"원이 못 봤어?"

"아까까지 저기 앉아 있었는데. 내가 춤을 추고 오느라……어, 저기 있네! 정말 앙증맞아, 네 부인. 여자인 내가 봐도 사랑에 빠질 것 같아. 아구, 귀여워."

도하는 연회홀 한복판에서 웬 남자와 왈츠를 추고 있는 원을 발견했다. 상대는 족제비같이 미끈하게 생긴 낯선 남자였다. 도하의 눈엔 남자를 바라보며 환하게 미소 짓고 있는 그녀의 얼굴만 보였다. 심장이 우지끈 깨어지는 소리가 난다.

"같이 있는 사람은 누구야?"

"저 사람 몰라? 얼마 전에 영국에서 귀국한 비향그룹 사람. 남기현 사장 동생 남기준 상무잖아."

"비향그룹 남기준?"

"친절하고 다정하기로 소문난 여심 킬러. 준수하게 생긴 얼굴로 해사하게 웃어 주면 그날로 여자들이 포로가 돼 버린대. 일전에 톱스타 은차린이 사귀자고 난리법석을 떨었잖아. 너, 정말 모른다는 얼굴이네! 남에게 관심 좀 갖고 살아. 난 귀국한 지 한 달도 되지 않았는데도 여기가 어떻게 돌아가는지 금방 꿰뚫었다고."

"몇 살이야?"

"우리랑 동갑. 그리고 보시다시피 멋진 독신남, 남기준의 눈에도 네 부인이 예쁘게 보이긴 하나 보다. 이제 춤을 다 춘 모양이네. 나랑 한 곡 당겨 보자고 할까나?"

윤하는 나비처럼 살랑살랑 그쪽으로 걸어갔다. 뭐가 재미있는지 원은 남기준의 말에 까르르 웃고 있었다. 스산한 바람이 뒷목을 쓰다듬고 지나갔다. 도하는 저벅저벅 걸어 윤하보다 앞서 원의 손목을 잡아챘다. 그러고는 성큼성큼 걸어 나갔다.

"아, 아파요."

원의 말에 기준이 도하의 앞을 가로막았다.

"누구신데 원이 씨에게 함부로 하시는 겁니까? 이 손 놓고 말씀하시죠."

"원이 씨?"

도하는 기준 대신 원의 얼굴을 쳐다보았다. 그녀의 눈동자에 당혹함이 스쳐 지나갔지만 그뿐이었다.

"가자."

"이봐요."

"내 아내가 이런 파티는 처음이라 결혼했다는 걸 말하지 않았나 봅니다."

"아내요? 원이 씨?"

놀란 기준이 원에게 향하자 원이 고개를 끄떡였다.

"실례했습니다."

기준이 고개를 숙이자 윤하가 단번에 끼어들었다.

"상무님, 유부녀보다 미혼녀인 저와 한 곡 어떠신가요? 저는 하일그룹의 버림받은 비운의 막내딸 나윤하라고 합니다."

"아, 예. 반갑습니다. 윤하 씨."

어색함도 잠시 기준은 아찔한 미소를 보이며 윤하와 함께 홀 중앙으로 들어섰다. 마침 새로운 음악이 시작되었다. 도하는 그들을 무시한 채 원의 손목을 잡아끌고 파티장을 나섰다.

"도하 씨, 손 좀 놔줘요. 아파요. 아프다고요!"

도하 씨라는 호칭이 불에 기름을 붓는 격이 되었다. 도하는 그녀의 손목을 배려 없이 놓았다.

"외간 남자가 관심을 보여 주니까 그렇게 좋았어? 남편이 있다는 것도 말하지 않을 정도로?"

"그게 무슨 소리예요?"

"헤픈 여자처럼 저 녀석에서 웃어 줬잖아."

원은 이방인을 보는 눈초리로 도하를 쳐다보고 있었다. 그 눈빛에 더욱 화가 났다. 자신이 아무 상관없는 사람이 된 것 같아서.

"헤프다고요?"

"……미안, 그건 내가 심했어."

"아뇨. 도하 씨가 바로 봤어요. 네, 좋았어요. 다른 남자가 관심 가져 주니까 고마웠어요. 도하 씨는 내가 부끄러워서 혼자 됐지만 기준 씨는 그러지 않았다고요!"

"기준? 통성명까지 했어?"

"도하 씨야말로 왜 이제야 남편 행세를 해요? 그 여자랑 잘도 웃고 떠들었으면서. 난 안중에도 없었잖아요!"

"누굴 말하는 거야? 설마 나윤하? 걔와 난 그냥 친구야!"

"아, 그 대단한 불알친구 말이죠? 내가 사는 세상에서는 당신들 사이를 친구라고 부르지 않아요. 불륜이라고 부르지."

"백원! 그건 또 무슨 소리야?"

"어디서 개가 짖나 보다 하세요!"

원은 단단히 화가 났는지 한 마디도 지지 않고 재빠르게 도하를 지나쳤다. 그는 그녀에게 달려가 다시 손을 잡아챘다.

"왜 이래요? 이거 놔요!"

"넌 어디에도 못 가!"

"왜요? 왜 날 괴롭히려고 안달이에요? 제발 날 좀 그냥 놔
둬요. 이제 모든 게 지긋지긋해! 당신 집, 당신 어머니, 그리고
당신도!"

원의 말이 칼이 되어 그의 가슴을 난자했다.

"참아. 여태껏 잘해 왔잖아. 백원답게!"

"백원이 뭔데? 고작 동그라미 두 개 붙은 하찮은 동전짜리
에 불과하잖아요? 뭐하나 제대로 된 것 하나 살 수 없는 그런
존재인데 뭘! 날 놔줘요, 이제!"

"놔주면 그 녀석한테 갈 거잖아?"

"도하 씨가 없는 곳이라면 지옥이라도 기꺼이 가겠어요!"

"미쳤어?"

"네, 미쳤어요. 그러니까 날 놔줘요."

"그놈한테는 절대 못 가!"

"누구요?"

"강유결한테 가는 거 모를 줄 알아? 네가 힘들 때마다 기대
는 그놈. 하지만 내가 아는 이상, 내 눈앞에서는 절대 안 돼.
너 못 가!"

"당신이 뭔데? 도하 씨는 날 여자로 보지도 않잖아요?"

"내가 널 여자로 안 본다고?"

"난 도하 씨에게 한 번도 여자가 된 적 없잖아요? 적어도
다른 남자들은 날 여자로 봐주기나 하지, 근데 도하 씨에겐 난

104

언제나 그 시절 꼬맹이에 불과하잖아요. 철없이 차도하에게 시집가겠다는 그 백원!"

"……."

"이제 내가 사라져 줄 테니까요. 도하 씨도 내가 없는 세상에서 어머님이랑 그 여자와 편히 살아요."

돌아 버리겠다. 아니, 환장하겠다. 마냥 착한 어린애라고 생각했던 원이 내뱉는 말이 거대한 철벽을 와르르 무너뜨린다. 여태까지 그렇게 알았다고? 내가 어떤 마음으로 버텨 왔는데. 세상물정 모르고 살아온 건 바로 백원이다. 자신은 그저 소중한 원을 지켜 주기 위해 노력한 것뿐인데. 도하의 귀에는 자신을 떠나겠다는 말만 왕왕 울려왔다.

이성의 끈이 툭하고 끊어졌다. 도하는 반항하는 원의 손목을 잡고 호텔 프런트로 가 스위트룸의 카드를 받았다.

"싫어요, 놔요!"

원을 스위트룸의 거대한 침대에 내팽개쳤다. 원은 겁을 잔뜩 집어먹은 얼굴이었다. 도하는 보타이를 잡아당기며 스산하게 웃었다.

"누가 널 어린애로 봤어? 네가 여자가 아니야? 천만에, 넌 처음부터 내게 여자였어!"

어느 것도 그를 막을 수 없었다. 순식간에 그녀의 위로 올라탄 도하의 노골적인 눈빛에 원의 가녀린 어깨가 두려움으로 떨려 왔다.

"도, 도하 씨……."

"네가 원한 게 이런 거 아니었어?"

고삐 풀린 욕망이 모습을 드러내기 시작했다. 그의 입술이 금단의 열매를 맛보듯 새하얀 목덜미를 탐했다. 도하는 이성의 준열한 외침에 귀를 막은 채 원의 살 냄새와 부드러움에 취해갔다. 비현실적인 이 공간에서 박동하는 심장 소리 외에 들리는 건 작은 흐느낌뿐이었다.

"흑…… 오빠, 도하 오빠……."

자신을 부르는 그녀의 목소리에 그의 끊어진 이성이 다시 제자리로 돌아왔다.

"도하 오빠, 내 천연기념물 할래?"

"그래도 오빠에게 시집가는 건 나야!"

"사랑해요, 도하 오빠."

지켜 주겠다고 다짐했던 나의 어린 신부. 그런 그녀를 지금 아프게 하고 있는 건 바로 자신이었다. 목덜미에 파묻었던 고개를 들어 원을 올려다보았다. 겁에 질린 얼굴, 붉게 충혈된 두 눈에서 굵은 눈물 줄기가 흐르고 있었다.

내가 지금 무슨 짓을……. 되찾은 이성과 함께 뒤늦은 후회가 파도처럼 밀려왔다. 죄책감에 그녀를 바라볼 자신이 없었다. 아니 이대로 한 공간에 있을 수 없었다.

그렇게 소리 없이 흐느끼는 원을 뒤로 한 채 비겁하게 도망치듯 스위트룸을 빠져나왔다.

다음날 스위트룸을 찾았을 때 원은 신기루처럼 사라지고 없었다. 아무리 전화를 해도 원은 받지 않았다. 원의 친구들 어느 한 사람도 자신의 전화를 받지 않았다. 그날 원은 본가로 들어오지 않았다.

며느리의 외박에 정 여사는 노발대발이었다. 그러나 그다음 날, 또 그다음 날도 며느리가 들어오지 않자 정 여사는 며느리의 부재를 걱정하기 시작했다.

도하는 차마 원의 파주 친정으로 전화를 걸 수는 없었다. 그가 하려고 했던 극악한 짓을 알기에, 용서받지 못 할 마음임을 알기에. 자신 안에 숨겨진 폭력성을 마주했을 때의 끔찍함이 도하를 나락으로 떨어뜨렸다. 결국 주저하다 파주 장인어른에게 전화를 넣었다.

—차 서방, 우리 원이 놔주게. 사흘 동안 한 마디도 안 하고 울기만 했어. 그러더니 첫마디가 자네와 이혼하고 싶다더군. 그 집으로 다시 들어갈 바에야 죽어 버리겠다고 했어. 차 서방, 우리 집안과의 인연은 여기까지인가 보이.

장인어른의 침통한 음성에 도하의 인생은 산산조각 난 거울이 되었다. 그 거울 속에서 빛을 잃어버린 차도하의 얼굴을 보았다. 차가운 바람만이 부는 황량한 들판 위에서 그는 길을 잃었다.

4
귀인은 개뿔

보라색 천으로 머리를 감싼 그 여자는 분명 그렇게 말했다. 신묘한 손짓으로 카드 한 장을 뒤집으며 애간장을 녹일 만한 음성으로 분명 그렇게!

"5월에는 귀인을 만날 겁니다. 당신의 인생을 송두리째 바꿀……."

"귀인이라면, 혹 연인이란 말인가요?"

"귀인이라고요, 귀인! 말 좀 잘라 먹지 마세요. 손님처럼 성질 급한 분은 정말 처음이네요!"

"네. 죄송해요."

"귀인은 연인뿐만 아니라 그 모든 것을 포함한 것으로써……."

"연인이란 말씀이시죠?"

"도무지 말귀를 못 알아먹는…… 어휴, 네! 연인 맞습니다, 맞고요. 그 귀인은 당신의 행복이 될 겁니다."

"행복이 될 귀인이라고요?"

귀인은 개뿔. 악연을 만났다!

❁   ❁   ❁

원은 눈앞의 남자를 힘껏 노려보았다.

10년. 강산이 한 번 바뀌는데 걸리는 시간. 그런 시간을 보냈는데 왜, 어째서 차도하를 한 번에 기억하는 거냐? 기억 지속 시간이 3초라고 만날 유결한테 금붕어라고 놀림을 받으면서. 난 붕어다. 그중에서도 제일 기억 못 하는 금붕어! 그러니까 저 남자의 얼굴은 생각나서는 안 되는 거다.

한데 눈을 감고 있어도 차도하의 이목구비는 또렷하게 생각이 난다. 매일 마주하고 있었던 것처럼. 고작 1년 간 부부로 살았을 뿐인데, 왜?

이제 더 이상 마주 볼 일이 없다고 여겼다. 10년 동안 같은 대한민국에서 살면서 한쪽은 기자, 한쪽은 재벌 사장이어도 옷깃 하나 스친 적 없이 잘 살아왔다.

우연한 만남도 기가 차 죽겠는데 키스를 당했다. 난데없는 키스를!

원은 불현듯 차도하와의 마지막이 떠올라 몸서리쳤다. 그

일 때문에 얼마나 오랜 시간 동안 남자에 대한 불신에 젖어 살아왔던가.

"잘 지냈냐고?"

원의 눈앞에서 유쾌하게 손을 흔들어 보이는 사람은 정말 차도하가 맞았다. 인정하기 싫지만 여전히 잘생기긴 했다. 처음 봤을 때부터 빛이 나서 가지고 싶었던 남자. 그녀는 그때로 돌아갈 수 있다면 꼭 선글라스를 끼고 눈을 감아 버리리라 다짐했다.

"백원아?"

그의 부름에 원은 그제야 퍼뜩 정신이 들었다.

"성 붙이지 말아 줄래요? 듣는 사람 꽤 거북하거든요!"

"그래도 천 원은 아니잖아."

"이봐요. 차도하 씨!"

"알았어. 그나저나 잘 지냈어?"

원은 한결 진지해진 도하의 얼굴을 쳐다보다 외면했다.

"네. 잘 지냈어요."

"난 못 지냈는데."

누군가가 역린을 건드리는 기분이 이런 것일까?

"차도하 씨가요? 거짓말하려면 입에 침 좀 바르고 하시죠? 내가 볼 땐 아주 잘 지내시는 것 같던데. 방금 대한민국 최고의 여배우 채령으로부터 구애도 받으시고. 거 웬만하면 받아 줍시다. 우리 같은 사람도 먹고살게."

도하의 눈에 힘이 들어가는 듯했다. 원은 순간 움찔했지만 가슴을 턱 폈다. 어쩌라고? 나도 이제 어엿한 성인, 나이도 먹을 만큼 먹은, 이제 곧 30대의 노처녀 반열로 들어서는 29세의 백원이다!

"남자 있어?"

이 남자가 정말? 내가 없을까 봐?

"있어요, 남자. 아주 멋진 사람이죠."

"애인?"

"당연하죠. 사랑하는 사람이니까."

물론 '짝'이라는 말은 빼고 말했다.

그런데 왜 저런 질문을 하는 건지 원은 어이가 없었다. 물어본다고 순순히 대답하는 자신에게 더 화가 난 그녀는 클러치 백을 꼭 움켜쥐었다.

더 이상 차도하라는 인간을 상종하면 백원이 아니라 십 원이다. 어차피 특종은 물 건너갔으니 여기에 더 있을 이유가 없었다. 끝이 안 좋게 헤어진 전남편과 입씨름하는 것도 고역이었다.

막 문의 손잡이를 잡으려고 하는데, 도하에게 다시 손목을 잡혔다.

"왜 이러십니까? 차도하 씨?"

"성 좀 빼고 불러. 남 같잖아."

"남이잖아요."

도하의 얼굴에 잠깐 먹구름이 끼었다 사라졌다.

"한때 남 아니었으니까. 그냥 도하 씨라고 해."

"내가 왜요?"

"내 말대로 하는 게 좋을 텐데. 신고하기 전에."

"신고라뇨?"

"당신 기자잖아."

"그래서요?"

도하는 심술궂게 말하며 원의 손목을 놓았다.

"네가 걸리고 싶다면야."

"걸린다고요?"

"곽 전무 이야기 못 들었어? 신성한 자기 파티에 쥐새끼가 숨어들었다고 하잖아? 기자 한 놈 잡으려고 눈이 시뻘겋게 되어 있을 텐데. 지금 나가면 나 잡아가라는 꼴밖에 더 되겠어? 아님 걸리길 바라는 거야, 몰매 맞고 싶어서?"

예전에도 느끼던 것이었지만 차도하는 역시 치밀하다. 사세를 판단하는 눈은 냉정하고 정확하며 어디 한 군데라도 욕할 구석이 없다. 아니, 욕할 구석이 있다. 사람 약점을 잡고 약 올리듯 얄밉게 말하는 것.

"그러니까 차도하 씨 말은……."

"도하 씨."

"차도하 씨 말대로 하지 않으면 지금 날 곽 전무한테 넘겨 버리겠다고 협박하는 거예요?"

"내 인내심에도 한계는 있어. 내가 당장이라도 여기 프라이버시 기자 백원이 숨어들었다고 말하길 원해?"

이 남자는 내가 프라이버시 소속 기자라는 걸 어떻게 알고 있는 거지? 10년 동안 연락 한 번 한 적 없는데. 원은 순간 혼란스러웠다.

"기자 생활이 적성에 맞나 봐? 스릴 넘치게 잠입도 불사하고."

"내가 기자라는 건 어떻게 알았어요?"

"한때 전 부인에 대한 예의라고 해 두지."

"네네. 차도하 씨는 예의범절에 밝으시네요. 전 부인에게 신경 써 줄 예의도 있으시고."

"성은 빼라니까."

"성을 붙이든 말든 당신과 나 사이는 아무 변함이 없어요. 남이니까!"

"남이니까 이름만 쉽게 부를 수 있겠네."

"그런 억지 논리가 어디 있어요?"

"지금 날 의식해서 그러는 거야?"

"미쳤어요? 내가 왜 차도하 씨를 의식해요?"

"그럼 부르면 되겠네. 도하 씨라고."

말싸움에서도 도무지 이길 재간이 없다. 차도하와 함께 있으니 차라리 곽 전무에게 걸리는 것이 낫겠다. 원은 다시 문손잡이를 잡았다.

"곽 전무에 대한 소문을 듣지 못한 모양이군."

"이번엔 또 무슨 헛소리를 지껄이시려고요?"

"곽 전무는 기자라면 이를 갈고 있어. 일전에 홍콩에서 하룻밤 외도한 걸 부인에게 걸렸었거든."

"외도 상대가 혹시 유명인이었대요?"

"아니, 비서."

원의 투철한 직업 정신이 낄 데 안 낄 데를 분간 못 하고 발동되었다. 도하의 대답에 더 호기심이 일은 그녀는 무언가를 캐내고자 하는 눈빛으로 질문을 쏟아 냈다.

"성일그룹 곽 전무는 그다지 유명한 사람도 아닌데, 그 기자는 왜 곽 전무를 취재했대요? 혹시 우리가 모르는 사건 사고가 곽 전무에게 있었던 거예요? 과거에 마약을 밀반입했다든지, 정치권과의 모종의 결탁을 했다든지?"

"곽 전무는 선의의 피해자였어."

"불륜을 저질렀으면서 선의의 피해자라는 게 말이 돼요?"

"그때 그 기자가 노린 건 홍콩 재벌과 염문설이 나돌던 한국 여배우였는데, 공교롭게도 곽 전무가 그 여배우와 홍콩 재벌의 투샷에 걸려 버린 거지. 수영하고 있는 여배우를 찍다가 어이없게도 그 사진 한쪽에서 곽 전무가 비서와 놀고 있는 장면이 찍혔어. 대중들은 곽 전무에게 관심이 없지만 곽 전무의 부인은 아니잖아?"

"그 탓을 기자에게 돌린단 말이에요? 정말 이상한 사람이네. 방귀 뀐 놈이 성낸다고, 자기가 불륜을 저질렀으면서 기자에게 왜 화풀이를 해요? 그리고 증거 사진을 풀 땐 일반인은 모자이크 처리한다고요. 그렇게까지 했는데 걸린 건 운 없는 본인 탓을 해야죠."

"모자이크 처리는 되어 있었어."

"근데 어떻게 그 부인이 알았대요?"

사건이 점점 흥미로워진다. 원은 저도 모르게 도하의 입을 주시했다.

"곽 전무는 부인이 선물한 '바라샤' 한정판 수영 팬티를 입고 있었거든. 국내에 단 두 장 들어왔다는 그 팬티. 모두 그 부인이 구매했지. 하나는 남편에게, 다른 하나는 선물용으로. 물론 선물용은 개시 전이었고."

도하는 엄청난 비밀이라는 듯 눈을 찡긋하며 말했다.

"비싸겠네요, 엄청."

"그게 중요한 게 아니야. 그 후로 곽 전무가 기자에게 억하심정을 가졌다는 게 중요하지."

"미안하지만 곽 전무는 내가 기자인 줄 몰라요."

"내가 알잖아."

차도하의 입이 얄밉게도 움직인다.

"정말 말하겠다는 거예요?"

"네가 하는 걸 봐서."

저 인간은 한다면 하는 인간이다. 기분은 별로지만 살아남기 위해서는 못할 짓도 할 수 있다. 기자 생활 5년에 터득한 좌우명이요, 노하우였다. 더러운 꼴 보기 싫다면 기자는 그만두어야 한다.

"도하 씨 뜻대로 할 테니까 대신 조건이 있어요."

"거봐. 잘 부르네."

차도하가 환하게 웃는다. 원은 움찔했다. 차가운 도시 남자

115

의 전형이 차도하인데. 몇 년 전 인터넷에서 유행한 그 말은 이따금 차도하를 떠올리게 만들었다. 이 남자가 이렇게 잘 웃었던가? 원은 자신의 기억 회로가 잘못된 것이 아닐지 진지하게 고민했다. 각설하고 중요한 건 그게 아니었다.

"조건이 있다고요!"

"뭔데?"

"내가 안전하게 여기서 벗어날 수 있도록 해 줘요."

"좋아. 바라던 바야."

또 웃는다. 꽤 유쾌하게. 원은 도하의 웃음이 마음에 들지 않았다.

갑자기 문밖에서 큰 소리가 났다. 비명 소리가 들리고 사내들의 몸싸움도 들렸다. 문을 열고 상황을 엿보려는 찰나, 곽 전무가 헐레벌떡 뛰어왔다.

"무슨 일입니까?"

"차 사장, 미안하지만 좀만 더 기다려 줘. 이 쥐새끼 같은 기자 놈들이 손님 행세를 하면서 숨어 있었어. 저쪽으로 달아났으니 경호팀들이 곧 잡아낼 거야. 그때까지 기다려 줄 수 있지?"

"한 시간. 더는 못 기다립니다."

"고마워. 얼른 처리하지. 쥐새끼, 넌 이제 독 안에 든 쥐다."

곽 전무는 눈썹이 휘날리게 저만치 달려갔다.

원은 눈앞이 아득해졌다.

설마 석호와 하준 선배? 아냐, 그럴 일 없어. 내가 여기 와 있는데 그럴 일이 없지. 게다가 석호와 선배는 초대장도 없잖아. 혹시 날 걱정해서 앞뒤 재지도 않고 막 들어온 거 아닐까?

불길한 생각에 핸드폰을 열어보았다. 아무리 버튼을 눌러도 먹통이었다.

"주인장."

"주인장? 곽 전무를 부르는 거야?"

"아뇨, 그냥 말한 거예요."

주인장은 '젠장'을 순화시킨 원만의 욕이었다.

"무슨 일 있어?"

"배터리가 나갔어요."

"빌려줄까?"

도하가 자신의 핸드폰을 내밀었다. 멀쩡한 핸드폰이 있으면 뭘 하나? 번호가 기억나지 않는데! 원은 금붕어 같은 제 머리를 원망하며 초조하게 입술을 깨물었다.

"우리 팀일지도 몰라요. 빨리 여기서 나가야 해요."

원은 또다시 도하에게 손목이 잡혀 끌려갔다.

"뭐하는 거예요?"

도하의 힘에 눌려 소파에 앉자 원의 눈앞에 와인 잔이 보였다. 아무 생각 없이 잔을 받으니 그가 붉은 액체를 따라 주었다.

"한 잔 해. 긴장한 상태로는 아무 일도 못 해. 네가 팀원들을 걱정하듯이 그 사람들도 널 걱정할 거야. 그들이 무사하길 바라지? 그들은 네가 무사하길 바란다고. 넌 네 안전에만 신

117

경 쓰면 돼."

"나만 생각하란 말이에요?"

"지금은 그게 팀원들을 돕는 최선의 길이지."

"그럴 수 없어요!"

"냉정히 생각해. 지금 네가 할 수 있는 건 아무것도 없어."

지독하게 맞는 말이라서 반박도 불가능하다. 원은 멍하니 찰랑거리는 와인을 주시했다.

자신의 몫으로 따른 와인을 들고 도하는 그녀의 옆에 앉았다. 길고 긴 다리를 오만하게 꼬고 한 손을 그녀가 앉아 있는 소파 뒤로 두르며.

"건배."

쨍그랑, 유리잔 부딪치는 소리가 났다.

도하는 와인을 단숨에 털어 넣었다. 목울대가 요동치는 모습에 원은 잠시 넋을 빼앗겼다. 멋있다. 남자 같다. 난데없는 생각에 그녀는 소스라치게 놀랐다. 그럼 차도하가 남자지, 여자야? 당황해서 와인을 들이켰다. 달콤 쌉싸름한 액체가 식도를 적셨다.

맛있네. 긴장도 풀리고…… 내가 긴장을 했다고? 왜?

눈을 동그랗게 뜬 원이 고개를 갸웃거렸다. 들킬까 봐 걱정돼서? 아님 차도하와 단둘이 방에 있어서?

그렇다. 차도하는 귀족적인 마스크를 가진, 뼛속까지 귀티 나는 남자였다. 점잖은 말투와 화가 났을 때 눈썹을 까딱거리는 것조차 멋있었다. 그녀는 한때 이 남자 때문에 갖은 굴욕과

고난을 기꺼이 감수했더랬다.

채령도 이 남자에게 반한 걸까. 원은 쌍수 들고 말리고 싶었다. 이 남자에게 인생을 바치는 순간 기나긴 가시밭길이 예고되어 있을 터. 그 험난한 시집살이를 어떻게 견디려고. 나니까 그나마 1년을 견딘 거라며 원은 혀를 찼다.

도하가 와인을 따라 주자 원은 두 번 생각하지 않고 벌컥들이켰다. 달달한 맛에 중독된 것만 같다. 알코올로 만들어진음료 중에서 캔디 같은 맛이 바로 와인이다. 포도 맛 사탕을먹는 것처럼. 달달한 기운이 알딸딸한 기운으로 변질되는 건시간문제.

근데 왜 나한테 키스한 것일까. 원은 살짝 취기 오른 눈을게슴츠레 뜨고 도하를 노려보았다. 내가 만만한가.

"당신은 왜 여기 있어요?"

"곽 전무와 사업상 계약이 있어서. 곽 전무가 파티장에서거래를 하자더군."

"왜 하필 불륜남과 일을 해요? 신의와 원칙을 무시하는 그런 사람과 일을 하고 싶어요?"

"이득이 되니까 일할 뿐이야. 남의 사생활에는 관심 없어."

"아, 그러시군요. 사업하시는 분이라 역시 다르시네요. 우리 같은 기자들은 남의 사생활에 너무너무 관심이 많은데. 근데 채령과는 언제 또 만났대요?"

"작년 12월 31일에."

원은 취기가 확 사라지는 느낌이 들었다. 한해의 마지막을 같이 할 사이였던 거야? 아까 채령이 그랬지. 제 위에서 헐떡거렸다고. 아무리 헤어진 사이라지만 전남편의 애정 행각이 과히 유쾌하게 들리지는 않는다.

"왜 지금은 밀어내요?"

"가벼운 친절을 오해하는 여자는 취미 없어. 질색이야."

같이 자는 친절까지 베풀었으면서 뭘 오해했대? 자기가 오해하게 만들어 놓고는. 원은 속으로 투덜거리며 입술을 삐죽였다.

"그래도 채령 정도면 땡 잡은 거 아닌가? 도하 씨가 받아 줬다면 우리 프라이버시가 대박을 터트렸을 텐데."

"아쉬워?"

"조금이요. 하하."

"취했군."

"안 취했어요!"

원의 시야에 도하가 한 사람이 되었다가 두 사람이 된다. 취한 건가. 오락가락한 정신으로 계속 머릿속을 맴돌던 궁금증을 곱씹었다. 왜 내게 키스했을까.

"남 희롱하는 게 취미예요?"

"뭐?"

"왜 갑자기 키스했어요?"

도하의 얼굴이 갑작스럽게 굳어지는 게 보였다.

"것도 10년 만에 만났는데, 왜 날 그때처럼 취급하냐고요? 내가 우스워요?"

"그때?"

"우리 마지막에도 그랬잖아요. 난 이제 당신 와이프도 아닌데, 왜? 재수 없어."

이젠 차도하의 얼굴에서 아지랑이가 피어오른다. 세상이 뱅뱅 돌고 있었다. 아, 생각났다. 나는 술과 상극인데. 10년 만에 만난 전남편에게 놀라 와인 두 잔을 마시고도 버티는 저력을 보여 주었다. 그러나 취기는 한계치를 넘어섰다. 뚝하고 뇌 회로가 끊겼다. 원은 앞으로 꼬꾸라졌다.

이동 중이라는 느낌에 원은 언뜻 정신이 들었다. 푹신한 가죽 의자, 넉넉한 공간, 신사적이고 시원한 향수 냄새. 그리고 목 아래를 덮고 있는 재킷. 이것은 그녀의 옷이 아니다.

원은 살포시 눈을 떠 차창을 바라보았다. 하늘은 동이 트기 전 새카만 어둠을 머금고 있었다. 잠든 도시를 간간히 일깨우는 건 주홍빛 불빛. 그것마저 쌩쌩 달리는 차 안에서 바라보고 있노라니 춤을 추는 것 같다.

여긴 어디, 난 누구? 고급스런 실내를 보니 우리 팀원들 승합차는 아니다. 머리가 띵했고 속도 울렁울렁했다. 불과 몇 시간 전까지는 분명 강원도 원주, 곽 전무의 별장에 있었다.

그런데 지금은 어디론가 실려 가고 있다. 납치인가? 나 납치당하기 쉬운 여자 아닌데.

정면의 푸른 시계는 새벽 3시 32분이라며 빛을 내고 있다. 원은 자는 척하며 반대편으로 고개를 돌리고 눈을 게슴츠레하게 떴다.

낯익은 실루엣. 남자의 옆모습. 그녀의 눈이 똥그랗게 떠진
다.

차도하다!

왜 내가 이 남자 차에 실려 가고 있는 거지. 그녀는 빠르게
머리를 굴렸다. 아마도 잠이 들었을 터. 치사량 수준의 와인을
먹었을 테니 혼절했을 것이다. 바보 같다. 이렇게 수월하게 납
치를 당하다니. 그것도 차도하란 인간에게.

전남편은 심각한 표정이었다. 운전을 하다가 이따금 손목시
계를 본다. 위험하게시리. 나의 안전을 담보로 저런 무책임한
행동을 할 수 있는 것일까.

이번에는 핸들을 잡지 않는 손으로 머리카락을 휙 쓸어 넘
긴다. 화보로구나. 잊고 있던 전남편의 매력이 어느새 꿀렁꿀
렁 차 안에 차오른다. 어느새 그녀의 심장도 두둥두둥 소리를
낸다.

내가 이런 모습에 반하긴 했지. 제 발 찍는 줄 모르고서 말
이야. 한숨이 나오려는 걸 겨우 참으며 원은 눈을 꼭 감고 자
는 척 고개를 반대편으로 꺾었다. 탈출은 정차한 후 해야겠다.
냅다 달려 나갈 테다. 뒤도 안 돌아보고.

"여기서 어디로 가야 돼? 오른쪽? 왼쪽?"

난 인질인데 지금 대답해야 하나, 말아야 하나. 원은 잠시
고민했다.

"좌회전, 우회전?"

"코오오."

어설프게 자는 시늉을 해 보았다.

"깨 있는 거 다 알아. 아님 직진해서 우리 집으로 갈까?"

여기가 서울이란 말이야? 원은 발딱 눈을 떠 고개를 좌우로
두리번거렸다.

"오른쪽, 오른쪽! 저기 약국 보이죠. 샛길로 쭉 직진해서 그
다음, 좌회전."

도하는 말없이 슥삭슥삭 핸들을 몇 번 돌리더니, 금방 붉은
벽돌 빌라 앞에 차를 세웠다.

"우리 집이네요. 조금 전까지는 분명 원주였는데."

"워낙 숙면을 취하고 계셔서 막 대해도 전혀 모르시던데?"

"주량을 넘어서 그래요."

"술은 약한 편이네."

"네. 술만 약해요. 멘탈은 갑입니다."

"그런 것 같군."

"곽 전무와 계약은 잘했어요?"

"네가 쿨쿨 자는 동안 초스피드로 계약서에 사인했지."

"이익이 되는 쪽으로?"

"두말하면 잔소리지."

"아무튼 바래다줘서 고마워요."

"응, 들어가. 2층이지?"

"네. 안녕히 가세요. 다음……."

원은 무심코 흘린 다음에, 라는 말을 후다닥 주워 삼켰다.

언제 만날지 모르는, 아니 만나서는 안 되는 기약 없는 관계가 아닌가. 이혼한 할리우드 배우들처럼 쿨하게 지내지도 않는데 다음이라니. 아직 알코올로부터 해방이 되지 않았나 보다. 10년 만에 만난 전남편에게 어울리는 마지막 인사는 바로 이것.

"건강하세요. 그리고 오래오래 잘 먹고 잘 사시길 바랍니다."

그래, 이 말이야! 왠지 욕같이 들리는 이 말. 원은 스스로 뿌듯해했다.

"원아."

원아? 도하의 입에서 나온 말이 그녀의 심장을 따뜻하게 스치고 지나간다.

"10년 만에 만나서 반가웠어. 진심이야. 건강하고 씩씩하게 살고 있는 모습도 좋고, 예전처럼 밝은 얼굴을 하고 있어서 더 좋았어."

그래서 어쩌라고. 이렇게 질척대는 건 정말 내 스타일 아니야.

"잘 살아. 당신도."

"예? 예."

"들어가."

원은 재킷을 들고 차에서 내렸다. 그러자 창이 지이잉 열렸다.

"원아."

바람이 살랑살랑 가슴을 간질였지만 원은 빠르게 마음을 다

잡았다. 아니야. 한 번 깨진 두레박은 붙일 수 없고, 엎지른 물은 다시 주워 담을 수도 없으며, 떠난 버스는 서지 않는다. 헤어진 부부 사이도 그렇다.

"왜, 왜요?"

"그거 내 재킷인데?"

"아!"

원은 차 문을 열어 재킷을 후다닥 집어 던져 놓고 쾅, 하고 문을 닫았다.

"잘 자."

뭔가 아련한, 눅눅한 그리움이 뭉친 그런 말투였다.

이제는 정말 안녕이니까 심술은 걷어 내야지.

"잘 가요, 도하 씨! 행복하세요!"

원은 화사하게 웃어 보이며 손을 흔들었다. 소리 없이 강한 차가 언덕을 스르르 내려갔다.

빌라 안으로 들어간 원은 집안의 벽시계를 멍하니 보고 깨달았다. 지금은 새벽 4시. 자신은 강원도 원주가 아닌 서울에 있다. 그렇다면 동료들은? 차도하로 인해 까맣게 잊어버리고 말았다. 후다닥 핸드폰을 충전 잭에 연결하고 전원 버튼을 눌렀다.

붕어, 붕어, 금붕어! 유결이가 혜안(慧眼)은 있었던 거다!

밤새 어둠과 배고픔에 맞선 동료, 아니 하준 선배를 내버려 두고 알딸딸한 기분으로 쿨쿨 잠까지 실컷 자고 나서야 생각이 난다.

핸드폰을 켜자 문자와 카톡이 우수수 몰려들었다.

〈원, 괜찮아? 왜 암말도 없어? 설마 무슨 일 있는 건 아니지?〉

〈채령의 벤이 갑자기 나왔어. 이게 대체 무슨 일? 응답하라.
원 대원.〉

〈별장에서 난리가 났는데 넌 어디서 뭘 하고 있는 거야? 아닌
밤중에 홍두깨라고, 갑자기 저택이 야구장처럼 환하게 불이 들어
왔다고! 사이렌도 울리는데 설마 너 땜에 이러는 거냐? 아니라고
해 줘!〉

〈원! 제발 살아만 아니, 잡히지만 말아다오! 서슬 퍼런 경호팀
들이 이쪽까지 건너와서 우린 잠시 저쪽으로 철수.〉

〈정말 걸린 거 아니지? ㅜㅜ 왜 대답이 없냐? 근데 별장 저택
쪽은 소요가 끝난 듯. 갑자기 쥐 죽은 듯이 조용해졌어. 나 자다
가 문자하는 거 아니다? 원, 어디니? 내 말 들리니?〉

석호의 카톡은 비장하다가 코믹으로 변질되어 있었다.

〈백 기자, 괜찮은 거야?〉

하준의 문자 메시지를 보고 눈이 뒤집혔다. 괜찮고말고요.
안 괜찮다는 그런 말 전 모릅니다.

원은 하준 선배에게 전화를 걸었다.

―백 기자, 괜찮아?

"죄송해요, 선배님. 핸드폰 배터리가 나가 있어서……."

―그 고물 폰 바꾸라고 그랬지? 지가 무슨 자린고비라고 안 바꾸다가 이 사달을 내!

석호의 기차 화통을 삶아 먹은 듯한 목청에 원은 잠시 핸드폰을 귀에서 뗐다.

―선배! 그러게 내가 걱정하지 말자고 했잖아요. 배터리 방전됐을 거라고.

그러는 넌 문자를 폭탄처럼 보냈잖아. 이 웬수야!

―백 기자?

"네, 선배님. 걱정 끼쳐 드려서 죄송합니다. 석호 잠 못 자서 저러는 거죠?"

―박 기자는 밤새 잘 잤어.

―선배, 그렇게 말하면 내가 뭐가 돼요?

원은 저도 모르게 웃었다. 언제나 웃게 만들어 주는 귀여운 동기와 듬직한 선배가 곁에 있어 줘서 너무 고마웠다. 자잘하게 떨리던 심장이 제멋대로의 움직임을 멈추고 제 박자로 돌아온다.

―지금 어디야?

"서울이에요."

―엥? 네가 서울에 있다고? 이 배신자!

아마도 하준 선배는 스피커폰으로 통화를 하고 있나 보다.

―어떻게 서울이야? 걱정했는데. 별장 사태가 이만저만이

아니었거든.

"별장에서 지인을 만났어요."

—지인?

—너한테 곽 전무 파티에 들락날락할 지인이 있다고? 누구? 이름 대 봐!

"네가 모르는 지인 있어. 박석호, 제발 입 좀 다물어. 통화가 안 되잖아."

—알았어. 뭘 그리 정색하냐?

"부편집장님, 잠입은 실패했어요. 알고 보니 채령의 열애설은 실체가 없었어요."

—실체가 없었다고? 분명 편집장님께서는…….

"채령이 일방적으로 쫓아다닌 모양이에요. 상대방은 채령에게 일말의 관심도 없었어요."

—그런 거야?

—누, 누구야? 대한민국 최고의 여배우에게 관심 없다는 그 돌덩어리가? 심장이 얼음으로 조각된 거야, 뭐야? 하여튼 둘이 별장에서 만나긴 만난 모양이네.

"응. 두 사람이 만나긴 했지만 기사화할 거리가 없었어. 선배님, 채령의 짝사랑 보도는 우리의 목적과 부합되지 않으니까요."

—백 기자 말이 맞아.

—물론이지. 채령 팬클럽한테 돌 맞을 일 있냐? 자기네 배우가 차였다고 해 봐? 천만 국민이 눈에 불을 킬걸? 지난번 고

이다 사건 때 데츠패치가 고이다 팬클럽에게 박살났잖아요. 회사 앞까지 찾아와서 기사 쓴 놈 내놓으라고 데모했죠.

석호가 그새를 못 참고 또 끼어든다. 원은 피곤이 몰려왔다. 한숨 자고 난 석호를 이기는 건 불가능하다. 잠을 더 충전하지 않는 이상.

—다행이야. 무사히 빠져나올 수 있어서.

—선배님, 우리도 이만 철수하죠? 원이는 벌써 서울에 있는데 우리도 밟으면 출근 전까지는 회사에 도착할 것 같은데요?

—그러지. 백 기자, 오늘 수고했어. 푹 쉬고 회사에서 보자.

"네. 부편집장님, 조심해서 올라오세요. 고생하셨어요."

—나는?

원은 이마에 빠직 실핏줄이 돋는 느낌이 들었다.

"넌 운전이나 열심히 해."

—야, 너 회사에서 만나면 각오해라.

"하나도 안 무섭다! 흥!"

석호가 이를 갈고 있는 것이 눈에 선연했다. 석호의 말은 더 듣지 않고 야멸차게 종료 버튼을 누른 원은 회심의 미소를 지었다.

원주에서 서울로 오는 동안 눈을 감은 건 잤다고 말할 수 없었다. 그건 졸았던 거다. 그러지 않고서야 이렇게 피곤할 리가 없다. 어서 씻고 자야지. 늘어지게 하품을 한 원은 씻기 위해 욕실로 들어갔다. 뜨뜻한 물에 반신욕을 하고 있자니 잠이 폭포처럼 쏟아진다.

똑똑. 갑작스럽게 들리는 소리에 원이 바짝 긴장했다.

"원! 여기 있냐? 나야."

익숙한 음성에 그녀가 한숨을 내쉬었다. 아무리 빌라를 구할 때 전세금을 대출해 줬다고는 하지만 채권자가 너무 비양심이다. 시시때때로 방해를 받는 이곳은 자신의 사적인 공간이지 아무나 휘저어도 되는 공간이 아니란 말이다.

"나갈 때까지 하나라도 건드렸다가는 봐! 죽어!"

고래 소리를 질렀는데 답이 없었다. 마음이 급해진 원은 허둥지둥 몸을 씻고 젖은 머리카락을 타월로 두르고 욕실을 나왔다.

아니나 다를까. 자신을 부른 인간은 널브러진 모양새로 바닥과 동급을 이루었다. 어느새 맥주 캔이 하나둘 나뒹굴고 있다. 어지르는 걸 제일 싫어하는데, 이 인간까지 처리해야 하다니.

"야, 백수? 백수 양반! 여기가 네 집이냐? 너네 집으로 가."

발을 툭툭 밀자 수가 오만상을 썼다.

"백수?"

"그래. 백수."

"결이라니까."

"놀고 자빠졌네. 부모님께서 지어 주신 자랑스러운 이름, 물수(水)자를 연예계로 들어서자마자 업신여긴 놈. 아니, 내 친구의 이름을 도적질한 놈이 무슨 깨끗할 결(潔)이라는 거냐?"

"백원! 나 네 오빠다."

"오빠 좋아하시네. 동생 등쳐 먹는 오빠가 어디 있냐? 지난 번에도 네 팬들이 어찌 알고 들이닥치는 통에 내가 이사해야 했잖아! 중노동과 정신적 트라우마는 내가 다 받았는데 넌 만 날 내 집에서 무위도식만 해놓고선. 내 집이 네 피난처냐? 방 공호냐고? 이것 봐. 맥주도 허락 없이 따 먹고 이렇게 어질러 놨어."

"맥주만큼은 내 맥주야."

수가 맥주를 빼앗길세라 두 팔로 안았다.

"제발 네 맥주 싸 들고 너네 집으로 가. 너네 집 냉장고가 훨씬 큰데 기어코 우리 집까지 쳐들어와서 좁아터진 내 냉장 고를 괴롭혀야겠니?"

"그래야 이곳에 올 수 있잖아. 내 맥주 잘 있나 보러."

"오지 마라, 제발. 부탁한다. 술도 못 마시는 게 맥주는 무 슨?"

"이번에 꼭 배울 거야. 술."

"이룰 수 없는 꿈이야. 우리 집안은 대대로 유전적으로 술 못 마셔. 제발 꿈 좀 깨."

원이 수의 이마를 손가락으로 밀었다.

"아, 머리 아파. 원아, 한 번만 봐줘. 나 중국에서 방금 날아 왔잖아."

"왜 날아와? 네 중국 팬들이 불쌍하지도 않니? 너 보겠다고 몇십만 원 하는 팬미팅 비에 호텔 앞까지 진을 쳤을 텐데. 야 박하게 그냥 내빼?"

"중국 밥은 맛없단 말이야."

"밥 먹으러 중국 가냐? 팬 보러 가지."

"오늘따라 왜 이렇게 까칠해? 아, 알겠다. 취재 잘 안된 거지? 그래서 나한테 화풀이하는 거지? 채령 특종 못 건진 게 내 잘못은 아니잖아. 곽 전무 파티 초대장 준 건 나다!"

돗자리를 깔아났나. 심기 불편한 건 용하게 알아챈다. 알게 모르게 차도하를 만난 스트레스가 발현된 듯하다. 원은 눈을 감고 다시 잠의 세계로 헤엄치는 수를 물끄러미 바라보았다.

"그래, 자라 자. 네 잘못은 아니니까. 근데 수야. 그때 내가 네 말을 들었으면 어땠을까? 아마도 내 인생은 아주 많이 바뀌어 있겠지?"

주방 바닥에 뻗은 수에게 이불을 덮어 주고 침실로 들어와 침대에 누웠다. 쏟아지던 잠이 침대에 누우니 금세 달아났다. 어둠 속에서 눈이 말똥거린다. 눈을 감았다. 내일 아침에 출근하려면 어떻게게든 잠들어야 한다.

오늘 하루 일어났던 일들의 자취를 더듬어 보던 원이 눈을 번쩍 떴다.

"2층이지?"

차도하는 어떻게 우리 집을 알았지?

소름이 돋는다. 원은 발딱 몸을 일으켰다. 진짜 어떻게 알았지. 살고 있는 집이야 소가 뒷걸음치듯 알아냈다고 하지만 2

층이라니. 뭔가 냄새가 난다.

잔뜩 얼굴을 찡그리던 원은 곧 가뿐하게 얼굴을 폈다.

우연이다. 그게 아니라면 달리 설명할 길이 없다. 어차피 앞
으로 볼 일 없는 사람이니 신경 쓰지 말고 그냥 잠이나 자자.

"배신자, 탕!"

회의실에 들어가자마자 석호가 엄지와 검지로 총을 쐈다.
원은 손바닥을 척 올려 반사했다.

"선배, 들으셨어요? 데츠패치가 이번에도 주거 침입으로 고
소당할 예정이래요."

하나가 눈을 반짝이며 원을 맞이했다.

"그게 무슨 소리야?"

"채령 열애설, 데츠패치도 냄새 맡고 잠입 취재 들어갔는데
어제 곽 전무에게 딱 걸렸대요."

하나는 목이 잘리는 제스처를 했다.

그제야 이해가 갔다. 데츠패치가 곽 전무의 별장에서 기자
소동을 일으킨 원흉이었다. 그럼 그렇지. 기왕 손님으로 위장
할 거면 완벽했어야 하는데 아마도 초대장 없이 잠입한 모양
이었다.

"천만다행이지. 우리가 걸렸으면 그냥 망하는 거였다고. 회
사 간판 내리고 우린 뿔뿔이 흩어지고. 미션 임파서블, 딴딴따
따 딴따."

석호는 마치 할리우드 첩보물을 찍는 듯 온몸을 움직이며

말했다.

"하늘이 도우신 거죠. 그나저나 채령 열애설 물 건너갔다면 서요? 선배는 정말 본 거예요? 그 남자 어땠어요? 공유? 이동욱?"

하나가 하이에나처럼 집요하게 물었다.

"연예인 아니야."

원은 퉁명스럽게 말하며 회의실 탁자 위에 노트를 패대기쳤다. 석호가 움찔하는 것이 느껴졌다.

"아니, 외모 퀄리티가 공유 과인지, 이동욱 과인지 그 말이에요."

"아무 과도 아니야."

"찬찬히 생각해 봐요. 연예인으로 따지면 어떤 연예인이에요? 채령을 눈앞에서 걷어 찬 남자를 본 사람은 선배밖에 없다면서요? 기사화는 안 됐지만 채령을 그다지 좋아하지 않는 1인으로서 심리적 만족감, 저도 한 번 느껴보고 싶습니다."

"굳이 말하자면…… 엘사?"

차갑고 푸른 기가 도는 남자니까. 차도하는 엘사 같은 남자다.

"겨울왕국 말하는 거예요? 거기 나오는 남자 등장인물은 못된 왕자와 정의로운 얼음 장수밖에 없는데? 그리고 둘 다 그저 그런데. 디즈니는 남자 캐릭터를 너무 못 그려."

"아니, 엘사라고."

"엘사? 그럼 채령이 여자를 좋아했던 거예요?"

하나의 말에 기함한 표정이 된 사람은 원뿐만이 아니다. 석호가 입이 땅에 떨어질 만큼 벌리고 있었다.

"아니야. 채령이 좋아했던 사람은 남자가 맞고, 그 남자 분위기가 겨울왕국의 엘사를 닮았다고."

"아아."

하나와 석호가 도가 트이는 듯 감탄사를 똑같이 내뱉었다.

"평범한 남자는 아닌가 봐요. 그러니까 채령 눈이 뒤집혔지. 한번 보고 싶다. 근데 원이 선배, 잠입까지 했으면 두 사람 그림 따 왔을 거 아니에요? 몰카까지 가지고 갔다면서요."

"맞다, 몰카! 엘사 닮은 그 남자 녹화됐을 텐데?"

석호는 하나의 지적에 그제야 생각난 듯 또 뒷북을 쳤다.

치밀한 것들. 미안하다, 삭제했다. 얼굴은 없지만 목소리가 담겨 있어 오늘 아침에 메모리를 모조리 삭제했던 것이다.

"어차피 킬 될걸 뭐 하러 찍냐?"

"안 찍었어?"

"그래, 나 살기에도 바빴다. 그러는 넌 쿨쿨 잠이나 잤잖아."

"무슨 소리? 네 엄명에 따라 열심히 운전했다고! 잠은 부편집장님께 양보했어."

간만에 예쁜 짓을 한 석호라 원은 더 이상 구시렁거리지 않았다.

"좋은 아침."

하준이었다. 며칠간 피곤에 절었던 모습은 온데간데없이 샤

프한 모습으로 회의실 안으로 들어섰다.

"여기 커피. 수고했어, 백 기자."

하준 선배가 직접 타 준 커피? 원은 조심히 받아들며 은혜로운 커피 향을 음미했다.

"감사합니다."

폭풍 같은 감격에 허우적거리고 있는데 여기저기서 감사하다는 말이 물결쳤다. 그럼 그렇지. 친절한 부편집장님이 저만 편애하면 친절한 부편집장님이 아니지.

어쨌거나 하준 선배가 타 온 커피는 달달하니 참 맛있었다. 커피 둘, 설탕 둘, 프림 둘. 환상적인 비율.

"자자, 뭣들 하고 있나? 회의해야지."

느닷없이 나타난 장유신 편집장의 얼굴에는 활력이 묻어났다. 이상했다. 채령의 열애설로 데츠패치를 따돌리고자 혈안이 됐던 편집장이었다. 그 누구보다도 먼저 그녀의 열애설이 물 건너간 것을 보고받았을 터인데. 땅을 치고 통곡까지는 아니더라도 우울한 얼굴로 탁자 위에 동그라미를 빙글빙글 그리며 '아버지에게 할 말이 없어. 이번만은 정말 아버지에게 손 벌리기 싫었는데. 이러다 정말 우리 회사 좋나는 건 아니겠지? 제발 아니라고 말해 줘, 부편' 이럴 거라고 원은 예상했다. 한데 밤새 산삼을 캐 먹은 듯 생생하기만 하다.

"채령 열애설이 쌍방향이었다면 정말 좋았겠지만, 아쉽게도 인력으로 되지 않는 게 연애 아니겠어? 물론 특종이 날아간 건 아쉽지만, 다들 기운 내고. 다시 한 번 노력해 보자고!"

길쭉하고 둥그런 회의 탁자에 모인 프라이버시 기자들은 의아한 듯 서로를 돌아보았다. 우울하다 갑자기 행복해하면 조증이라고 하고, 그 증상이 반복되면 학명으론 바이폴라 디스오더가 된다.

"길고 짧은 건 대 봐야 아는 거고, 인생도 살아 봐야 아는 거지. 인간사 새옹지마, 전화위복, 이런 것들로 가득 차 있다고 하잖아. 그래서 말인데."

편집장의 눈빛이 반짝였다.

"잠시 난 편집장에서 사퇴하기로 했다."

"네에?"

그렇다. 결국 편집장은 미쳐 버린 거다.

"안 돼요! 채령이 뭐라고 편집장님이 그만두세요? 사장님께서 정말 뭐라고 하신 거예요? 차라리 제가 월급을 안 받을게요!"

하나의 느닷없는 발언에 회의실 안 기자들이 뜨악한 표정을 지었다. 회사 사정이 안 좋으면 제일 먼저 사표 쓰고 나갈 것이라고 노래를 부른 사람은 하나였다.

"편집장님 그만두신다는데 다들 가만히 있을 거예요? 우리가 이렇게 의리 없는 동료들이었어요?"

"최 기자, 굳이 그럴 필요 없어."

"왜요?"

"아버지의 힘을 빌리지 않고도 우리 회사가 구원받을 동아줄이 내려졌거든."

프라이버시 기자들의 목이 일제히 편집장에게로 돌아갔다.

"편집장님, 그게 무슨 말씀이십니까?"

침착하게 사태를 관망하던 하준이 입을 뗐다. 부편집장의 질문으로 판단하건대, 편집장의 사퇴는 예정되어 있던 것이 아닌 모양이다. 확실히 우발적이고 충동적인 것으로 증명됐다.

"우리 회사에 투자하실 분이 계셔."

"투자요?"

"당분간 우리 회사 편집장을 맡는다는 조건으로 투자를 결정하셨지."

장 편집장의 편안한 얼굴로 판단하건대, 투자 금액이 상상 이상인 게 분명했다. 회사를 심폐 소생술 하고도 남을 만한 어마어마한 액수. 언론인이라는 자긍심에 자영업의 위험을 무릎 쓰고, 아버지의 결사반대에도 아랑곳없이 꿋꿋하게 프라이버시를 경영해 온 장 편집장이 아닌가.

"그 투자자가 누구인데요?"

하나의 날카로운 말이 공중을 찢는 그 순간, 회의실 문이 벌컥 열렸다.

"허니들! 반가워요!"

긴 생머리를 나부끼며 황금빛 미러 선글라스를 낀 늘씬한 모델 같은 여자가 입구에 서 있었다. 여자의 붉은 입꼬리가 요염하게 위로 올라갔다.

"새로운 편집장, 나윤하라고 해요!"

원은 어디선가 본 듯한 이상한 기시감이 들었다. 꿈속 어디 즈음에서 저 여자를 봤더라. 원은 뿌연 안개가 낀 기억력을 탓하며 머리를 쥐어뜯었다.

5
사랑은 계략을 타고

할머니가 내 손을 이끌고 간 곳은 온통 붉은 것들로 치장한 곳이었다. 알록달록한 구슬을 꿰어 만든 주렴을 걷고 들어간 그곳에는 얼굴을 가린 여자가 앉아 있었다.

"우리 집안은 대대로 손이 귀하다네. 이 아이가 다복해지려면 어찌해야 하는지 알려 주시게."

"게다가 단명이 집안 내력이셨죠."

"내 남편은 일찍 저세상으로 갔지만, 자네 덕분에 내 아들은 아직 살아있다네. 한데 더 이상 며늘애의 태가 열리지 않아. 이 아이는 우리 집안 종손이네. 어찌하면 우리 집안이 자손들로 번성해질 수 있겠나?"

"사모님께서 원하는 걸 손에 얻으시려면 도련님은 귀인을 만나서야 합니다."

"귀인이라니?"

"도련님의 액운을 막아 줄 수 있는 귀인 말입니다."

"귀인은 어디를 가야 만날 수 있나?"

"쌓아 놓은 그곳에서 찾으십시오. 그곳에서 목검을 든 귀인을 만나세요. 귀인이 도련님의 액운을 잘라 버릴 겁니다."

"여보게. 그렇게 두루뭉술하게 말하면 내가 어찌 알아먹나? 소상히 말해 보시게."

"그건 사모님께서 푸셔야 할 문제입니다. 단 하나 더 말씀드릴 수 있는 건, 귀인의 이름자에 태양이 들어간다는 것입니다."

"자네가 원하는 액수를 말해 보게나. 내 모두 지불하지. 늙은이 염원을 모른 척 말고 제발 알려 주게나."

"더 이상은 저도 접근할 수 없습니다. 사모님 집안의 업은 당사자만이 짊어지고 감당할 수 있으니까요."

그 이야기를 들은 내 나이는 열 살. 할머니는 그날 이후로 집안을 번성시킬, 귀인이라는 나의 반려를 찾기 위해 혈안이 되어 있었다. 이름 자에 태양이 있다는 것은 한자에 날일(日)자가 들어간다는 뜻. 그렇게 풀이한 할머니는 사람을 만날 때마다 성과 이름의 한자어를 꼭 물었다. 다만 할머니도 풀 수 없었던 건, 목검을 든 귀인이라는 뜻이었다.

유광그룹의 후계자로 길러지던 어느 날, 할머니는 드디어 귀인을 찾아냈다.

쌓아 놓은 마을이라는 이름의 할머니의 고향, 파주에서.

할머니의 소꿉 시절 동무, 백정이라는 할아버지를 조우하고 나서야 반려는 드디어 정체를 드러냈다. 파주시 외곽에서 농사를 짓는 할아버지는 아들들과 작은 푸줏간도 운영하고 있었다.

"우린 이란성이에요! 그리고 할머니."

"응? 이란성이라고?"

"전 여자애라고요, 남자애가 아니라!"

"네가 여자애라고?"

그때 분명 할머니는 떨고 있었다. 할머니는 지기인 할아버지에게 물었다.

"이보게, 정이. 이 아이들의 이름 한자가 어떻게 되나?"

"이름 한자는 왜?"

"중요한 일이네. 대답해 주게."

"우리 수는 물 수자를 쓰고, 원이는 느티나무 원자를 쓰고 있지."

"느티나무? 나무?"

목검을 든 귀인. 할머니의 마지막 혼잣말을 뒤에서 똑똑히 들었다. 할머니는 눈을 빛내며 여자아이를 쳐다보고 있었다.

아이는 할머니가 준 용돈으로 제 머리통보다 큰 솜사탕을 사, 얼굴을 솜사탕에 파묻다시피 하며 먹어 댔다.

"마침내 귀인을 찾았어."

기쁨에 젖은 할머니의 목소리가 아직도 귀에 선연하다.

할머니의 입장에서는 더할 나위 없는 귀인의 등장이었다. 쌓아 놓은 곳 파주, 날일 자가 들어가는 백이라는 성씨, 그리고 무엇보다 느티나무라는 의미가 있는 이름, 원. 할머니는 원이 자라 나의 신부가 되면 우리 집안의 횡액이 완전히 잘릴 수 있다는 희망에 휩싸였다.

운명의 반려라는 귀인, 백원.

그 아이는 그렇게 나의 신부가 되었다.

도하는 와인 두 잔에 나뒹굴어진 원을 안아 들고 침대에 뉘었다. 한참동안 원의 얼굴을 바라보다 주저하며 손을 갖다 대었다. 부드러운 뺨에 손가락이 닿자마자 전율이 느껴졌다. 깜짝 놀라 손을 뗐다.

"남 희롱하는 게 취미예요? 우리 마지막에도 그랬잖아요."

원의 말이 그의 가슴에 칼을 꽂았다. 찢어진 가슴은 더 이상 찢길 데가 없는데도 또다시 너덜너덜해졌다.

모든 것이 스스로가 자초한 일이라는 것을 안다. 10년 전 그날 밤도, 지금도. 하지만 원을 보고 있으면 자부심 가득한 자제력이 제로가 된다. 언제 어디로 다시 사라질지 몰라서 자신의 품에 꼭 붙들어 놓고 싶은 욕심만 높아진다.

사실 곽 전무의 별장에서 계약을 하는 것이 내키지 않았다. 곽 전무의 비밀스러운 파티는 교양 있는 외양과는 달리, 실상 퇴폐적이고 음란하며 불법적이었다. 검은 속내를 가리기 위해 사회 유명 인사와 예술인을 초대해 경매며 공연을 벌이지만, 깊은 밤이 찾아오면 파티는 타락한다. 별장 지하에는 불법 카지노가 휘황찬란하게 번쩍였고, 정·재계의 내로라하는 인사들이 돈을 걸고 따는 행태가 버젓이 이루어졌다.

수년 전부터 곽 전무는 도하를 끌어들이고 싶어 했지만 딱 잘라 거절했다. 그러나 이번에 새로운 자동차 부품 공장 부지를 확보하던 중, 성일그룹이 노른자 땅을 가지고 있다는 사실을 알게 되었다. 더구나 그 땅은 성일그룹의 차남인 곽 전무의 이름으로 등기되어 있었다. 곽 전무와의 개별 접촉 중, 그의 프라이빗한 별장 파티에 참여하면 계약을 하겠다는 말을 듣고 어쩔 수 없이 파티에 참석하게 되었다.

그런데 도하가 파티에서 먼저 만난 인물은 곽 전무가 아니라 채령이었다. 작년 연말, 딱 하루 인사를 나눈 그 여자는 지난 5개월 동안 스토커를 방불케 할만한 짓도 서슴지 않았다.

첫 만남에서 그 여자가 닳고 닳은 연예계에 잔뼈가 굵다는 것을 캐치할 수 있었다.

차라리 그 여자를 구해 주지 않았더라면 나았을 텐데.

선행을 베푼 건 무의식적인 본능이었다. 뉴욕의 파티에서, 겨우살이나무 아래서 키스하면 소원이 이루어진다는 말을 전해 들은 채령이 육탄 공세를 벌여 왔다. 여자의 입술을 피하기 위해 달갑지도 않은 곽 전무와 인사도 해야 했다. 그런데 홀을 장식하던 거대한 겨우살이나무가 쓰러지자 저도 모르게 몸을 날려 채령을 구하고 말았다.

어느새 채령의 눈에는 하트가 그려져 있었고, 그 이후로 그녀의 구애는 일방적이다 못해 사생결단을 내듯 결사적이 되었다.

채령이 룸으로 들어오기 전부터 벽면 한쪽에 누군가가 숨어들었다는 것을 알고 있었다. 창문을 열어 놓은 적도 없는데 거대한 커튼이 펄럭거렸기 때문이다. 채령이 들어오는 바람에 불청객을 쫓아내려는 기회를 놓쳤을 뿐.

채령이 불같이 화를 내고 사라졌을 때 불청객의 정체를 확인하리라 마음먹었다.

그런데 커튼을 걷어 젖히는 그 순간, 빛이 눈 속으로 들어왔다.

지난 10년 동안 한순간도 잊어 본 적 없는 얼굴. 원의 동그란 얼굴을 마주하자마자 이성은 모래바람처럼 날아갔다. 도하는 박자를 놓친 심장이 시키는 대로 했다. 심장은 오직 본능만을 집요하게 충동질했다.

원을 잡으라고, 두 번 다시 도망치지 못하게 결박하라고. 믿을 수 없는 이 꿈을 잡으라고.

꿈결 같은 입술은 환상이 아니었다. 원의 꿈을 꾸다 일어난 그 새벽, 짙은 어둠처럼 내려앉던 상실감이 결코 아니었다.

나의 아내, 10년 만에 겨우 만난 나의 반려.

"원이를 되찾아오겠다고?"

"허락해 주십시오."

"너보다 내가 더 그리고 싶은 심정이야. 하나 지금은 때가 아니다."

"할머니, 벌써 5년이나 지났습니다."

"5년이 네 죄를 다 덮을 수는 없다."

"아시잖아요. 제가 원이 없이 살 수 없다는 것을요. 하루 종일 원이 생각만 나요. 먹지도 자지도 일하지도 못하고 있다고요!"

"네가 처신이 발랐으면 일이 이 지경까지 되지 않았다. 더구나 넌 네 엄마가 어떤 사람인지 잘 알고 있었잖니? 원이가 아무리 밝은 아이라고 해도 시집살이가 오죽했어야 말이지. 심신이 지쳐 있는 아이에게 우리가 무슨 말을 해도 귀에 들리지 않는 법이야. 그 아이가 먼저 이혼 이야기를 꺼낸 것만 봐도 알 수 있잖니?"

"잘못했습니다. 할머니, 정말 잘못했습니다."

"너만을 탓할 수는 없지. 너도 어렸으니까. 내가 죄인이다. 어린 원이를 데리고 와서 혹독한 시집살이를 겪게 했으니까. 입이 방정이었어. 아무리 예뻐도 숨기고 숨겼어야 했었는데 그러지 못했다. 도하야, 할미는 안다. 조마조마한 네 마음을, 네 간절함을 모르지 않아. 네 수척한 얼굴에 다 나와 있는데 어찌 모르겠누. 하지만 조금만 더 기다리렴. 아직 때가 아니다. 두 번 다시 일을 그르칠 수는 없지 않겠니? 우리는 때를 기다려야 해."

"얼마나 더 기다리란 말씀이십니까?"

"5년."

"5년이나요?"

"그래, 앞으로 5년이야. 그 사람은 우리 집안에 드리운 암운을 걷어 내려면 5년은 더 있어야 한다고 했다. 그 이후 광명이 비친다고 분명 그렇게 말했어."

"할머니, 저 못 기다립니다. 지금도 일분일초가 타들어 갈 것처럼 아프단 말입니다."

"도하야, 기다려야 한다. 만약 네가 말을 듣지 않겠다면 할미는 더 이상 네 얼굴을 보지 않겠다."

"할머니!"

"차라리 외국에 나가 있으렴. 당분간 원이가 없는 곳에서 생활하다 보면 그리움도 많이 옅어질 것이다."

할머니는 강경했다. 붉은 옷을 입은 그 여자의 말은 모두 미신이라고 소리치고 싶었지만, 평생을 믿고 살아온 할머니의 노화를 돋울 뿐, 일은 해결되지 않았다.

한국에서는 더 이상 살 수 없었다. 원이가 대학을 가고, 캠

퍼스 생활을 누리고, 친구들과 소소한 일상을 꾸려 나가는 것이 상처가 된다는 것을 5년 동안 충분히 체득했다. 검고 붉은 욕망에 살이 좀 먹지 않으려면 원이가 보이지 않는 세상으로 가야 했다.

결국 도하는 미국지사로 발령이 났고, 5년 동안 뉴욕에서 생활해야 했다. 할머니의 말씀은 틀렸다. 그리움은 옅어지는 대신 더욱 진해졌다. 막강해진 기억까지 소환해서 그를 더욱 미치게 만들었다.

처음 만났을 때 원의 얼굴이, 파주에서 고등학교를 다니게 해 달라고 조르던 그때가, 연지곤지 찍은 어여쁜 원의 모습이 새빨갛게 각인되었다.

되바라질 정도로 느껴지던 까맣고 맑은 눈동자. 바가지 머리를 한 쌍둥이가 자신을 노려보고 있다는 것을 알았을 때, 도하는 불편함을 느꼈다.

중학생인 자신이 왜 저보다 어린 애들한테 움짝달싹 못하는 걸까. 놀란 건 그 이후였다. 바가지 머리 중 하나가 번쩍 손을 들더니 여자라고 당당히 말하는 것이었다. 귀신을 봐도 그렇게 놀라지는 않았을 텐데. 놀라움이 가시기 전 할머니의 말이 다시 귀를 강타했다. 귀인, 분명 귀인이라고 그랬다.

이 꼬맹이가 나의 반려라고? 수상쩍게 바라보다 할 말 다 하는 씩씩한 아이의 모습에 그만 호기심이 생겨 버렸다.

고향에 거처를 마련한 할머니를 뵈러 파주에 갈 때면 그 당돌한 꼬맹이가 뇌리에 떠올랐지만 무시했다. 아무리 인생을 구원해 줄 귀인이라도 이제 겨우 열 살. 인륜지대사 결혼은 성인은 돼야 겪을 일. 벌써부터 마음에 두고 싶지 않았지만 꼬맹이는 시도 때도 없이 불쑥불쑥 시야에 나타났다.

농로를 걷다 만나게 된 꼬맹이. 제 몸집만 한 개를 혜지라고 부르더니 기어코 알은척했다. 신나게 놀았던 흔적이 다분한 꾀죄죄한 얼굴과 초롱초롱한 눈동자. 빛이 난다는 얼토당토않은 생각에 멋쩍어 혜지에게 눈을 돌렸다.

심장이 두근거린 건 조금 전의 뜀박질 때문이라고 여겼다. 지난 몇 년 동안 귀인을 만나야 꼬인 인생이 풀린다는 할머니의 세뇌 교육 때문이라고도 생각했다. 이제 겨우 열 살짜리에게 마음이 흔들렸다는 건 스스로도 도저히 용납할 수 없는 어불성설이었다.

그래서 육포를 내미는 꼬맹이의 손을 일부러 모른 척했다. 하지만 몇 분도 지나지 않아 알아 버렸다. 순수하고 용감한 꼬맹이는 그를 어려워하지 않는다는 것을.

꼬맹이는 도하를 자신만의 천연기념물로 지정했다. 그 누군가에게 속박당하고 누군가의 소유가 된다는 것이 그토록 가슴이 뛰는 일이란 걸 그때 처음 알았다.

자존심이 세고 도도한 엄마 슬하에서 무뚝뚝하게 커 버린 탓에 친구들은 항상 도하의 눈치를 보며 슬금슬금 피했다. 게다가 유광그룹의 후계자라는 사실을 알고 나면 더욱 어려워했다. 망나니 같은 나윤하는 빼고 말이다. 나윤하도 왕따 아닌 왕따였으니까.

어렸을 때 당했던 왕따 경험은 과히 유쾌하지 않다. 하지만 그 아이들도 결국 도하 앞에 무릎을 꿇을 수밖에 없었다. 돈과 힘에 길들여진 그들의 부모가 그렇게 길렀기 때문이다.

도하가 엄마로 인해 차가운 인간이 되어 버린 것처럼.

귀인이라서, 반려라서가 아니라 도하는 그냥 그 아이가 좋아지고 말았다. 키 큰 중학생이 열 살짜리 초등학생에게 빠져 버린 어느 날의 햇살은 보석과 같았다.

이후 방학 때만 되면 서울에서 내려와 할머니의 집에서 살았다. 다행히 할머니는 꼬맹이에게 우리 집안의 사람이 되리라는 것을 끊임없이 주지시켰다. 달콤한 것에 현혹되어 할머니의 말에 고개를 끄떡이는 원을 바라보면서 가슴이 뻐근해졌다.

도하는 저 아이를 매일 보고 싶다는 생각에 엄마의 반대를 뿌리치고 기어이 진성고로 전학을 갔다. 원의 오빠들은 하나같이 서슬 퍼런 얼굴로 도하를 원수로 대했다. 애지중지하는 막냇동생을 빼앗겼다는 적의로 가득했다.

승리자는 항상 자신이었으므로 그들의 시기와 질투는 두렵지 않았다. 게다가 원은 자신만을 바라보았다.

한 가지 달갑지 않은 건 여학생들의 선물과 쪽지를 전달해 주는 사람이 원이라는 것이다. 신랑 될 사람에게 러브레터를 물어다 주는 제비 같은 신부라니.

유학이 결정된 날에도 한 여학생이 찾아와 좋아한다고 고백했다. 난 아니라고, 좋아하는 사람이 따로 있다고 차갑게 말하는 모습을 원이 보고 말았다. 슬금슬금 피하던 원을 붙잡아 그동안 왜 박씨를 물고 오는 제비 흉내를 내었느냐고 물어보았더니 달달한 것이 좋아서 그랬단다.

달콤한 것들보다 자신이 못한 존재라는 것을 알고 난 후, 앞으로 원에게 초콜릿과 캔디로 지어진 집을 선물해 주어야겠다고 결심했다. 두 번 다시 달달한 것에 그를 팔지 않도록.

도하가 사진을 찍었을 때 원은 혜지를 찍는 줄 알았겠지만 사실은 원의 얼굴을 더 많이 찍었다. 유학 기간 동안 내내 보려고.

도하는 기대와 희망을 안고 유학을 떠났다. 유학 시절 동안 원이 자라는 상상을 하며, 어여쁜 신부가 될 것을 추호도 의심하지 않았다. 도하는 그런 기대 속에서 행복할 수 있었다.

하지만 두 번째의 뉴욕 생활은 암담했다. 원에게 새로운 사랑이 생길까 봐, 누군가가 원을 채어 갈까 봐. 그런데도 할머니의 엄명으로 원에게 가까이 가지도 못 하고 이역만리 미국에서 괴로워하기만 했다.

지난했던 유예 생활도 드디어 끝을 보였다. 도하는 올해 초 귀국한 후 유광그룹의 사장으로 취임하면서 회사 일에 매진했다. 음력 4월이 끝나면 무조건 원을 되찾아오겠다고, 원이 반항하더라도 인정사정 보지 않겠노라고 다짐하면서.

다시 만난 원에게 물었다.

"남자 있어?"

"있어요, 남자. 아주 멋진 사람이죠."

"애인?"

"당연하죠. 사랑하는 사람이니까."

그간 책에서 표현한 피가 거꾸로 솟구친다는 느낌을 이해할
수 없었는데, 그 순간 완벽하게 이해했다.

원에게 남자가 없다고 보고받고 있었다. 긴장하게 만들었던
강유결은 원이 아닌 다른 여자와 사귀었다. 그리고 현재는 레
지던트 생활로 정신이 없어 연애를 하지 않는다고 전해 들었
다.

그렇다면 누구일까. 그동안 원의 생활 반경을 조사해 온 바
로는 원에게 남자는 없었다. 원은 프라이버시 회사에 들어가
밤낮없이 일에만 전념했다. 그런데 남자라니. 더구나 사랑하
는 사람이라니. 신빙성이 없었지만 불안했다.

골똘히 생각하던 도하는 곽 전무가 룸으로 들어오자 생각을
정리했다. 곽 전무로부터 별장에 잠입했다는 기자가 데츠패치
소속이라는 말을 들었다. 그와의 계약을 마치고 서둘러 별장
을 떠나고 싶었다. 계약서에 사인을 끝내자마자 자리에서 일
어났다. 곽 전무가 은밀한 파티의 참석을 권했지만 정중히 거
절했다.

잠든 원을 데리고 나오면서 곽 전무는 음흉한 시선을 건넸
다. 그의 파티에서 만난 인연임을 강조하며 즐거운 시간 보내
라는 말이 역겨웠지만 별다른 반응을 보이지 않았다. 짧은 순

간이라도 원을 이 공간에 두고 싶지 않았다.

도하는 운전하는 내내 원의 숨결과 체취에 취해 있었다.

서울로 올라와 빌라 앞에서 줄곧 틱틱거리던 원은 진심을 담아 마지막 인사를 건넸다.

건강하고 행복하라고.

자신을 영원히 보지 않으리라는 결심이 담긴 마지막 인사. 해묵은 원망과 미움, 증오를 훌훌 털어 버리고 인간 대 인간으로 안녕을 빌어 주는 그런 인사.

마음에 들지 않아. 백원.

도하는 룸미러로 보이는 원의 실루엣에서 눈을 뗄 수가 없었다.

이게 끝인 줄 알고 그렇게 말갛게 웃고 있는 거지? 미안하지만 끝이 아니야. 진짜 시작은 이제부터라고.

조바심이 일어 차를 갓길에 세운 도하는 핸드폰을 꺼내 다급히 전화를 걸었다. 한참 동안의 통화음이 울리고 잠에 취한 목소리가 들려왔다.

—너 미쳤냐? 지금이 몇 신줄 알고.

"오늘."

—뭐가 오늘이야? 이게 진짜 불알친구만 아니라면 콱……!

"프라이버시 투자 건 말이야."

—뭐? 몇 주 더 지켜보기로 했잖아. 내가 채령 열애설 정보도 줬다고! 프라이버시가 스스로 일어설 수 있게. 아마 곽 전무 별장에서 대박 하나 건졌을 텐데?

"채령이 별장에 나타난다는 정보를 왜 나한테는 안 줬어?"

—아, 그건 너 재미지라고.

"재미? 아니겠지. 새디스트 나윤하는 내가 귀찮아 죽는 꼴을 보고 싶었던 거지."

—아유, 야. 뭘 또 그렇게까지 반응하냐?

"장 편집장에게 전화해. 투자하겠다고."

—지금?

"지금."

—난 너처럼 매너 없는 여자 아닌데?

"지금부터 매너 없는 여자 한 번 돼 봐."

—알았어, 알았다고. 백수 생활 좀 더 즐겨 보나 했더니, 나 보고 자꾸 일하래. 나쁜 인간. 채령에게 더 당했어야……

전화를 뚝 끊었다. 도하는 저도 모르게 씨익 웃었다.

이제야 마음이 한결 놓였다. 프라이버시에 프락치를 심겠다는 전략. 자연스럽게 원에게 다가가려던 계획은 수정되었고, 프락치의 활약을 기대하는 수밖에.

"이게 다예요?"

"네?"

"이게 다냐고."

송 기자는 새 편집장 앞에서 우물쭈물했다. 새로운 편집장은 첫 등장과 동시에 회의를 시작했고, 섹시한 겉모습과 안 어울리는 날카로운 지적질이 한둘이 아니었다. 반말은 기본에 심지어 인신공격성 발언까지 서슴지 않았다.

"어떻게 이게 다일 수가 있어? 머리는 장식이야? 사무실에 앉아 SNS만 뒤지면 기삿거리가 나온다고 생각해? 이러니까 발로 쓴다는 말을 듣지. 인터넷에 기사 올린다고 사명감이라곤 쥐꼬리만큼도 없는 그저 그런 기자되고 싶나?"

"아, 아니요."

"그럼 발로 뛰어서 기삿거리를 찾아내야 할 거 아니야?"

예쁘장한 외양 속에 마녀가 들어앉았다고 하나가 옆에서 속 살거렸다.

"최하나 기자."

"네?"

"기획 특집 기사가 이게 뭐야? 키우고 싶은 애완남, 당신의 선택은? 이딴 걸 기획이라고 몇 주 동안 끌어안고 있었어?"

"요즘 네티즌들의 취향을 반영한 겁니다. 마초적인 남자보다 보호해 주고 싶은, 키워 주고 싶은 귀여운 남자들을 선호하거든요."

"그래서?"

"뭐가요, 새 편집장님?"

하나는 부러 '새' 자를 강조했다.

"여심을 잡으려면 제대로 잡아야 할 거 아니야."

"제 기획은 여심을 바탕으로 한 건데요?"

"보호해 주고 싶고 키워 주고 싶은, 귀여운 남자들에게 여자들이 환호한다고?"

"네. 현재의 트렌드죠."

"난 아닌데?"

"새 편집장님은 대중적인 취향이 아니신가 봅니다."

"최 기자, 얼마 전에 끝난 '핑크 가이' 드라마 보고 이러는 거지?"

"네에?"

"그 드라마 팬카페 회원이야?"

"당최 무슨 말씀을 하시는 건지……."

"핑크 가이 남자 주인공이 보호해 주고 싶고, 키워 주고 싶은 남자잖아. 맥없이 비실비실한 그 역을 우신혁이 연기했잖아. 몰라?"

"압니다."

"그럼 우신혁 팬인가?"

하나의 얼굴이 찌그러졌다. 마녀는 점쟁이가 분명했다. 하나는 그 드라마에서 기사 영감을 얻었고, 우신혁의 팬카페에도 가입했다.

"뭘 파악하든 좀 제대로 파악하고 기사를 휘갈기지? 요즘 나라 경제가 얼마나 어려운지 몰라? 나도 먹고살기 갑갑, 막막, 답답한데 지가 재벌 딸도 아니고 무슨 남자를 보호해 주고 키워? 드라마 하나 대박 났다고 시류에 편승해서 준비하는 기획 기사가 어디 있나. 이것 봐. 애완남으로 언급된 인물도 방송 연예계에만 편중되어 있네. 적어도 기획 기사면 각 분야에 포진된 인물들을 찾아내고 인터뷰 섭외도 해야 하는 거 아닌가? 환상과 재미만 주입하지 말고 사실과 희망도 좀 주입하라고."

"환상과 재미가 조회 수 올리는 데는 아주 그만인데요?"

"기획 기사의 개념은 밥 말아 드시고 돈만 벌고 나르겠다는 심보신가?"

"말씀이 지나치십니다!"

"내 말이 뭐가 지나쳐? 조회 수 올려서 포털 메인에 기사 올리고 돈 벌겠다는 분이 여기 눈앞에 버젓이 계신데, 왜 프라이버시의 추락은 못 막으셨을까?"

하나의 얼굴은 차마 눈 뜨고 볼 수 없을 정도로 벌게져 있었다. 새 편집장이 한 마디만 더 하면 빵, 하고 터질 것만 같았다. 주먹을 쥐고 바들바들 떨고 있는 하나를 편집장도 알아본 듯했다.

"꼬우면 당장이라도 책상 한 번 내려치고 날 욕하면서 때려치우시든가."

정말 무서운 여자였다. 프라이버시에서 당돌하기로 소문난 하나가 그만 울음을 터트리고 말았다. 총무부 여직원이 울고 있는 하나를 진정시키며 회의실 밖으로 데리고 나갔다.

회의실 분위기는 얼음장같이 차가워졌고 동료들의 얼굴은 벌레를 씹은 듯 찌그러져 있었다.

"편집장님."

하준 선배가 입을 열었다. 새 편집장은 하준을 흘겨보았다.

저 마녀가 부편집장 하준에게도 반말지거리를 하면 가만히

157

안 둔다며, 회의 시간만 되면 묵언수행을 하던 석호가 중얼거렸다.

"왜요?"

다행이다. 원은 저도 모르게 안도의 한숨을 쉬었다.

"투자하겠다는 분은 바로 편집장님이십니다. 누구보다도 프라이버시의 실적을 원하는 분도 편집장님이실 것이라고 생각합니다만."

"그런데요?"

"편집장님의 이런 태도는 프라이버시에 도움이 되지 않습니다. 초반부터 신뢰를 다지기보다 질타를 하고 사기를 저하시키는 언행을 일삼으신다면, 구성원들 중 누가 편집장님을 믿고 따르겠습니까? 혹 부임하시면서 편집장으로서 위엄을 세우고자 기선 제압을 하는 것이라면 이미 충분합니다. 장 편집장님의 사퇴만으로도 이 자리에 있는 모두가 위기의식을 느끼고 있으니까요."

이성과 논리로 말하는 하준에게 반하지 않으려고 해도 안 반할 수가 없었다. 그를 뚫어지게 바라보던 원은 문득 따가운 시선이 느껴졌다. 보지 않아도 알 수 있었다. 마녀의 눈빛이었다. 원은 급히 하준에게 눈을 떼고 회의 탁자만 노려보았다.

"이런 들켜 버리고 말았네. 내가 그렇게 심했어요, 허니들?"

갑작스럽게 변한 편집장의 어투에 모두가 뜨악한 표정으로 그녀를 바라보았다. 허니라는 말이 달콤하기는커녕 참 무섭게

도 들린다.

"모두들 날 너무 편하게 생각하잖아. 몸매가 착하면 마음도
착한 줄 알고 막 함부로 대하더라고요. 그래서 콘셉트를 잡고
와 봤는데, 허니들은 어땠어요?"

"놀라긴 했지만 역시 편집장님은 미소가 예쁘십니다. 그 예
쁜 얼굴에서 웃음기를 지우지 마세요. 저희들 놀라서 쓰러집
니다. 하하."

"웃지 않을 때는 안 예뻐 보이나 봐요?"

일순 마녀의 눈이 하늘로 올라가자 너스레를 떨던 석호는
바짝 긴장했다.

"부편집장님, 진심을 그대로 말해 줘서 정말 고마워요. 내
본심을 꿰뚫어 봐서 솔직히 놀랐어요. 하지만 내가 아무리 지
랄발광을 해도 제동을 걸어 주는 사람이 없다면, 그게 더 문제
가 되니까. 실은 여러분을 테스트해 본 거였어요. 여러분의 인
성과 처세는 어떻게 되나 하고."

그렇다고 사람을 쥐 잡듯이 막 잡냐. 원은 속으로 투덜거리
며 새 편집장을 뚫어져라 쳐다보았다. 저 여자를 어디서 봤더
라.

"근데 부편집장님, 그거 아세요? 우리 예전에 만난 적 있었
는데."

"네?"

하준의 놀란 눈동자보다 더 커진 눈동자가 있었으니 바로
원의 눈이었다.

"해상 레스토랑 점보에서 만났는데."

"홍콩에서요?"

"네. 작년 한홍 방송협력 포럼 취재 때요. 그때 제 복장이
특이했을 텐데. 기억 안 나세요?"

"혹시 한복 입으셨던……?"

"네. 그 여자였어요."

"아, 그러셨군요. 반갑습니다."

"저도요."

두 사람 사이에 묘한 기류가 형성되고 있었다. 편집장의 은
근한 시선에 하준은 대놓고 웃고 있다.

왜 편집장이 하준 선배에게 웃음을 흘리고 있지. 홍콩 출장
때 둘이 벌써 만난 사이란 말이야? 왜 이렇게 불안한 거지.

"자, 이제부터 진짜 회의를 시작하죠. 최하나 기자도 얼른
들어오라고 하세요. 저도 여러분과 한 식구가 되었으니 앞으
로 잘 부탁드립니다."

나윤하 편집장은 조금 전과는 다른 모습으로 절도 있게, 이
성적으로, 예의 바르게 회의를 진행했다. 하지만 이따금 날아
오는 날카로운 눈빛에 모두 긴장하고 있었다. 허점을 보여서
는 안 된다, 책 잡혀서는 안 된다는 생각에 회의 분위기는 절
로 타이트해져 있었다.

"대박 아이템이었던 채령 열애설이 도루묵이 됐다는 건 여
기 모인 사람들 전부 잘 알고 있죠?"

"편집장님이 어떻게?"

누군가의 물음에 나 편집장이 의미심장한 미소를 보였다.

"이쪽 계통으론 천리안을 가졌어요, 난. 여러분의 섣부른 판단은 잠시 유보하세요. 그래서 말인데 최 기자의 기획 특집 기사는 그대로 진행하되 애완남이라는 타이틀을 여심을 뒤흔든 그들이라고 바꾸고, 아까 내가 말한 대로 다양한 직업군의 남자들을 취재하세요. 최 기자가 혼자 진행하기에는 무리니까…… 백 기자?"

"네?"

처음으로 편집장이 자신을 불러 원은 깜짝 놀랐다.

"백 기자가 최 기자와 팀을 이뤄서 인터뷰를 준비해 주었으면 좋겠어요."

"네, 알겠습니다."

"최 기자는 방송 연예, 스포츠계에서 두 명, 백 기자는 경제계에서 한 명, 이렇게 세 명의 심도 있는 인터뷰 기사만 나가도 이목을 끌 것 같은데. 어때요, 부편집장님?"

"좋은 것 같습니다. 아무래도 최 기자가 이 아이템의 기획자이니 인터뷰이 배정도 적당하고요."

"최 기자, 우신혁은 업계에서 평판이 안 좋다는 것 알고 있죠? 네티즌들도 드라마 때문에 면죄부를 준 거지, 지난번 열애설이 아직 꼬리표로 달려 있어요. 우리 기사가 나갈 즈음에는 드라마의 환상에서 깨어져 나올 사람들이 많을 듯한데. 해서 이번 아이템에서는 우신혁은 제외하고 배우 백결과 스포츠 스타 구태하로 대상자를 바꿨으면 싶은데, 어때요?"

"네, 편집장님의 의견에 따르겠습니다."

불여우 하나는 기가 완전히 죽어 바로 꼬리를 내렸다.

"백결과 구태하는 확정났고, 경제계 인물로는……."

왠지 뜸을 들이는 것 같았다. 아는 경제계 인물이라곤 전혀 없다. 설마 송 기자에게 했던 것처럼 발품을 팔아 우리나라의 어마어마한 독신남 재벌을 인터뷰하라는 건 아닐까. 원은 생각만으로도 모골이 송연해졌다.

"차도하 유광그룹 사장이 좋겠네요."

원은 잠시잠깐 귀가 제대로 붙어 있는지 의심했다.

나 편집장의 붉은 입술이 슬로우 모션처럼 움직였다.

차도하……. 내가 알고 있는 그 차도하?

"말도 안 됩니다!"

원은 저도 모르게 탁자를 치며 자리에서 벌떡 일어났다.

"왜? 차도하는 유광그룹이 자랑하는 후계자이자 잘생긴 독신남으로 유명한데. 몰랐어요?"

편집장의 말에 동료들이 수군거렸다. 차도하라면 베일에 싸인 유광그룹의 사장, 청와대에서 주최한 경제인 만찬 자리에도 얼굴 한 번 비추지 않는 도도한 재벌 오너. 물론 오랜 외국 생활을 마치고 귀국한 지 반년도 채 되지 않았기에 우리나라 실정에 무지할 만도 하다.

하지만 그 높고 가파른 재벌의 벽을 일개 프라이버시 기자가 넘을 수 있을까. 불가능한 인터뷰라는 걸 회의에 참석한 기자들은 인지하고 있었다.

"차도하 사장이 여심을 흔들 정도로 그렇게 유명한 독신남이었나요? 전 잘 모르겠는데요. 사보는 물론 하다못해 TV, 인터넷 경제 뉴스에서도 얼굴 한번 내비친 적 없다고요. 대중들도 얼굴을 모르니 당연히 관심 없을 것 같은데요."

겁도 없이 하나가 의문을 제기했다.

"최 기자, 이번 채령 열애설의 상대자가 누구인지 알아요?"

"저야 모르죠."

"바로 차도하 사장이었어요. 차가운 도시 남자, 차도하!"

편집장의 그 한마디에 모든 의구심이 제압당해 버렸다.

원은 아무런 말도 하지 못 하고 그저 부들부들 떨고 있을 뿐이었다.

6
인터뷰를 해 주신다면

붉은 하늘은 도도하기 그지없었다. 좀처럼 볼 수 없는 오묘한 하늘이다. 하지만 그런 하늘을 감상할 여유도 없이 원의 마음속에선 천사와 악마가 싸워 댔다.

정말 이런 짓까지 해야 돼?

안 하면 다른 방법이 있어?

없지, 없어.

그러니까 잔말 말고 눈 딱 감고 해.

초조하게 손목시계를 내려다보았다. 약속 시간은 오후 6시. 시침이 시간에 가까워질수록 점점 더 악마의 소리가 크게 울려왔다.

이건 미친 짓이야, 어서 일어나라고!

나 편집장을 잊었어? 그 여잔 마녀라고. 험한 꼴 당하기 싫으면 참아! 무조건 참아야 해. 위험을 무릅쓰고 잠입 취재까지 했잖아. 우신혁 열애설 보도 때도 잘 참아냈잖아. 넌 기자야, 백원. 이건 일이라고.

나 편집장, 그 여자가 원수였다. 그 여자의 정체를 결국 기억해 낸 원은 충격에 휩싸였다. 그보다 더 충격적인 건 그 여자의 입에서 차도하를 인터뷰하라는 청천벽력 같은 말이었다.

원은 아찔한 그 순간을 회상했다.

회의가 끝날 때까지 충격에서 벗어날 수 없었던 원은 의미심장한 미소와 재미없는 말을 건네고 편집장실로 사라진 나 편집장을 잡을 생각도 못 했다.

차도하라니? 이건 정말 말이 안 돼.

충격에 허우적대다 나 편집장의 조금 전 말이 떠올랐다.

"백 기자, 참 특이한 이름이네? 혹시 동그라미 두 개의 그 백 원 아닌가?"

놀리고 싶어 죽겠다는 눈과 함께 재수 없는 저 어투. 그 순간 누군가가 뒤통수를 세게 후려갈기는 것 같았다. 오래전, 이혼과 함께 봉인되었던 기억이 수면 위로 떠올랐다.

나 편집장은 차도하의 절친한 친구였다. 그녀의 말을 빌리자면 어린 시절부터 알아 왔던 불알친구. 원의 말로는 차도하의 내연녀.

그들의 이혼에 결정적인 역할을 한 여자였다. 원은 두 주먹을 불끈 쥐고 부르르 몸을 떨었다. 회상하고 싶지 않은 장면이 아직도 눈에 선연했다. 나 편집장이 차도하의 목을 부여잡고 키스하던 모습이. 너무나 놀라 남편의 집무실 문을 닫아 버렸고 유결을 만나 정신을 잃을 정도로 폭음을 했던 기억도 났다.

그때, 남편을 향한 철없던 사랑이 시든 꽃처럼 죽어 버렸다. 생각도 하기 싫다. 그 이후의 삶은 지옥이었고 벗어나고 싶은 굴레였다. 전남편은 저 여자를 스스럼없이 친구라고 불렀다. 파티장에서 그녀를 소개받았을 때 온몸의 털이 잔뜩 솟구치던 불쾌감도 떠올랐다. 그리고 그다음 기억도……. 그때 도하는 자신이 알고 있던 남자가 아니었다.

원은 눈을 감고 절망적인 신음을 내질렀다. 어쩌자고 저 여자가 프라이버시의 편집장이 되었을까.

이런 악연이 또 없었다. 귀인을 만나는 건 바라지도 않아. 제발 보고 싶지 않은 인간들을 만나게 하지는 말라고. 어제 차도하를 만난 것만으로도 충분한데, 저 여자까지.

아무리 자신을 우습게 여겨도 그렇지, 전 부인이 전남편을 인터뷰한다는 게 말이 되는가. 그것도 여심을 뒤흔들 남자라는 타이틀로. 악취미가 아니라면 이럴 수는 없었다.

설마 일부러? 의혹이 일었다. 그렇다면 의혹을 마주하는 것이 기자의 자세. 원은 분연히 자리에서 일어났다.

"편집장님, 유광그룹 차도하 사장 인터뷰 건 재고해 주십시오!"

한가로이 책상 위 선인장에 물을 주던 편집장은 원을 흘끗거리다 하던 일을 계속했다.

"차도하 사장이 아니면 다른 대안이 있다는 말인가요?"

"네?"

"백 기자가 원하는 멋진 독신남은 누가 있을까? 그것도 어마어마한 돈을 쌓아 놓고 자자손손 먹고 살 만한 남자로요."

원은 말문이 막혔다.

"난 아무리 생각해도 차도하밖에 떠오르지 않는데. 백 기자도 없죠? 친분이 있는 재벌남이 굴러다니는 돌멩이도 아니고, 만날 수가 없잖아. 안 그래요?"

"편집장님, 제가 무슨 말을 하는지 잘 아시잖아요!"

"난 잘 모르겠는데. 백 기자가 무슨 말을 하는데요?"

"인터뷰 못 합니다. 아니, 안 해요."

"백 기자. 일 그만하고 싶어요?"

또 말문이 막힌다. 하지만 이건 짜고 치는 고스톱이라는 생각이 강하게 들었다.

"아뇨, 그만두고 싶지 않습니다. 하지만 편집장님을 믿지 못 하겠습니다."

"왜요?"

"차도하 사장의 불알친구시잖아요."

"어머, 이제 기억해 낸 거예요? 날 척 보고도 못 알아봐서 내가 그렇게 존재감이 없는 얼굴이었나, 잠시 고민했었잖아요. 이제라도 알아봐 줘서 고마워요."

"일부러 이러시는 거죠?"

"똑똑하네."

"왜 이러시는 거예요? 그 사람이 절 괴롭히라고 시키던가요?"

"멍청하네."

"편집장님!"

"잘 생각해 봐요. 도하가 뭐가 아쉽다고 백 기자를 괴롭히겠어요? 유광그룹이 우리나라 재계 서열 10위권 이내인 것 몰라요? 그런 그룹의 후계자가 돌아온 싱글이 되었는데, 얼마나 탐을 내는 여자가 많겠어. 두뇌 회전이 팍팍 안 되나? 채령까지 도하에게 목을 맨 상황이면 대한민국 여성들의 환상을 자극할 만한 존재로 딱 인 것 같은데. 내 말이 틀려요?"

"하지만 왜 저예요? 프라이버시에는 저 말고도 차도하 사장을 인터뷰할 인재들이 많이 있습니다. 부편집장님도 그렇고 또⋯⋯."

"회사 어디에도 백 기자만큼 인터뷰에 유리한 사람은 없는 것 같은데? 일단 백 기자는 도하를 사사롭게 알고 있잖아요. 비록 전 부인이긴 하지만 도하가 거부감 없이 인터뷰에 응할 수도 있고, 한때 살아 봐서 여자의 마음을 대변한 기사 작성도 잘 할 것 같고."

"전 부인이라서 안 된다는 생각은 안 해 보셨어요?"

"고리타분하네. 이혼했다고 전남편을 인터뷰 못 할 이유는 또 뭐야? 백 기자 프로 아니에요? 언제부터 프로가 아마추어

같이 일하는데 사감을 개입시키나?"

원은 앙하고 입을 다물었다. 하지만 진짜 이유는 다른 데 있었다.

"괜찮으시겠어요? 차도하 사장을 인터뷰하는 거요. 두 분 사이에 걸림돌이 될 것 같아서요."

"우리 사이에 뭐가 된다고요?"

"두 분 각별한 사이시잖아요. 불알친구라고 말하지만 실상 편집장님은 도하 씨를 마음에 두고 계시잖아요. 제가 두 분 사이에 훈수를 둘 입장은 아니지만 좋아하는 남자가 만인의 연인으로 인터뷰이가 된다면, 만약 저라면 기분 나쁠 것 같아서요."

"잠깐, 백 기자의 좋아한다는 뜻은 우정이 아닌 건 같은데. 이성으로 좋아한다는 뜻이에요?"

"네."

"누가 그래요? 내가 차도하를 좋아한다고?"

뭘 저렇게 정색을 하는 거지. 편집장은 조금 전 회의실에서 보여 준 마녀의 얼굴을 했다.

"제가 봤으니까요."

"뭐, 뭐를 봤는데?"

"편집장님이 도하 씨에게 키스하고 있었어요."

"내가 왜 도하에게 키스를 해요? 내가 미친 여자처럼 보여요?"

입에 거품을 물던 편집장이 불현듯 뭔가를 떠올리는 듯 허공을 바라보았다.

"잠깐…… 원이 씨가 본 그게 언제인데요?"

"10년 전에요. 제가 아직 도하 씨 아내일 때요. 도하 씨 회사를 찾아갔다가 두 분이 키스하는 거 봤어요."

나윤하 편집장은 꿀 먹은 벙어리가 되었다가 사색이 된 얼굴로 입을 벙긋거렸다.

"서, 설마 그래서 도하와 이혼했어요?"

"아니, 그게 전부는 아니에요. 우리는 그냥 안 맞았어요. 물과 기름처럼. 그렇잖아요. 평범한 여자애가 재벌 집에서 얼마나 더 버틸 수가 있겠어요? 어차피 이혼은 당연한 수순 같은 거였어요."

윤하는 그저 원의 얼굴만 멀뚱하게 바라보았다.

"그래서 말씀드리는 거예요. 차도하 사장의 인터뷰 건을 진행해도 괜찮은 거냐고요. 차라리 인터뷰이를 바꿔서……."

"아니요. 차도하 사장의 인터뷰는 예정대로 진행합니다. 물론 백 기자가요."

"네?"

"도하와 저, 원이 씨가 생각하는 그런 관계 아니에요. 어렸을 때부터 단짝이었어요. 말 그대로 불알친구와 다름이 없다고요. 그때 그 키스는 장난이었으니까요."

"……장난이요?"

"네. 아까 봤잖아요. 난 사람 놀려 먹는 걸 아주 좋아해요. 만화책도 있잖아요. 장난스런 키스라고."

원의 뇌리로 장난스런 키스였다, 라는 말만 걸렸다. 고작 장난이었다고? 내가 그걸 보고 얼마나 가슴이 찢어졌는데.

"백 기자, 왜 그런 눈으로 봐요? 두 사람의 이혼에 내가 결정적인 역할을 한 건 아니잖아요."

"네, 그렇긴 하죠. 하지만 누군가 장난스럽게 던진 돌에 개구리는 맞아 죽었네요."

원의 싸늘한 말에 한동안 편집장실 안에서는 냉기가 흘렀다.

"내가 이혼에 결정적인 역할을 했다는 뜻이에요? 아까는 그게 다가 아니라면서요."

어느새 전열을 가다듬은 윤하가 공격을 해왔다. 뻔뻔할 정도의 두꺼운 가면을 쓴 여자다. 더 이상 말을 섞기 싫었다.

"인터뷰 진행하겠습니다."

"백 기자, 그럼 이번에는 내가 묻죠. 류하준 부편 좋아해요?"

"제가 그 질문에 답할 이유가 있나요?"

"아마도 연적이 될 것 같아서."

"무슨 소리예요?"

"내가 부편을 좋아한다는 말이에요."

철면피가 참 용감하기도 하고 쓸데없이 예민하기도 하다. 그리고 확실한 것은 차도하에 대한 마음 따위는 없다는 것이다.

"아직 류 부편에게 아무 말도 못 한 것 같던데, 아닌가?"

171

"어떻게 아셨어요?"

"표정에 다 쓰여 있더구만. 짝사랑한다고."

하준 선배를 향한 짝사랑은 어느 누구도 알아차리지 못 했는데, 단 한 번의 회의를 통해 나 편집장은 원의 마음을 정확히 꿰뚫어 보고 있었다. 진심으로 무서운 마녀였다.

"누가 먼저 류 부편의 마음을 사로잡을 수 있을지 경쟁해봅시다."

"부편집장님 때문에 우리 회사에 투자하기로 하신 겁니까?"

"아니라고는 말 못하겠네요. 근데 류 부편은 알아요? 백 기자가 이혼녀라는 거."

참 야비한 질문이기도 하다. 원은 심장이 굳는 것 같았다. 동료들에게 굳이 말할 필요가 없었다. 호적에도 전남편의 이름은 등재되어 있지 않았으니까. 그 결혼은 뭣도 모르던 어린 시절에 진행된 것이었다.

그렇다고 일부러 숨기진 않았다. 단지 말할 기회를 놓쳤을 뿐이다.

"모릅니다."

"페어플레이하려면 그것부터 밝혀야겠네. 돌싱에 대한 마음이 열려 있는지, 그렇지 않은지. 내가 넌지시 귀띔해 줄까요? 공평하려면 그래야지."

"전 편집장님과 경쟁하고 싶은 마음이 없는데요."

"포기하겠다는 말인가요?"

"아니요. 강물이 바다로 흘러가는 것처럼 그렇게 다가가려

172

고요."

"강물이 바다로 흘러가지 못하고 애먼 곳에서 막혀 버린다면? 그 강물 참 오랫동안 흐른 것 같던데."

"그렇다 해도 순응하면서 자연스럽게 지켜볼 거예요."

"멋진 사랑 방식이네. 좋아요. 그럼 이렇게 하죠."

호쾌하게 말하는 나 편집장의 모습이 마음에 들지 않아 원은 눈살을 찌푸렸다.

"백 기자가 도하의 인터뷰를 따오면 내가 류 부편을 깨끗이 포기할게요."

또 다른 충격을 받아 원은 한동안 말이 나오지 않았다.

"하준 선배를 가지고 딜을 하자고요? 말도 안 되는 제안을 하시네요. 편집장님의 진심은 이것밖에 안 되는 건가요?"

"마치 내가 류 부편을 모욕이라도 한 듯이 말하네요. 다른 시각으로 말하자면 우리는 프로니까, 그만큼 차도하 인터뷰가 중요하다는 뜻이죠. 프라이버시의 사활이 도하의 인터뷰에 달린 거나 다름없어요. 류 부편을 걸만큼 아주 중요해요."

"그럼 편집장님이 도하 씨의 인터뷰를 따오시면 되겠네요. 사람을 장난감 취급하고, 하준 선배를 그렇게 원하시니. 더더구나 입맛대로 사람들을 요리하는 악취미를 가지셨으니까 그냥 다 마음대로 하세요."

"나도 그러고 싶은데 아무리 내가 친구라도 걔 인터뷰는 못 따요. 도하는 기자라면 치를 떠니까. 도하의 인터뷰는 류 부편을 백 기자에게 양보할 만큼 내가 따고 싶은 거라서 그런 의미로 말한 거예요. 불가능한 걸 해낸 백 기자의 노고를 치하해 주는 의미이기도 하고."

얄미워 죽겠다. 정말 눈엣가시처럼 콕콕 찔러온다. 마녀, 철면피, 못된 여자인 줄만 알았는데 이제는 목적을 달성하기 위해서라면 무슨 짓이든 하는 미친 여자 같다.

원은 지고 싶지 않았다. 남편과의 키스를 보고 도망치는 백원은 어렸을 때만으로 충분하다. 이제는 당당한 기자니까 누가 뭐래도 제 할 말, 제 할 일 다 하는 백원이니까 도망치지 않을 테다.

"방금 한 말씀 지킬 준비나 하시죠."

"물론."

찬바람을 쌩 일으키며 몸을 돌려 나가려는 순간, 나 편집장의 밝은 음성이 걸음을 붙잡았다.

"건투를 빌어요, 백 기자. 참! 그리고 내가 말했었나? 원이 씨는 깨물어 주고 싶을 만큼 귀엽다는 거? 처음 봤을 때부터 생각하던 거였어요."

나윤하는 끝까지 원을 놀려 먹고 있었다. 저 높디높은 콧대를 꺾어 주겠다는 원의 마음은 하준 선배 때문만은 아니었다. 남에게 지기 싫어하는 원의 강한 승부욕이 발동된 탓이다.

✿   ✿   ✿

나 편집장의 말은 사실이었다. 차도하의 인터뷰는 고사하고 인터뷰 제의조차 하지 못했다. 유광그룹의 사장 비서실로 전화하는 것조차 몇 단계의 보안을 거쳐야 했다. 사흘 만에 비서실장이라는 사람과 통화 연결이 되었지만 프라이버시 기자라는 소속을 밝히자마자 상대방은 전화를 끊어 버렸다. 그래서 원은 무작정 유광그룹으로 찾아가기로 했다.

전남편이 아니라 유광그룹 사장을 인터뷰하는 것이라고 거듭 세뇌를 하며 돌진했다. 며칠 전 만났던 전남편은 만날 일이 전혀 없었던 사적인 남자였지만 지금은 달랐다. 꼭 만나야만 하는 공적인 남자로 변모했다.

그런데 로비 데스크에서 딱 걸려 버렸다. 왜 슬픈 예감은 틀린 적이 없나. 아무리 사정을 해 봐도 프라이버시 기자라는 이유만으로 유광그룹 사장은커녕 비서실 직원도 만나 보기 어려웠다. 무작정 기다리다가 지치자 원은 유광그룹 사장의 전 부인이라는 사실을 발설하고픈 마음도 들었지만 가까스로 참았다. 부인도 아닌 전 부인은 남과 다름이 없지 않은가. 실속 없는 카드로 창피를 당하긴 싫었다. 결국 무모한 침입 작전도 도로아미타불이 되고 말았다.

다음날 비서실장과 통화되었을 땐 프라이버시 소속이 아닌 백원이라는 이름을 남겼다. 그런데도 차도하로부터는 아무런 연락이 없었다. 며칠 전 전남편, 도하를 만났다는 사실은 기억 저 너머로 사라져 가고 있었다.

지옥 같은 일주일이었다. 큰 소리는 땅땅 쳐 놨는데 아무런 성과가 없었다. 나 편집장의 고소해하는 눈빛은 원의 전투력을 더욱 상승시켰다.

원의 얼굴은 푸르죽죽해졌지만 눈의 총기는 더욱 초롱초롱해졌다. 어떻게든 차도하 인터뷰 따내고 만다. 그래서 저 마녀의 콧대를 꺾어 줄 테다!

그런데 마녀의 깔깔거리는 웃음소리가 환청으로 들릴 만큼 스트레스가 이만저만이 아니었다. 급기야 구원 투수의 등판이 절실함을 느낀 원은 주말에 파주로 향했다. 차도하를 만나기 위해서는 엄청난 권력자를 만나야 한다.

"할아버지, 고유란 할머니 목련 저택에 자주 오세요?"

"목련 저택의 고 여사 말이냐?"

"네."

할아버지는 매우 놀라신 듯했다. 하긴 고유란 할머니와의 가족 관계를 정리하고 할머니 안부를 묻기는 10년 만에 처음 있는 일이었으니까.

"가끔 주말마다 오긴 오지. 근데 네가 어쩐 일로 고 여사 안부를 묻느냐?"

"이번 주에도 오세요? 부탁드릴 일이 있어서."

"할아비가 연락해 보랴?"

"두 분 연락하시고 계세요?"

"물론, 너희들이 그렇게 됐다고 우리마저 척을 질 수는 없지. 오랜 벗이니까."

"죄송해요, 할아버지."

"아니다. 오늘 연락해 보마."

그날 할아버지의 전화 한 통으로 고 할머니는 당일, 파주로 올라왔다. 그러시지 않아도 된다고, 전화 통화만이라도 감지덕지하다고 원이 말씀드렸지만 기어코 고 할머니는 파주로 와 그녀를 만났다.

원은 고 할머니의 눈빛에서 그리움이 짙게 밴 것을 발견했다. 이혼과 상관없이 어렸을 때부터 귀애해 주시던 고 할머니를 그동안 외면한 것이 정말 죄송스러웠다.

"날 만나고 싶어 했다면서? 무슨 일로?"

"할머니, 도하 씨를 만나게 해 주세요."

"도하는 왜?"

원은 주저하며 자초지종을 설명했다. 고개를 끄떡인 할머니의 눈이 깊어졌다.

"알았다. 그런 일로 도하를 만난다는 건 어려운 일일 게야."

할머니의 이맛살도 덩달아 깊어졌다.

"어떻게든 도하만 만나면 된다고 그랬지?"

"네?"

"그럼, 이 방법은 어떻겠니?"

할머니가 제시한 방법은 난감했다.

"이러지 않고서는 도하를 만날 수가 없단다."

정말 고민이 되었다. 하지만 원은 나 편집장의 기고만장한 얼굴을 떠올리며 마음을 다잡았다.

"네. 도하 씨만 만날 수 있다면 무슨 일이든 하겠습니다."

덜컥 약속해 놓고 보니 잘한 짓인가 싶었다. 꼬리를 말고 사라지려는 용기를 악착같이 잡아 제자리로 돌려놓고 심호흡을 했다. 기사를 위해서는 잠입 취재도 불사했다. 그러니까 이런 것쯤은 식은 죽 먹기가 돼야 한다.

하지만 원은 그때 보지 못했다. 할머니의 눈이 반짝하고 빛난다는 것을.

❀   ❀   ❀

잘하고 있다, 잘하고 있다. 난 아무렇지도 않다.

천사와 악마의 싸움은 견디라는 천사의 승리로 끝이 났다.

원은 끊임없이 주문을 외웠다. 용기가 수그러드는 것을 막는 주문. 하지만 밀려드는 긴장을 어쩌지 못했다.

목이 말라 물을 마신 원은 글라스에 립스틱이 진하게 묻은 걸 보고 화들짝 놀랐다. 화장이 엉망이 되었을까. 재빨리 백에서 거울을 꺼냈다. 아니나 다를까 립스틱이 지워져 있었다. 그녀는 오렌지색 립글로스를 꺼내 정성껏 발랐다.

거울 안에는 전혀 다른 여자가 있었다. 우아하게 틀어 올린 머리, 뽀송뽀송한 피부, 발그레한 복숭앗빛 뺨. 오늘의 만남을 위해 투자한 금액은 상상을 초월한다.

원은 오늘 박봉인 기자 월급에 연예인들이 출입한다는 뷰티 숍에 다녀왔다. 매니저 말로는 '티파니에서 아침을'에서 빵 쪼가리를 먹던 오드리 헵번 스타일이라고 한다. 어울리지 않는 옷을 걸쳤지만 어쩔 수 없었다. 그러지 않고서는 이곳에 발을 들여놓을 수가 없었다.

VIP 회원만 이용 가능하다는 최고급 호텔 라운지의 프라이빗한 룸. 원은 이곳에서 차도하를 기다렸다. 붉은 노을이 스러지며 마지막 햇살을 발산한다.

일분일초마다 피가 마르는 것 같은데 차도하는 당최 올 기미를 보이지 않는다. 피가 안 통하는지 종아리가 뻐근해진다. 코에 침이라도 바르고 싶었지만 공들여 한 화장이 망가질까 그러지도 못했다.

6시 30분. 최고조로 향하던 긴장은 6시를 넘어서자 바람 빠진 풍선처럼 푸시시 꺼졌다. 그나마 불행 중 다행이었다.

문이 열리는 소리가 들렸다. 원이 꼴깍 침을 삼켰다. 그 소리가 우레와 같이 느껴진다.

"늦었습니다. 미안합니다."

고풍스런 탁자 맞은편 의자에 도하가 앉으며 인사를 건넸다. 그러나 곧 원을 알아본 도하의 눈썹이 찌그러졌다.

"백원입니다."

어색한 기류가 흘러 원은 본능적으로 입을 열었다.

"왜 네가 여기 있지?"

"오늘 도하 씨의 맞선 상대가 나니까요."

"네가?"

"네."

도하가 핏, 하고 웃었다.

"세상에 전 부인과 맞선을 보는 사람이 어디 있어?"

"여기 있잖아요. 지금 도하 씨 눈앞에."

원은 발끈하며 대꾸했다. 도하가 볼일 없다는 듯 자리에서 일어나자 원이 황급히 따라 일어나며 양팔을 벌렸다.

"안 돼요. 못 나가요. 지금 당신의 시간은 내 거란 말이에요."

"내 시간이 네 것이라고?"

"네. 지금 저 문으로 나가면 할머니께서 가만히 계시지 않을 거예요. 그러니까 도하 씨는 무조건 한 시간 정도는 내게 시간을 내줘야 한다고요. 어이없고 황당하겠지만 어쩔 수 없어요. 나도 당신을 만나려고 이런 짓까지 벌였으니까."

"맞선이라? 이게 맞선이란 말이지."

"네."

"알았어."

제자리에 앉은 그는 참 거만해 보였다. 원의 가슴 속에서 불길이 치미는 듯했지만 남극의 빙산을 떠올리며 가라앉혔다.

"인터뷰를 할 생각은 하지도 마."

허를 찔리는 느낌이었다. 인터뷰를 위해 맞선자리까지 나왔는데, 인터뷰를 하지 말라니. 맞선이라고 당당히 큰 소리까지 쳐 버렸으니 자승자박이다. 분위기가 좀 풀어지면 넌지시 꺼내 보려 했는데, 차도하가 먼저 선수를 쳤다.

"도하 씨에게 전해지긴 전해진 모양이네요."

"프라이버시 기자 백원이 인터뷰 때문에 밤낮없이 괴롭힌다고 비서진들이 보고하더군."

"알면서도 잠깐의 시간을 허락하는 게 그렇게 어려웠어요? 적어도 난 한때 당신 아내였잖아요."

"한때 아내인 백원에겐 시간을 낼 수 있지만, 기자 백원은 이야기가 다르지."

"아무리 기자라도 그렇게까지 했는데, 내 성의가 불쌍해 보이지도 않았어요?"

"자기 일 열심히 하는 당신이 왜 불쌍해? 자부심을 가져. 밥이나 먹자."

말이 끝나기가 무섭게 웨이터가 음식을 가져왔다.

배가 고프니까 일단 먹고 이야기하자. 허기질 때는 아무리 좋은 말도 듣기 싫어지는 법이다. 배를 채우고 나면 저 단호한 마음이 달라질 수도 있지 않을까. 원은 눈앞에 차려진 음식을 보며 나이프를 들었다.

그런데 고기가 잘 썰어지지 않았다. 원이 낑낑대는 틈에 커다란 손이 그녀의 접시를 낚아채 갔다. 곧 잘 썰어진 고기가 눈앞에 보였다.

"이거 먹어."

"고마워요."

원은 오만상 인상을 찌푸렸다. 빨갛고 노랗고 하얀 삶은 채소들이 길바닥의 낙엽처럼 접시 위에 나뒹굴어져 있다. 고기 마니아인 원에게 채소는 사약과 다름없다.

"주인장."

"그거 욕이지?"

귀신이다.

"그 말, 지난번에도 썼잖아. 맥락 없이."

탐정인 듯.

"주인장과 비슷한 어감이라면 젠장? 갑자기 접시를 보고 그
런 말을 했다면 채소 때문이겠군."

용하다!

도하는 원의 접시에서 삶은 채소를 집어 갔다. 스스럼없는
그 태도에 멍하니 그를 바라보았다. 여전히 정확하게 자신의
식성을 기억하고 있었다. 10년이 지나갔는데도.

"내 얼굴 닳겠어. 그만 쳐다보고 식사나 해. 고깃집 딸이라
서 고기 좋아하잖아."

도하가 불쑥 말하는 바람에 원은 고개도 들지 않고 접시에
코를 박은 채 고기를 꾸역꾸역 입으로 넣었다. 고소한 육즙이
혀에서 느껴지자 긴장과 짜증이 해소되는 것 같았다.

"오늘 예쁘다."

원은 자신의 귀를 의심하며 도하를 쳐다보았다.

"그때처럼."

그때라니? 잠시 고민하기도 했다.

"내게 시집오던 날. 연지곤지 찍고 족두리 쓴 날처럼 예뻐."

"이미 끝난 사이에 지난 일은 들추지 맙시다. 서로 지켜 주
자고요."

"당황하면 정색하는 버릇은 여전하네."

이 남자가 정말?

"날 위해서 오늘 그렇게 신경 쓴 거야?"

그러니까 내 수고도 좀 알아봐 달라고. 인터뷰 좀 해 봅시다.

"그럼 누구겠어요? 그래도 명색이 맞선 자리인데."

원은 퉁명스럽게 말하다 도하와 눈이 마주쳤다. 그의 눈빛이 강렬하다고 느낀 것은 착각일까?

"그 남자 앞에서도 지금처럼 예쁘게 화를 내나?"

"화를 냈다니, 내가요? 아, 아니에요. 난 결코 지금 상황이 짜증 나서 화내는 거 아니에요. 근데 그 남자라뇨?"

"네가 사랑한다는 사람."

"에?"

도하는 원의 대답을 기다리지 않고 다시 식사에 집중했다. 자신이 사랑하는 사람은 하준인데, 그 이야기가 나오니 어색하고 불편하다. 아무래도 전남편 앞이니까 그런가 보다.

고깃덩어리 하나를 입안으로 집어넣고 우물우물 씹던 원은 그제야 예쁘게, 라는 말이 생각났다. 연예인들만 받는다는 메이크업이 이렇게 효과가 좋은지 몰랐다. 저 차돌맹이 같은 남자로부터 예쁘단 말을 몇 번이나 듣고 있는 건지, 원.

"애인 만날 때도 그렇게 차려입는 거야?"

"애, 애인이요?"

고기가 탁 목에 걸리는 것 같았다. 사랑하는 사람이라는 말에는 '짝'이 생략되어 있다고 생각해서 불편하지 않았는데, 애인이란 말은 도무지 적응이 되지 않는다. 위기를 모면하기 위해 잠시 갖다 붙인 애인이라는 말이 자신의 거짓말을 탓하는 것처럼 느껴졌다.

도하는 의뭉스럽게 웃고 있었다.

"왜 그렇게 놀라? 지난번에 애인 있다고 그랬잖아."

"아, 네. 그랬죠. 나 애인 있어요."

"그 사람은 네가 오늘 맞선 본다는 것도 알고 있어?"

"네?"

"10년이란 세월 동안 강산이 변하듯 사람도 변하는 게 맞는 것 같군. 아무리 일을 위해서라지만 사랑하는 사람이 있는데, 맞선 자리에 나올 정도로 변한 건 바람직하지 않은 것 같은데?"

"내가 그렇게 지조 없는 여자처럼 보여요?"

"그렇게 보여. 예전의 넌 이 정도로 막살지는 않았잖아."

"내가 막산다고요? 나 그렇게 이상한 여자 아니에요."

말을 내뱉고 보니 실언했다는 생각이 들었다. 사람을 살살 약 올리는 듯한 도하의 어조에 깜빡 넘어가고 만 것이다.

"이상한 여자가 아니면 애인이 없다는 건가?"

자고로 일을 해결할 때는 정직과 정공법이 최선이다. 왠지 거짓말을 하고 싶지 않다는 마음도 들었다.

"네, 없어요. 그땐 당황해서 애인 있다고 한 거였어요. 짝사랑하는 사람이 있긴 있지만…….'

"짝사랑? 아직 고백 안 했어?"

"네. 못 했어요."

원은 사실을 담담하게 인정하는 스스로가 놀라웠다. 전남편 앞에서 짝사랑하는 사람을 입에 올렸는데 이토록 침착할 수 있다니.

문득 하준의 얼굴이 떠올랐지만 그뿐이었다. 미안함도 설렘도 느껴지지 않았다. 평상시와 비교해 보면 스스로 생각해도 확실히 이상한 반응이었다.

"고백하지 마."

"왜요?"

원은 외려 도하의 말에 눈이 똥그래졌다. 왜 고백하지 말라는 거지. 물끄러미 도하의 얼굴을 쳐다보며 그가 숨긴 뜻을 집요하게 찾았다. 깊은 그 눈동자에 심장이 잔잔히 떨려 왔다. 내가 왜 이러지. 황급히 눈을 내리깔았지만 두근거림은 진정되지 않았다.

"인터뷰 안 하고 싶어?"

"인터뷰해 주겠다는 말이에요?"

"내 조건을 수락한다면."

"어떤 조건이요?"

원은 귀가 번쩍 뜨이는 것 같았다.

"첫째, 고백하지 말 것. 둘째, 내 집으로 올 것. 셋째……."

"셋째도 있어요?"

"내 인터뷰는 그만큼 따내기 어려운 거야."

"네에, 아무렴요. 어련하시겠어요. 세 번째는 뭔데요?"

"열 번의 밤."

"뭐? 뭔 밤이요?"

도하는 답변하지 않고 우아하게 와인을 마셨다.

"들은 대로."

열 번의 밤은 정말 뭔데. 왠지 덫에 걸린 느낌이다.

"그러니까 도하 씨의 인터뷰를 따려면 내 짝사랑을 고백하지 말고, 도하 씨 집으로 가고, 열 번의 밤을 어떻게 해야 하는 건데요? 근데 내가 왜 도하 씨 집으로 가요?"

"내 집에 가사도우미가 없거든."

"나보고 도우미를 하라고요?"

"응."

"잠깐, 도하 씨는 본가에서 기거하고 있잖아요. 도우미 아주머니들 많으실 텐데."

"아니, 나 분가해서 혼자 살아. 내가 까다로워서 본가 도우미 아주머니들도 고개를 절레절레 내젓더라고."

"본인이 까다로운 줄 알면서 지금 내게 이런 제안을 하는 거예요?"

"당신, 비위 잘 맞추잖아. 우리 어머니 밑에서 1년이나 버텼고, 살림도 야무지게 잘하고. 내 구미에 맞게."

잊고 있던 그 설움의 시간들이 생각나 원의 가슴이 울컥거렸다. 당장이라도 뛰쳐나가고 싶었지만 전남편의 인터뷰가 당근처럼 눈앞에 아른거렸다.

"열 번의 밤은 뭔데요?"

"내 집에서 나와 자는 것."

"같이 자자고요?"

원은 어안이 벙벙했다. 그건 성매매잖아. 더 참지 말고 그냥 확 신고해 버려?

"거부합니다. 아무리 인터뷰가 중요하다지만 내 몸을 팔면서까지 하고 싶지는 않습니다."

"난 네 몸을 원한 적 없는데?"

"방금 자자고 말했잖아요!"

욱하는 마음에 화를 내려고 입을 여는 순간 도하의 목소리가 들려왔다.

"오해는 하지 마. 따로따로 자자고. 각자의 방에서."

"지금 하는 말이 말이에요? 막걸리예요? 아무리 따로 잔다고 해도 우리가 같은 집에서 함께한다는 건 말이 안 되는 이야기예요."

"원이 네가 일주일에 세 번 우리 집 도우미를 해 주고, 그 시간들 중에서 열 번의 밤만 내게 할애하면 말이 되는 것 같은데. 난 네가 우리 집에서 묵었으면 해. 내 조건을 수락한다면 성심성의껏 인터뷰에 응하지. 어때, 동하지 않아?"

"왜 그런 조건을 내거는데요?"

"난 우리 결혼 생활이 항상 아쉽고 마음에 걸렸어. 여느 신혼부부들처럼 살아 보지 못했으니까."

도하의 말이 고기인 모양이다. 가슴에 얹혀서 내려가지 않는다.

간절히 원한 도하와의 결혼 생활은 두 번 다시 끄집어내고

187

싶지 않을 만큼 절망적이었다.

함께 있고 싶어서 그의 신부가 되었는데, 외려 두 사람 사이에는 예상치 못한 변수들이 발생해 행복과는 담을 쌓고 살았다. 그 경험으로 인해 사랑이 결혼으로 꼭 귀결되지 않아도 된다는 것을 원은 배우게 되었다.

"널 우리 집에서 고생시킨 것도 미안하고, 잘해 주지 못한 것도 미안해. 내가 결혼 생활에 최선을 다하지 못한 건 사실이니까. 행복해야 했던 시절을 통째로 날려 버린 생각에 늘 부채감을 안고 있었어."

"그러니까 지금 내게 미안해서 그런다는 거잖아요. 안 그래도 돼요. 이미 10년이나 지났고 난 다 잊었어요."

"네게 미안하기는 하지만 실은 이 제안은 널 위해서가 아니야. 날 위해서야."

원은 눈을 똥그랗게 떠 눈으로 물었다. 무슨 말이냐고.

"어머니는 결혼하라고 성화신데, 첫 번째 결혼이 실패해서 그런지 자신이 없어졌어. 또 그렇게 될까 봐 두렵더라고. 당신도 봤잖아? 대한민국에서 내로라하는 채령이가 나를 좋아한다는데도 선뜻 받아 줄 수가 없었어. 연애의 마지막은 꼭 결혼으로 귀결되니까. 그러다 보니 자연히 내게 관심을 보이는 여자들을 멀리하기 시작했는데 더 큰 문제가 생겨 버렸어."

"문제라뇨?"

"더 이상 여자들에게 관심이 생기지도 않고, 어떻게 대해야 할지 모르겠다는 거야. 집안의 대를 이어야 하는 입장에서 결혼 생각이 없다고 말하면 무슨 일이 벌어질 것 같아? 부모님에게조차 솔직한 심경을 고백하지 못했어. 만약 말했다면 아마 난 정신과 치료를 받고 있었을 거야."

"그렇게나 심해요?"

놀란 목소리로 되묻다가 저번에 채령이 한 말이 귓가에 대롱대롱 매달렸다.

"내 위에서 그렇게 헐떡거렸으면서."

그때 그 여자 말은 뭐지. 대를 못 이을 정도로 여자 대하는 방법을 모르겠다면서.

"아주 심해. 네 도움이 절실할 정도로."

단호한 도하의 목소리는 그윽했다. 순식간에 채령의 말은 들은 적이 없다는 듯 뇌가 하얗게 변했다.

"도하 씨 말을 종합하자면 나더러 실험녀가 되어 달라는 거네요? 도하 씨가 결혼 생활에 적합한지, 그렇지 않은지. 그리고 여자들과의 관계 개선도 가능한지."

"말하자면 그런 셈이지. 원이 넌 내 첫 번째 부인이니까 부담도 안 될 것 같고, 오래 알고 지낸 사이니까 어색하지도 않을 것 같아. 내 결혼 생활의 트라우마도 알아볼 수 있는 좋은 기회가 되겠지. 여자들과 말 섞는 것도 싫고 심지어 스킨십도 귀찮아한다고 생각했는데, 널 다시 만나고 나서 고칠 수 있다고 생각했어."

첫 번째 부인? 앞으로 두 번째, 세 번째도 있다는 말인가.
기분이 묘하게 나빠진 원은 벌레 씹은 듯 얼굴을 찌그러뜨리
다가 황급히 되물었다.

"뭘 고칠 수 있는데요?"

"네가 물었잖아. 왜 키스했냐고?"

갑자기 룸 안이 더워졌다. 뺨에 손을 대어 보자 열감이 느
껴졌다. 반면 도하의 얼굴은 나무토막과 다름없었다.

"하고 싶었어. 그냥."

"네?"

"널 보는 순간, 미치도록 키스하고 싶었다고. 본능적으로."

심히 얼떨떨했다. 마치 사랑 고백을 듣는 것 같은 착각이
들 정도로. 왜 날 보고 그런 마음이 든대? 채령은 단번에 거절
해 놓고.

도하의 말에 원의 마음이 두근거리기 시작했다. 생각을 거
듭할수록 이해가 안 갔지만 머리와 다르게 제 심장은 왜 이리
뛰는 건지 스스로도 알 수 없었다.

"곰곰이 생각해 봤는데, 아무래도 네가 편했던 것 같아. 너
라면 내가 느끼는 이 어려운 마음들도 치료되겠지."

속말을 알아듣기라도 한 것처럼 도하가 대답했다.

근데 편한 여자에게 키스하고 싶은 사람도 있나.

"만약 내 조건을 수락한다면 인터뷰는 원 없이 해 주지. 원
한다면 네 회사에 투자도 해 주고 말이야. 그만큼 난 절실해."

마구 동한다. 아주 먹음직한 제안이다.

"조건의 유효기간은 언제까지인데요?"

"열 번의 밤이 끝날 때까지."

잠복 취재를 하고 있다고 생각하고 저 남자의 집을 호텔이라고 생각한다면 원에겐 그다지 어려운 일도 아니었다. 호텔에서 지낸다고 가정하면 열흘은 금방 끝이 난다. 마음을 진정시킨 후 보니 꽤 구미가 당기는 제안이었다.

"왜 하필 열 번의 밤이에요?"

"10주년이니까."

"뭐가요?"

"우리가 만약 그대로 살았다면 올해가 10주년이라고."

자꾸 이상한 말만 한다. 하긴 맞선 자리에서 전남편을 만나는 것부터가 이상했다. 아니 그를 인터뷰한다는 상황 자체가 이상하다.

도하의 얼굴에서 느껴지는 쓸쓸함이 왜 이렇게 가슴을 먹먹하게 만드는 거지.

아마도 전남편의 결혼 생활과 여자에 관한 이상 증세가 신경이 쓰이는 모양이다. 한때 좋아했던 사람이라 모른 척도 못하는 거라며 원은 자신의 착한 마음을 탓했다.

어쩌면 인터뷰 실패 시 보게 될 마녀 같은 나 편집장의 경멸 어린 눈빛이 문득 떠올라서 그런지도 모른다. 절대 그 여자에게만큼은 지고 싶지 않았다. 전남편의 불알친구라고 해도, 그 여자가 결혼 생활에 미친 영향력은 무시할 수 없었다.

"좋아요. 그렇게 해요. 열 번의 밤이 끝나면 도하 씨가 인터뷰를 장렬하게 해 주는 걸로. 무르기 없기예요."

"약속하지."

느닷없이 도하가 환하게 웃었다.

저건 반칙이다. 원은 깜짝 놀라 시선을 다른 곳으로 돌렸다.

7
열 번의 밤

야경이 예뻤다. 이렇게 예쁠 수가 없었다. 마치 원이 눈앞의 야경 속에 빠진 것처럼 매우 아름답게 느껴진다. 천군만마를 얻었다. 어떻게든 그녀의 동의를 얻었으니까.

도하는 웃음이 절로 나왔다.

걸려든 거야, 백원. 이제 나한테서 벗어날 수 없어.

달콤 쌉싸름한 와인이 목을 적셨다. 원과 헤어진 후 아파트로 돌아온 도하는 집 안을 순식간에 어지럽혔다. 본가로 연락해 당분간 도우미 아주머니를 보내지 말라고도 통보했다. 어머니가 의아해하기에 거치적거린다는 말씀도 드렸다. 내일은 아파트에 있는 가구들도 모조리 빼낼 작정이었다.

어떻게 맞선 자리에서 원을 만날 수 있었을까. 하늘이 돕는 게 아니라면 있을 수 없는 일이었다. 할머니의 지혜를 느낀 도하는 뒤늦게 감사의 마음을 가졌다.

맞선은 할머니가 강제로, 일방적으로 잡아 놓은 것이었다. 자신이 원을 그토록 원한다는 걸 잘 알면서 다른 여자와 맞선을 보라니. 말도 안 된다고 목소리를 높였으나 할머니는 완강하기만 했다. 결국 약속을 잡긴 했지만 맞선녀를 바람맞힐 요량이었다.

올해가 되어서야 겨우 원에게 다가가도 된다는 점괘가 나왔다. 그 해괴한 점괘 때문에 원을 바라보기만 한 세월이 자그마치 5년이다. 그런데 할머니는 도하의 나쁜 수를 어떻게 읽었는지 전화를 걸어 호통을 쳤다.

—오늘 맞선을 안 나가면 널 내 호적에서 빼는 건 물론, 유광그룹의 후계자는 어림도 없다. 무엇보다 원에게 접근하지 못하도록 부적을 쓸 거니까, 알아서 처신해!

할머니의 강경한 어조에 어쩔 수 없이 나간 맞선 자리에 원이 나와 있다는 것을 알고 심장이 떨렸다. 원은 정말 예뻤다. 그 시절로 돌아간 것처럼. 원과의 시간은 마술과도 같았다. 어떻게 그 순간에 그런 기지가 발휘되었을까. 간절히 원하면 이루어진다는 말은 정말 타당한 말인 모양이었다.

통유리 앞에 비친 도하는 장난꾸러기 꼬마처럼 실긋 웃었다. 10년 만에 맛보는 즐거움에 취하던 중 핸드폰이 울렸다. 윤하였다.

"응. 왜?"

—차도하, 이제 웬만하면 우리 백 기자 좀 만나 주지? 백 기자의 처절한 노력이 가상하지도 않냐?

"그런 발상이나 하라고 널 그 회사에 보내지는 않았는데?"

—네 인터뷰는 내가 꼭 한번 따내고 싶었던 거야. 백 기자가 아니면 가능하지도 않을걸? 너와의 해후도 자연스럽잖아. 이 모든 시나리오를 계획한 사람이 바로 나, 나윤하라고.

"원이라도 쉽지 않을 거야."

—너 정말 우리 백 기자 좋아하는구나? 네 입에서 그런 그윽한 목소리는 처음 들어.

"시끄러."

—내일은 제발 좀 만나 줘. 내가 안타까워서 더 못 보겠다. 네가 약속하면 중요한 정보를 넘길게.

"거래 없이 정보 넘기라고 널 그 회사에 심어 놓은 게 나다."

—정보 넘긴다니까. 백 기자, 애인 없어! 내 두 눈으로 확인한 거라고. 근데 짝사랑 중이긴 해.

"알아."

도하는 야경을 바라보며 느긋하게 말했다.

—알아? 네가 어떻게 아는데? 나 말고 또 프락치 심었니?

"여유 부리지 말고 일 좀 잘하지 그랬어."

—귀신이네. 한데 백 기자 짝사랑 상대자가 누군지는 모르지?

"누군데?"

―긴장한 목소린데?

"빨리 말해."

―일전에 내가 반했다는 사람. 류하준 프라이버시 부편집장. 엄청 잘생겼어. 그러니까 백 기자 빨리 만나 줘. 누가 채가기 전에.

"그 남자 어떻게든 네 남자로 만들 거잖아. 그 회사 가고 싶어 한 이유도 그 남자 때문 아니었나?"

―알았어. 내가 어떻게든 부편 꼬시고 만다.

"그보다 원이 휴가 좀 줘. 만약 원이가 안 한다고 하면 외근이나 특근처럼 근무 일정 조정을 해 주든가."

―무슨 소리야? 설마 너 인터뷰 승낙했어?

"그래. 꽤 촘촘한 조건을 걸고."

―알았어. 무조건 협조할게. 꼭 성공하길 빈다.

도하는 윤하의 응원을 마지막으로 전화를 끊었다. 원을 데려오기 위한 모래시계는 작동되었다.

"왜 이렇게 엿가락처럼 늘어져 있어? 아직 삼복더위도 안 왔는데."

"아이스크림은?"

"여기."

아이스크림 가게 탁자에 널브러져 있던 원은 도이가 내민 아이스크림 통에 발딱 일어나 숟가락을 들었다.

"여유 부려도 돼? 점심시간 끝나 가잖아."

"오늘부터 외근이야."

"또 잠복이야? 이번에도 특종? 난 가끔 네가 형사인지 기자인지 모르겠다."

"나도 헷갈려. 내가 기자인지 가사도우미인지."

"그건 또 무슨 소리야?"

"그런 게 있어."

도원결의 4인방 중에서 도를 맡고 있는 도이는 원의 회사 근처 패션 회사에서 디자이너로 일한다. 둘은 가끔 점심시간에 만나 세상 돌아가는 이야기도 하고, 허심탄회하게 남자 이야기도 하며 수다를 떨곤 했다.

"마녀가 자기 집 가사도우미 하래?"

"아니, 인터뷰이."

"인터뷰 하나 따는데 가사 일까지 도와야 되는 거야? 어떤 거물이길래?"

"더 알려 하다간 다친다."

"다칠 정도야? 이거 심각한데."

심각한 건 느닷없는 외근 명령을 받은 거다. 차도하의 인터뷰를 따낼 수 있다고 보고하자마자 나 편집장은 지난 며칠 동안 동료들 앞에서 침이 마를 정도로 원을 칭찬해 댔다.

그러고는 어려운 인터뷰일수록 행동반경이 프리해야 한다며 외근, 특근, 심지어 휴가까지 들먹였다. 마치 그런 부탁을 할지 미리 알았던 것처럼.

나 편집장 덕택에 시간적 여유를 얻은 원은 하루 종일 도하의 말을 떠올렸다. 인터뷰를 따기 위해서 제안을 받아들이는 건 최선임이 분명한데 꼭 귀신에 홀린 듯했다.

여자를 자연스럽게 만나지 못한다는 도하가 안쓰럽기도 했다가 그 문제를 해결하기 위해 도와달라는 그의 말에 살짝 짜증이 일기도 했다.

편해서 키스를 했다는 말도 줄곧 뇌리를 떠나지 않았다. 편하다는 건 감정이 없다는 뜻인데, 도하의 발언을 곰곰이 되새기다 보니 기분도 찜찜했다. 왜 이런 마음인지 모르겠다. 외근으로 인해 하준 선배를 직장에서 볼 수 없다고 투덜거려야 할 시간에 차도하 생각만으로 머리가 터질 것 같았다.

"나 점심시간 끝났어. 넌 언제 들어가? 외근이면 곧장 퇴근하는 거야?"

"아니. 외근 갔다가 야근하려고."

"야근까지?"

"응. 자세한 건 다음에 말해 줄게."

"알았어. 기운 내. 주말에 시간 되면 도원결의 한 번 하자."

"유결이 3년 차라 더 정신없잖아."

"결이 안 되면 수라도 넣어. 수도 결이니까."

"수 이야기는 하지도 마."

원이 얼굴을 찡그렸다.

"또 왜? 나 진짜 간다."

"잠깐, 도이야. 넌 편한 남자에게 키스하니?"

"미쳤니? 편한 남자에게 왜 해? 가슴 떨리는 남자에게 하지."

"그렇지? 얼른 가."

"뭔데 그래?"

"것도 나중에 말해 줄게."

원은 저 멀리 사라지는 도이를 쳐다보다가 아이스크림을 한 술 크게 떠 입에 넣었다. 달달한 걸 먹으니 마음이 편해진다. 어느 누구도 편하다는 사람에게 키스할 리는 없다. 대체 차도 하는 왜 내게 키스했을까. 혹 그건 그때처럼 벌이었을까. 벌이 라니. 그건 더더욱 말이 안 된다.

헤어진 세월이 10년인데 우리 사이에 남아 있는 감정이 뭐 가 있다고. 불편한 뭔가가 남아 있긴 있나 보다. 차도하가 내 게 키스를 했으니까. 아니 편한 여자에게 왜 키스를 해서 이렇 게 머릿속을 복잡하게 만드느냐고. 생각을 차단하기 위해 무 언가를 할 때마다 차도하의 얼굴만 불쑥 떠올랐다.

기계적으로 아이스크림을 퍼먹었다. 달콤한 것을 먹어도 마 음이 편치 않았다. 편한 여자에게 키스했다는 그의 말이 묘하 게 신경을 자극했기 때문이다. 아무리 모른 척한다고 해도 그 의 키스가 꽤 좋았다는 걸 부인할 수 없었다. 며칠 동안 원은 그와의 키스가 부지불식간에 떠올라 당황했었다.

한데 그는 고작 편해서였다니. 그 당시에는 인터뷰를 할 좋 은 기회라 무심코 여겼는데, 편하다는 말이 계속 생각나 귓가 를 물어뜯는 것 같았다. 뭔가 억울한 느낌이 들었다. 주고받는 비즈니스 관계일 뿐이라고 다짐을 해 봐도 불편한 심경은 조금도 나아지지 않았다.

아이스크림통의 바닥이 보였다. 그런데도 마음이 정리되지 않았다. 원은 머리를 쥐어뜯고 싶었다. 이런 심정으로 차도하를 대면해야 한다니.

시간이 필요한데 자비 없는 시계는 재깍재깍 잘도 돌아간다. 오늘부터 도우미 역할을 하라는 전남편의 명령이 떨어졌다.

차도하의 아파트 내부는 을씨년스러웠다. 휑뎅그렁하다 못해 어디선가 겨울바람이 휘이잉 휘몰아치는 듯한 느낌이었다. 고급 아파트에도 외풍이 있는 건가.

너저분하게 널린 건 쓰레기가 분명했다. 컵라면 용기, 과자 껍데기, 시체 같은 인스턴트의 잔재들. 여기가 사람이 사는 집 맞을까. 인터뷰를 성사시키기 위해 덜컥 받아들인 제안이 어쩌면 덫이 될 것 같다는 예감이 들었다.

막 이사한 것처럼 어느 것 하나 제대로 정리가 된 것이 없었다.

"맞네. 나 힘센 거 잊지 않고 있다가 일 시키려고 한 게."

소파도 없고 주방 싱크대 찬장에는 식기들도 없었다. 있는 거라곤 고작 냄비 하나와 그릇 하나. 방은 또 어떠한가. 달랑 침대 하나. 다행히 장은 붙박이었다. 열 밤을 보내라며? 잠은 각자의 방에서 따로 자자며? 그런데 다른 침실에는 침대가 없었다.

원은 고개를 떨궜다. 무르고 싶다. 이런 작태는 가사도우미에게 한이 있다는 뜻이다. 전남편은 자신을 괴롭히고 싶은 모양이었다.

자기 관리 확실한 차도하의 집이라고는 믿기지 않았다. 무엇이 그를 변하게 만들었을까. 여자를 만날 수 없다는 도하의 말이 귓가에 달라붙어 있었다. 나만 상처받았다고 생각한 그 시간 동안 어쩌면 차도하도 상처를 받았을지 모른다.

원의 얼굴에 그늘이 꼈다. 잘 해낼 수 있을까. 가슴 정중앙으로 서늘한 바람이 지나간다. 명쾌하지 않은 그 온도에 혼란스러웠다.

문득 얼토당토않은 제안을 고민 없이 받아들였다는 자책감이 들었다. 그 순간에는 도하의 제안이 합리적이고 단순하다고 생각했는데, 막상 뚜껑을 열어 보니 명치를 치받는 울컥거림에 두려워졌다. 지금이라도 인터뷰는 없던 일로 해야 한다는 소리가 마음 한구석에서 속살거렸다.

상념에 잠겨 있던 원의 귀로 전화벨이 요란스럽게 울렸다.

—원아.

받자마자 저를 부르는 목소리가 들렸지만 원은 묵묵부답이었다.

—백원.

"아씨, 성 붙여서 부르지 마요. 없어 보이잖아요."

퉁명스럽게 대꾸했는데 도하가 가벼운 웃음을 터트렸다.

―없어 보이라고 부른 거야.

"도하 씨, 나 놀리는 거 재미있어요? 그래서 이런 제안을 한 거죠? 거실은 쓰레기장 같고, 가구는 아무것도 없고. 집이 뭐이래? 나 괴롭히려고 일부러 이런 게 아니라면 정말 심각하잖아요."

왜 이렇게 짜증이 나는지 모르겠다. 심중에 꾹꾹 눌러놓은 답답한 소회가 우후죽순 삐쭉 튀어나왔다. 눈물이 날 것 같다.

―괴롭히려는 거 아니야.

"괴롭히는 게 아니라면 왜 이래요?"

―복잡하게 생각하지 말고 백원처럼 생각하고 행동해. 넌 순전히 날 도와주기 위해 선택한 거야.

"인터뷰가 있잖아요!"

―그럼 더 복잡해질 필요 없겠네. 우리는 서로 원원하는 관계야.

"원원이라고요?"

원은 울혈된 가슴이 스르르 풀어지는 느낌이었다. 도하도 과거의 일로 인해 상처를 받을 수 있다는 생각이 들자 마음이 죄어들었었다.

―기분이 좀 나아졌어?

"내 기분이 나쁜 건 어떻게 알았어요?"

―내가 왜 몰라? 1년 동안 부부로 살았는데.

왜 그런지 알 수 없지만 원은 위로받고 있다는 생각이 들었다. 부부라는 말이 다정하게 들렸다. 그녀는 떨리는 가슴을 어쩌지 못해 심호흡했다.

—싱크대 두 번째 서랍 안을 보면 안 좋았던 기분, 풀 수 있을 거야.

"거기에 뭐가 있는데요."

—보면 알겠지.

"네?"

—그걸로 맛있는 거 만들어 줘.

"뭔데요?"

—네 기쁨을 반으로 줄이고 싶지 않아. 내가 퇴근할 즈음엔 행복한 백원만 있는 걸로. 참, 저녁 식사 메뉴는 이태리식이 좋겠어.

"이태리식이요?"

멍하니 되물었으나 도하의 음성은 더 이상 들리지 않았다.

원은 주방으로 건너가 싱크대 서랍을 열었다. 그곳에는 척 보기에도 '나 몸값 비싼 카드요'라고 번쩍번쩍 티를 내는 플래티넘 카드가 들어 있었다.

입가에 스르르 미소가 걸렸다. 스트레스가 다 풀리는 느낌이다. 어쩌면 차도하는 여자의 마음속에 살고 있는 '지니'일지도 모르겠다.

헝클어진 마음을 수습하고 원은 백화점으로 곧장 달려갔다. 자신을 가정부로 부리는 걸 후회하게 만들어 주겠다는 다짐과 함께 카드로 침대, 벽면 TV, 소파 등등을 일시불로 망설임 없이 질러 보았다.

이럴 수가. 카드 한도가 없다. 어마어마하게 질렀는데도 카드는 또 다른 소비의 세계로 원을 초대했다. 10년 묵은 체증이 내려가는 것처럼 돈 쓰는 재미가 쏠쏠했다.

마트에서 간단히 장을 본 원은 입에 쭈쭈바 하나를 물고 아파트로 돌아왔다. 도하의 말대로 그녀의 마음은 한결 가벼워져 있었다.

집 안을 둘러보니 여전히 휑뎅그렁했다. 그나마 TV는 오후에 설치가 가능하다고 해서 다행이라는 생각이 들었다. 화이트 톤 가죽 소파는 탁월한 선택이었다. 아이보리 벽지에 어울리는 색감이라 거실이 훨씬 넓어 보였다.

침대가 너무 비싸지 않았을까. 그래도 꼭 샀어야 하는 물건이었다. 원래 있던 도하의 싱글 침대를 보고 원은 깜짝 놀랐다. 신혼 시절, 거짓말 보태 태평양 바다 같던 침대에서 생활한 도하였다. 어마어마한 금액에 잠시 주저했지만 가사도우미로서 일절 망설이지 않았다. 역시 돈 쓰는 배포 하나는 타고난 듯하다.

시간을 살펴보니 6시 30분. 7시쯤에 도착한다고 했으니 슬슬 파스타 만들 준비를 해야지. 연습 삼아 만들어 보았는데 알리오 올리오가 모를리오 알리오가 되어 버렸다. 퉁퉁 불어 터진 파스타 면을 난감하게 바라보며 예전에 만들어 보았던 기억을 더듬었다.

가만히 생각해 보니 만든 그 사람이 자신인지, 수인지, 도이인지, 결인지 알 도리가 없다. TV 요리 프로그램을 하도 많이

봐서 만들 줄 안다고 착각한 것일까.

시집살이할 때는 갈비찜과 구절판도 척척 해냈었던 원이었다. 물론 그것은 혹독한 시어머니의 트레이닝이 있었기에 가능했다. 사람은 훈련과 시험의 동물인가 보다.

이태리식은 안 되겠다고 결정 내린 원은 전단지를 보며 중식으로 결론 내렸다. 이런 분위기에는 짜장면과 탕수육이 진리였다. 그녀는 거실 바닥에 신문지를 까는 데에 집중했다.

"재밌나?"

"앗, 깜짝이야! 어떻게 들어왔어요?"

"비밀번호 누르고 들어왔지. 내 집이니까."

"맞다. 도하 씨 집이었죠? 내 집처럼 정성을 다했는데."

"반나절 있어 보니 자기 집처럼 느껴진 거야?"

"약간."

"좋은 징조네."

도하는 씩 웃다가 집 안을 황당하게 둘러보았다.

"근데 왜 더 어지러워졌지? 난 가사도우미를 요청했던 것 같은데."

"동이 트기 전 새벽이 가장 어두운 법이니까요."

"내일이면 내 집에도 동이 트려나?"

"아마도?"

"그 불확실성이 짙은 어조는 뭐야?"

"아닌데? 나 완전 확실한데."

"내가 알고 있는 백원으로 돌아왔군. 기특하네."

원이 성을 붙여 말하는 도하를 째려보았다. 웃음을 한껏 담은 도하가 말했다.

"씻고 올게. 배고파. 밥 줘."

"네. 얼른 씻고 와요."

도하가 침실로 들어가자 원은 시간을 확인했다. 그가 씻고 나올 즈음이면 얼추 배달 음식이 도착할 것이다. 빨리 나와야 될 텐데. 짜장면은 불면 맛없으니까.

10분 후에 도하가 헐렁한 셔츠와 통이 넓은 팬츠를 입고 나왔다. 원은 그를 슬쩍 훔쳐보았다. 아무거나 걸쳐 입은 것 같은데 런웨이 위 모델이 되는 조화라니. 차도하의 빛나는 미모는 여전했다. 그녀는 빠르게 두근거리는 심장을 혼냈다. 이제 외모에 혹할 나이는 아니잖아.

"밥 줘."

당당한 도하의 말에 원은 심각함을 느꼈다. 차도하는 여자를 어떻게 대해야 하는지 정말 모르는구나. 저렇게 고압적인 명령을 내리다간 또 이혼당하겠다. 마음이 가벼워진 원은 진심으로 도하를 걱정했다. 마치 할리우드 배우들처럼 이혼한 부부가 진정한 우정을 나누는 단계로 진입한 것 같았다. 어른스러운 느낌이 들었다.

"밥 안 줘?"

"도하 씨. 좀 더 공손하게 말해 봐요."

"어?"

"두 손을 앞으로 모으고 밥 좀 주세요, 해 봐요."

"내가 왜 그래야 하는데?"

"밥 얻어먹고 싶으면 이렇게 해야 하는 거라고요. 더욱이 평생 한 여자가 해 주는 밥을 먹고 싶으면요. 아니면 또 이혼하고 싶어요? 요즘은 남편들이 아내 눈치를 봐야 한다고요. 근데 도하 씨는 너무 당당하잖아요."

"원아."

"밥 차려 주려다가 도하 씨 말에 빈정 상해서 손 털고 싶다니까요. 나긋나긋하게 부탁 좀 해 봐요."

"싫어."

"아휴, 참. 내가 시키는 대로 하면 두 번째 결혼은 문제없어요! 그렇게 강압적으로 말하면 어느 여자가 기분이 좋겠어요? 공손하게 해 봐요. 목소리 좀 낮추고."

"싫다니까."

"재혼하고 싶다면서요?"

"혜지 같아서 내키지 않아."

"혜지? 혜지가 누구……."

원의 눈동자가 커졌다.

"우리 혜지요?"

"그래. 날 혜지처럼 훈련시키는 것 같아서 싫어. 내가 개 같잖아."

아아, 혜지. 잊고 있던 그리운 이름이 불쑥 솟아 나오자 원의 가슴이 먹먹해졌다. 아니 우리 혜지가 어때서? 라고 말하려는데 현관 인터폰이 울렸다. 후다닥 현관으로 달려 나갔다.

인상 좋은 중국집 아저씨가 먹음직한 짜장면과 탕수육을 바닥에 들여놓았다.

"아저씨, 단무지와 양파 확실하죠?"

"물론이죠. 많이 넣어 드렸어요."

"감사합니다. 안녕히 가세요."

문득 등 뒤에서 음습한 기운이 느껴져 원은 어깨를 움찔했다.

"짜장면?"

"이태리는 다음에 다녀오고 오늘은 중국 여행해요."

"인천 차이나타운이겠지. 파스타는 어쩌고?"

"거참, 말 많네. 먹기 싫으면 먹지 마시든가."

원은 거침없이 거실로 질주해 깔아 놓은 신문지 위에다 짜장면과 탕수육을 날랐다. 바삭한 튀김을 보고 있자니 입안에서 군침이 돌았다.

"빨리 와요. 원래 이사하는 날에는 짜장면과 탕수육 먹는 법이에요."

"누가 이사를 했는데?"

"내가요."

도하에게 눈을 찡긋해 보였다. 그의 표정이 멍해 보이는 듯했지만 금방 잊어버리고 짜장면의 달콤함에 빠져들었다. 도하가 맞은편에 앉아 짜장면의 랩을 뜯었다.

"이사 온 걸 축하해."

"임시지만 열 밤 동안 잘 부탁합니다. 주인장님."

"욕하는 거야?"

"아니에요. 짜장면이나 많이 드세요."

"방금 그 말이 더 욕같이 들리는 이유가 뭐지?"

"삐딱한 그대의 마음."

핏, 하고 도하가 웃는 것이 보였다. 그가 잠자코 짜장면을 먹는 모습을 지켜보던 원이 탕수육을 입 안에 넣었다. 바삭바삭하고 쫄깃쫄깃하고 고소하다. 마치 차도하처럼.

하지만 이내 말도 안 되는 생각이라고 치부하며 후루룩 짜장면 넘기는 데 집중했다.

"오랜만에 먹으니까 맛있다."

"그렇죠? 탁월한 선택이었죠?"

"그러네."

"우리 혜지가 육포 다음으로 좋아하는 게 짜장면이었어요."

"그랬어?"

"네, 무슨 개가 짜장면을 그렇게 좋아하는지. 오빠들이 한 젓가락씩 줘도 양에 차지 않아 해서 내 것을 몽땅 주기도 했어요."

"그럼 넌?"

"엄마 마음을 알겠더라고요. 혜지가 먹는 모습을 보고 있으면 안 먹어도 배가 불렀거든요."

"혜지는 어떻게 됐어?"

"호상이었죠. 견생 최고의 주인을 만나 호의호식하다가 천수를 누리며 하늘나라로 갔으니까."

"언제?"

"내가 이혼하고 두 달 즈음 지났을 때."

도하의 얼굴이 어두워졌다.

"미안해요. 혜지 마지막 가는 길에 부르지 못해서. 도하 씨도 나 못지않게 우리 혜지 많이 아끼고 사랑했는데, 그때 우리는 편하게 만날 사이가 아니었으니까."

"이해해. 나라도 그랬을 거야. 혜지는 어디에 묻어 줬어?"

"목련 저택 뒷산이요."

"언제 나와 같이 가자. 혜지 있는 곳에 한 번 가 보고 싶어."

"네. 언젠가 기회가 되면요."

"그래."

도하의 눈이 깊어졌다. 마주 볼 수 없을 정도로 깊었다. 눈을 떼고 싶었지만 그의 시선이 놓아주지 않고 있었다. 원의 심장이 쿵쾅거렸다. 왜 이러지. 저 남자와 난 서로 원원하는 관계일 뿐인데.

"왜 그런 눈으로 봐요?"

"처음 봤을 때 쌍둥이를 보는 것 같았어."

"당연하죠. 수와 난 쌍둥이니까."

"수가 아니라 너와 혜지."

"나와 혜지요?"

"눈이 똑 닮았어. 쌍둥이처럼 크고 맑은 게."

"첫눈에 반한 거예요, 우리 혜지에게?"

"응."

"짐작은 하고 있었지만 역시 그랬네. 도하 씨가 유달리 혜지를 좋아하긴 했죠."

"널 보고 있으니까 혜지가 눈앞에 있는 것 같아."

"방금 이 발언, 이루지 못할 꿈을 이루고 싶다는 뜻이에요? 좋아요. 인심 썼다. 잠시 혜지가 되어 드리죠."

"뭐?"

"오랜만이죠, 도하 오빠? 왈왈. 전 하늘나라에서 잘 지내요. 짜장면과 육포도 매일 먹으면서."

"혜지는 수놈이잖아."

"아, 맞다. 빙의가 덜돼서 그래요. 왈왈. 도하 형, 무탈하시죠?"

장난을 걸었는데 도하의 눈이 그윽해졌다. 이렇게 진지해지면 어떡하지. 원이 그만두어야겠다고 생각한 찰나 도하가 다정하게 속삭였다.

"정말 보고 싶었어."

"저도요, 도하 형. 왈왈. 우리 원이 누나, 적당히 부려 먹고 인터뷰 잘해 주세요."

"꿈에서라도 보고 싶었어. 한 번만이라도 같이 할 수 있다면 심장을 줘도 아깝지 않을 거라고 생각했어."

우리 혜지는 좋겠네. 도하 씨의 사랑을 받고 있어서. 부럽다.

그 생각에 원은 화들짝 놀랐다. 도하의 손길에 더욱 놀라고 말았다. 그의 손이 그녀의 뺨을 매만지고 있었다.

"사랑해."

원은 너무 놀라서 입술을 달싹거리지도 못했다. 분명 혜지를 향한 말일 텐데, 왜 나한테 하는 말 같지. 미쳤나 봐.

도하의 눈이 아래로 향했다. 시선이 머문 곳은 원의 입술이었다. 나지막한 신음이 탄식하듯 나오려고 했다. 이유를 알 수 없는 심장 박동이 귓가를 점령할 즈음 도하의 눈이 다시 위로 올라왔다. 그의 깊은 눈동자에 어리는 건 혜지가 아닌 백원이다.

도하의 얼굴이 가까이 다가왔다. 얼굴이 홧홧해졌다. 끊을 수 없는 긴장이 팽팽해졌다. 그에게서 너무 빛이 나 눈이 부셨다. 원은 그만 눈을 감고 말았다.

딩동딩동.

마법은 깨어졌다. 원은 찬물을 뒤집어쓴 듯 현실로 돌아왔다. 혜지가 저인지, 저가 혜지인지 도무지 알 수 없었다.

"누구세요?"

—TV 배달 왔습니다.

인터폰 너머에서 TV를 배달하러 온 설치 기사의 목소리가 들려왔다.

"누구야?"

"주문한 TV가 도착했어요. 무슨 아파트에 TV 하나가 없어요?"

원은 아무렇지 않게 대답하며 얼른 문을 열어 주었다. 거대한 TV를 들고 들어온 기사가 얼른 포장을 벗겨 내고 설치를

시작했다. 도하는 기사들의 작업을 유심히 지켜보고 그들에게
필요한 것들을 주문하고 있었다.

기사들에게 줄 음료수를 준비하던 원은 도하를 유심히 관
찰했다. 아무리 혜지를 사랑해도 그렇지, 날 진짜 혜지로 알면
어떡해. 나한테 하는 말인 줄 알고 깜짝 놀랐잖아. 혜지를 향
한 도하의 유별난 사랑을 모르는 바 아니었다. 유학 가기 전에
도 혜지의 사진을 마구 찍어댔으니까.

선명하고 화려한 TV가 벽면에서 존재를 드러냈다. 기사들
이 모두 사라지자 도하는 리모컨을 돌려 보고 있었다.

"어때요?"

"영화관을 옮겨 놓은 기분이야."

"빙고. 그 생각으로 구입했어요. 넓은 집에는 그곳에 어울
리는 가구와 가전들이 있어야 하잖아요."

"난 넓은 곳이 싫어."

"왜요?"

"혼자인 걸 절실하게 느끼게 되잖아."

"혼자인 게 싫어요?"

"좋아하는 사람도 있나?"

"난 좋던데. 북적대는 오빠들 틈바구니에서 맛있는 간식 하
나 쟁취하기가 얼마나 힘든데. 그나마 대학 다닐 때는 자취할
수 있어서 좋았어요. 오빠들이 위험하니까 같이 살자고 해도
꿋꿋이 버텨 냈다고요."

"오빠들 말대로 했었어야지. 여대생 홀로 자취 생활하는 게

얼마나 위험한 일인데. 원이 네가 보통 막내야? 금지옥엽, 눈에 넣어도 안 아픈 고명딸이잖아."

"도하 씨는 우리 오빠들 잘 모르는구나. 하긴 오빠들도 도하 씨를 모르겠다고 했으니까 샘샘이네."

"그건 또 무슨 말이야?"

"날 위험에 처하게 할 인사들은 바로 백건, 백강, 백수 오빠들이라고요. 오빠들이 날 얼마나 종처럼 부려 먹는지 알아요? 누구처럼."

"지금 날 본 거야?"

난처해하는 도하의 표정에 원은 슬쩍 골난 사람처럼 미간을 모았다.

"양심은 있나 보네요. 본인이라는 걸 즉각 아는 걸 보면. 오늘 내가 여기 채워 넣느라 얼마나 힘들었는데."

"힘들었지만 기뻤을 텐데. 돈 쓰는 기쁨."

"스트레스는 확 풀렸어요. 고마워요."

도하가 빙그레 미소를 지었다.

"자취할 때 수는 계속 찾아와서 날 귀찮게 했어요. 연습생 시절부터 연습이나 잘 것이지, 혹시 알고 있어요? 실은 수, 아이돌로 데뷔할 뻔했잖아요."

"수가?"

"네, 다행히 한류 스타가 돼서 집안의 수치는 면했지만. 수가 얼마나 몸치인데요? 기획사 사장이 수의 기럭지와 얼굴에 혹해서 뽑아 놨는데, 수가 가수 아니면 데뷔 안 하고 계약 파기하겠다고 뻗대는 바람에 그 사장님이 배우 하자고 애걸복걸했잖아요. 업계에서는 꽤 유명한 이야기예요."

"수가 아니었다면 결코 일어날 수 없는 일이었군. 수는 예전부터 배포 하나는 컸지. 내게 겁도 없이 덤벼들 때도 그랬고."

"수가 도하 씨에게 덤벼들었다고요? 언제요?"

"집안 어른들이 우리 결혼 추진하실 때 날 찾아왔어. 결혼하지 말아 달라고."

"수가 왜?"

"내가 널 행복하게 해 줄 수 없다고 그랬어. 그 말은 결국 사실이 됐지. 수의 말대로 난 어른이었으니까. 그때 내가 신중했더라면 우리가 이렇게 될 일도 없었을 거야."

도하의 말에 분위기가 심각하게 가라앉았다. 호흡이 막히는 기분까지 들었다. 그 결혼을 선택한 건 도하만이 아니었다.

"그땐 도하 씨와 꼭 결혼하고 싶었어요, 나도. 그러니까 도하 씨 잘못만으로 돌리지 말아요."

"넌 미성년자였어."

"미성년자도 사랑은 할 수 있거든요!"

"날 정말 사랑했어?"

"요즘 세상에 사랑 없는 결혼을 누가 하나? 아무리 미성년자라도 자기감정은 잘 알고 있다고요."

"고맙다. 그렇게 말해 줘서."

"진짜라니까. 내 말 믿어요. 기운 내요. 첫 결혼이 실패했다고 두 번째, 세 번째도 그럴 일은 절대 없다니까요!"

도하의 눈이 휘둥그레지더니 입도 크게 벌어졌다. 귀에 들리는 건 호탕한 웃음뿐. 내가 무슨 말을 했기에 저렇게 웃는 거지. 원은 의아한 표정으로 그를 바라봤다.

"백원, 제법이다."

도하가 느닷없이 원의 앞머리를 흩뜨렸다.

"지금 뭐하는 거예요?"

"귀여워서. 그리고 위로 고마워."

왜 이렇게 가슴이 부풀어 오르는 걸까. 이 남자, 잘 웃는다. 만날 얼굴을 굳히고 있어서 웃을 줄 모른다고 생각한 적도 있었는데 아닌 모양이었다.

엘사 분위기가 풍긴다고 생각한 것은 외로웠기 때문인지도 모른다. 도도한 공주님은 실상 다른 사람들에게 해를 끼칠까 봐 안절부절못하던 심성 고운 공주였다.

혼자라면 좁은 집에서도 외로움을 느낄 테니까, 망망대해 같은 본가에서는 더욱 그러했겠지.

"아무튼 내 선견지명으로 내일 이곳은 발 디딜 틈 없이 복작복작해질 거예요. 이 집이 쥐꼬리만 하게 느껴지도록 죄다 큰 것으로다가 구입해 놓았어요. 그럼 혼자라도 외롭지 않을 거예요."

"벌써 외롭지 않을 것 같아."

"왜요?"

"네가 있으니까."

"도하 씨. 난 열 밤 동안만 함께할 거라고요. 이를테면 우렁 각시 같은 존재? 그러니까 날 너무 의지해서는 안 돼요. 멘토 라고만 생각하세요."

"너무 야박하군. 멘토라니? 그래도 우린 예전에 부부였는 데."

부부라는 말이 원의 심장을 헤집고 돌아다녔다. 도하의 눈 을 똑바로 쳐다볼 수 없다는 걸 깨닫자 더 이상 이곳에 있으면 안 되겠다는 생각이 들었다. 초조한 것을 들키기 싫어 자리에 서 일어났다.

"이만 갈게요."

"자고 가는 거 아니었어?"

"아직 저쪽 방에 침대가 안 들어왔어요. 첫 번째 밤은 다음 에요."

"아쉽네. 오랜만에 사람 사는 집에 들어왔다고 생각했는 데."

"아쉬워야 기쁨이 두 배로 다가오죠."

"기대가 돼."

도하가 뒤따라 일어서자 원은 만류했다.

"안 바래다줘도 돼요."

"차 없잖아."

"지하철 타고 가면 금방이에요."

"너무 늦었어. 바래다줄게. 위험해."

"하나도 안 위험해요. 수가 내 얼굴이 무기랬어요."

일순 도하의 얼굴이 굳어졌다.

"수를 만나면 혼을 내줘야겠군. 그런 말 곧이곧대로 듣지 마."

"농담인데."

"하나도 재미없어. 차 키 가져올 테니까 기다려."

지금 내가 예쁘다는 걸 저런 식으로 돌려 말하는 거야?

도하가 침실로 사라진 후 원은 거울을 찾았지만 보이지 않았다. 얼굴이 화끈거리는 걸로 봐서 빨갛게 된 것 같은데 알도리가 없다. 내일은 꼭 커다란 거울을 사야지.

원의 집으로 가는 길이 더욱 멀었으면 좋겠다, 라고 생각했다. 그러나 간절한 바람에도 아랑곳없이 그녀의 빌라가 보였다. 늦은 시간 덕분에 도로의 체증은 뻥 뚫려 도하의 차는 쌩쌩하게 달렸다.

붉은 벽돌의 빌라 앞에 차를 세웠다. 도하는 안전벨트를 풀고 차 밖으로 나왔다.

"안 나와도 되는데."

"들어가는 거 보고 갈게."

"먼저 가요. 난 바로 문 열고 들어가면 되는 걸요?"

"아니야. 괜찮아."

"그래도."

"어서."

"근데 도하 씨, 방금 우리가 연출한 이 장면 어디서 많이 본 것 같지 않아요?"

"응?"

드라마의 연인들이 헤어짐을 아쉬워하는 그 장면을 혹 원도 떠올린 것은 아닐까. 산소 같은 여자가 말했다. '라면 먹고 갈래요?' 라고.

"형님 먼저, 아우 먼저. 몇 년 전에 무한도전에서 쌀가마니 들고 멤버들 집에 찾아간 것처럼."

전래동화 이야기를 하는 거였다. 나의 원은……. 유쾌한 웃음이 도하의 가슴을 간질거렸다.

"오늘 수고했어. 내일도 올 거지?"

"네. 해야 할 게 많아요. 다행히 편집장님이 휴가 같은 외근을 허락해 줬어요."

"다행이네."

"참, 우리 편집장님 도하 씨 불알친군데 알고 있었어요?"

"뭐? 불알친구?"

"나윤하 씨라고요."

"그, 그랬어?"

"정말 몰랐어요?"

"내가 어떻게 알아? 동에 번쩍, 서에 번쩍하는 홍길동 같은 나윤하인데."

윤하의 이름을 입에 올리는 순간, 원의 눈빛이 수사하는 형사처럼 변했다. 덫에 걸린 포획물이 되지 않으려면 시치미를 잘 떼어야 한다. 그런데 원의 눈은 금방 어두워졌다. 마치 상처를 받은 것처럼. 설마 그날 밤을 기억하는 건가.

미안함과 안쓰러움이 몰려와 어떻게 해야 할지 알 수 없었다. 유광그룹의 후계자로서 입지를 다질 때 원에게 미처 신경 쓰지 못했던 기억이 수면 위로 떠올랐다.

쓰라린 아픔이 느껴졌다. 내가 무슨 말을 해야 할까.

"근데 도하 씨. 우리 집은 어떻게 알았어요?"

"응?"

원의 질문에 일순 당황했다.

"그렇잖아요. 지난번에도 일어나 보니 우리 집이었고, 오늘은 나한테 일언반구도 묻지 않고 샥샥 잘만 찾아오던데. 혹시……."

"혹시 뭐?"

"이 근처에 도하 씨가 투자한 건물이라도 있는 거예요?"

"아니야. 그런 거."

"그럼 우리 집은 어떻게 알았던 거예요? 저번에도 이번에도."

그동안 스토커처럼 일거수일투족을 감시 및 관찰을 했다고는 절대 말할 수 없었다. 원은 필시 화를 낼 터였다.

"아, 내비게이션 찍어서 그래."

"그랬구나. 난 또……."

"스토킹했다고 생각한 거야?"

"아뇨. 우연이라고 생각했어요."

"우연 아니야. 필연이야."

"필연이라고요?"

원의 눈이 조사를 하듯 가늘어져 그는 뜨끔했다.

"지난번에 곽 전무 별장에서 네가 술 취했던 날, 집이 어디냐고 물으니까 네가 필연적으로 순순히 주소를 대던데?"

"그게 필연이에요? 근데 혹 내 주사가 바뀌었나. 실은 술 마시면 기절하거든요. 술 마신 건 정말 오래간만이라서."

"필연이라서 그런 거야."

"네. 필연으로 받아들일게요. 이만 들어갈게요. 안녕히 가세요."

"잘 자, 원아. 내일 봐."

도하가 손을 흔들었다. 문득 원의 눈동자가 묘하게 이지러진다는 착각이 들었다. 무언가가 가득 찼는데 비밀스러워 말할 수 없는 그런 감정. 그리움인가.

어쩌면 원에게 투사한 것은 그의 감정인지도 모른다. 도하는 피식 웃었다.

원이 빌라 안으로 들어가고 곧 2층 창문에 불이 들어왔다. 한참 동안 쳐다보았는데도 발이 떨어지지 않았다. 은근한 욕심이 가슴에 똬리를 튼다. 혹 원이 창문을 열고 내려 봐 주지 않을까 하는 욕심.

10년 만에 마주하게 된 어린 아내. 어색하지 않고 자연스러운 해후만으로도 만족해야 하는데, 그렇지가 않다.

6월의 밤공기가 꽤 쌀쌀했다. 깊은 하늘에 떠오른 달도 창백하다. 원을 잃어버린 그 시간 동안 내내 도하의 곁에 있던 시간들이었다.

도하는 하릴없는 사람처럼 발끝으로 툭툭 지면을 차 보았
다. 정말 가기 싫었다.

갑작스러운 자동차 헤드라이트 불빛에 눈을 찡그렸다. 날렵
한 페라리 한 대가 빌라 앞에 정차했다.

이제는 정말 떠날 시간이었다.

도하는 운전석에 올라 차를 출발시켰다.

8
개똥이 엄마

고된 하루였지만 보람찬 하루이기도 했다. 원은 구름 위를 둥둥 떠다니는 기분으로 침대에 누웠다. 얼른 씻어야 했지만 달짝지근한 기분에 취해 있었다.

도하와의 시간이 꽤 즐거웠다. 기억 속의 도하는 가까이하기에는 너무 먼 당신이었는데, 오늘은 유쾌한 농담도 잘하고 마음을 헤아려 주기까지 했다. 어쩌면 좋아. 심장의 떨림이 멈추질 않아.

원은 씻기 위해 침실 밖을 나섰다.

"엄마야!"

"왜 그래?"

"너 또 왔냐?"

원은 현관문으로 들어서는 수를 노려보았다.

"고맙다. 격하게 반겨 줘서. 치킨 사 왔어. 우리 치맥 하자. 우리 귀염둥이들, 오빠 왔다. 잘 있었어?"

수는 주방으로 냉큼 달려가 시원한 캔 맥주를 꺼내 왔다.

"제발 이러지 마. 네 사생팬들 알면 나 또 이사해야 돼. 몇 번 말해야 알아듣겠니?"

"원아, 아무래도 나 영양실조인가 봐."

"손에 든 치킨은 내려놓고 이야기하시지?"

"아니, 알코올 결핍증인가?"

식탁에 자리 잡은 수는 캔 맥주를 따고 치킨 상자도 열어 놓았다. 윤기 자르르한 자태에 침이 꼴깍 넘어갔다.

"양념치킨이네?"

"역시 오빠밖에 없지? 네가 좋아하는 달달한 것들이야."

"치킨 사 오는 걸로 따지면 난 네 누나이다 못해 고조할머니거든?"

원의 말에도 아랑곳없이 수는 기어코 맥주를 마셨다. 물론 쥐똥만큼이지만.

"네 집에서 마시는 맥주는 천상의 맛이야. 너도 한 모금 해 보지?"

"당연히 그러하시겠지. 술 못한다는 걸 들키기 싫어서 밖에서는 꼿꼿하게 얼음 냉기 풍기다가 내 집에서는 자유롭게 타락할 수 있는데 얼마나 짜릿하겠어?"

"내가 타락을 왜 해? 모범 납세자 표창장도 받았구만."

"지난번에 구토한 거 내가 다 닦았잖아! 드라마 보고 대성

통곡한 것도 내가 다 들어 줬고! 러닝셔츠만 걸치고 통 아저씨 춤춘 것도 내가 모른 척해 줬다? 네 사생도 네가 술 마신 후에 진상 부린다는 걸 알면 도망갈걸? 여차하면 내가 다 불어 버린다."

"네가 기자란 걸 깜빡했다. 잠깐, 내가 갑이지? 불어 버리면 나 프라이버시 인터뷰 안 한다고 꼬장 피울 거야."

수가 도깨비처럼 눈을 부라렸지만 원은 꿈쩍도 하지 않았다.

"해 봐. 어차피 네 담당은 내가 아니니까."

"네 회사 어렵다며?"

"아무리 어려워도 내 공간까지 방해받아 가면서 우리 회사 살리고 싶지 않아. 나부터 살고 봐야지. 그니까 제발 오지 마!"

"근데 원아. 아무래도 나 몸이 안 좋은가 봐."

인터뷰 협박이 먹히지 않는다는 것을 확인한 수는 불쌍해 보이겠다는 필사적인 의지로 또 다른 연기를 펼쳐 보였다.

"웃기셔. 네가 왜? 팬들이 인삼이며 보양식이며 때마다 철마다 갖다 주잖아."

"아니야. 진짜 내 시력이 떨어진 것 같아. 헛것이 보였어."

"너 나 몰래 술 먹었지?"

"나 말짱해. 내 눈앞에 차도하가 나타났다니까. 유령처럼!"

순간 원은 꿀 먹은 벙어리가 되었다. 눈을 가늘게 뜨며 수를 뜯어보았다.

"무슨 소리야?"

"내가 들어오는데 차도하 같이 생긴 인간이 네 집을 쳐다보고 있잖아. 마치 줄리엣을 갈망하는 로미오처럼."

"안경 써야겠네. 아니다. 녹용 먹어야겠다. 기가 허해졌어."

원은 서둘러 시치미를 뚝 떼었다. 자신이 도하의 집에서 가사도우미를 하는 것을 수가 알면 놀랠 노 자였음으로. 필시 게거품을 물 것이다.

"그렇지? 헛것을 본 게 틀림없나 봐. 차도하의 실루엣이라는 걸 인지하는 순간 쫙 소름 돋았잖아. 그럴 리가 없지. 그놈이 왜 집 앞에 있겠냐?"

"너는 왜 그렇게 차도하를 싫어하는 거야?"

"재수 없으니까."

"그니까 왜?"

"첫 번째는 널 끝까지 행복하게 해 주지 못했고, 두 번째는 널 이혼녀로 만들었고, 세 번째는 네가 만 스물도 되기 전에 세상의 쓴맛을 알게 했지."

"그게 다 나 때문이라고? 웃기지 마. 넌 도하 씨 처음 봤을 때부터 재수 없어 했어. 이제는 그만 진실을 털어놓으시지."

"잘생겨서 싫어."

"너도 잘생겼어! 백수가 백결로 변신해서 대한민국을 쥐락펴락하잖아."

"차도하는 차원이 달랐다니까. 우리 건강 형들을 무섭게 발라 버리고 여학생들의 시선을 독차지했잖아."

"아아, 결국 그거였군. 여자들에게 인기가 많아서."

"그게 제일 중요한 거지."

"오빠들은 지금 도하 씨를 만난다고 해도 너 같은 반응은 절대 보이지 않을 거야. 그저 그때의 기억도 좋은 추억으로 여기면서 웃어넘기겠지."

"우리는 쌍둥이니까."

수의 표정에서 장난기가 가셨다. 원은 '웃기시네' 라고 장난스럽게 말하려다 도로 삼켰다. 쌍둥이라는 그 말 하나로 수가 느꼈던 감정이 원에게 고스란히 전달되었다. 아마 수는 그때 아팠던 원의 순간도 쌍둥이라는 이름으로 똑같이 아파한 모양이다.

"형들보단 내가 너와 감정적으로 더 연결되어 있으니까. 난 그때 차도하에게 기대를 걸었어. 네가 아무리 완강하게 이혼을 요구해도 두 사람, 끝까지 이혼 안 할 줄 알았다고."

"왜 그렇게 생각했는데?"

"차도하가 우리 집에 찾아왔었어. 할아버지, 아버지 앞에서 용서해 달라고 무릎 꿇는 걸 봤거든. 내가 끝까지 넘을 수 없었던 태산 같은 차도하가 울고 있더라고."

쿵. 예상치 못한 수의 말에 원의 시야가 아득해졌다. 단단한 지면인 줄 알고 발을 디뎠는데 나락으로 떨어지는 기분이랄까.

"도하 씨가…… 집에 왔었어?"

"그래. 그런데 그놈이 아버지에게 그러더라. 너한테는 절대 알리지 말아 달라고 하면서 용서해 달라고. 난 그 눈물을 보면서 확신했지. 차도하가 널 무척 사랑하고 있구나, 라고."

사랑이라고? 한 번도 생각해 보지 못한 가정에 얼떨떨해졌다.

"네가 잘못 안 거야. 난 그 사람에게 그저 여동생 같은 존재였을 뿐이었어."

"여동생?"

수의 눈동자가 못마땅한 빛으로 가득했다.

"너 기자 맞니? 소설가지? 정체를 밝혀라."

"무슨 뚱딴지같은 소리야?"

"여동생? 여동새앵?"

수의 반응에 마음이 쿵하고 바닥으로 떨어졌다. 어쩌면 수의 말이 사실일지도. 그 생각을 하자 눈앞이 아득해지는 것 같았다. 원은 그저 입을 다물 수밖에 없었다.

"아무튼 난 차도하에게 기대했었어. 싫어했지만 멋지다고 생각한 적도 있었거든. 근데 그 기대를 깨뜨린 건 바로 그놈이었어."

"이미 지나간 일이야. 그만 미워해."

"근데 원아, 넌 왜 그렇게 이혼이 하고 싶었니? 그 힘들다는 시집살이도 잘 견뎌 냈잖아."

수는 갑작스럽게 진지해졌다. 이것은 반칙이다. 당황스러움이 밀려왔다.

"잘 견뎌 낸 것 아니야. 괜찮은 척했던 거지."

"내 촉으로는 시집살이 말고 진짜 이유가 있을 것 같단 말이지. 이제는 이야기해도 되지 않겠냐, 동생아? 오빠 한 번 믿어 봐."

"시집살이였어."

"똥고집은. 한잔해. 나만 마시고 너는 안 마시니 진담이 오고 가지 않잖아."

눈앞의 소주잔에 맥주를 부어 주는 수를 바라보았다. 그가 응원하는 눈빛으로 쳐다보고 있다는 것을 알자, 입을 더욱 조가비처럼 다물었다. 그러다 맥주를 입안에 털어 넣었다. 수의 감탄 소리를 무시하고 허공을 쳐다보았다. 고작 소주잔인데도, 취기가 확확 올라오는 알딸딸한 느낌이었다.

아무에게도 털어놓지 못한 비밀. 왜 이혼을 결정했는가, 하는 물음의 답은…….

그날 밤 있었던 일이 억울해서였을까. 아니, 상냥하고 따뜻한 첫사랑이 무섭다는 걸 알아 버려서. 도하의 서늘한 눈빛에 다친 마음의 상처는 꽤 통증이 컸다.

그냥 여자. 사랑받지 못한 그냥 여자가 되어 버린 것 같아서 마음이 인두질을 당하듯 아팠다. 도하가 자신에게 남자로 다가오는 순간 어렸을 때 꿈꾸던 장밋빛은 혼탁해지고 단숨에 어른이 되어 버렸다.

세상은 거짓말처럼 냉혹했고, 거짓말처럼 현실적이었다. 사랑이 없으면 남남이 되어야 한다는 사실.

한데 수는 그때 도하가 자신을 사랑했다고 말한다. 뭐가 뭔지 도통 모르겠다. 느닷없이 찾아온 혼란스러움에 원은 다시 맥주를 비워 냈다.

첫 번째 밤을 도하의 집에서 보내리라 굳은 결심을 하고 원은 그의 아파트로 들어왔다. 어제와 오늘, 단 이틀인데도 아파트는 내 집처럼 편안한 느낌이었다.

오늘은 아예 출근하지 않았다. 아니, 외근한다는 명목으로 통째로 하루를 날려 버리고 도하의 집으로 왔다. 나 편집장은 세상 어디에도 없을 천사 편집장으로 변해 있었다. 동료들은 제각각의 반응을 보였다. 하나는 원의 기사보다 더 좋은 기사를 뽑아내기 위해 고시생처럼 준비하였고 석호는 자꾸 회사 밖으로 도는 원에게 마음이 변했느니 어쨌느니 하면서 실없는 소리를 해댔다.

원은 동료들의 말에 알쏭달쏭한 미소만 지어 보였다. 그대들이 어찌 알겠는가. 가사도우미를 자처하며 현대판 재투성이 소녀처럼 노동을 하고 있다는 것을.

하지만 노동의 기쁨은 꽤 쏠쏠하고 신선했다. 오전에 배달된 가구들과 가전들이 쏙쏙 제 위치를 찾아가자 허허벌판 같던 집이 순식간에 듬직하게 채워졌다.

정신없이 닦고 쓸고 또 닦고 쓸고. 오전 내내 허리를 펴지 못 하고 노동을 했다. 집 안이 반짝반짝해진 다음 한 일은 태평양 바다 같은 안방 침대 위에서 잠시 수영을 한 것일 뿐. 단단하면서 푹신한, 물 건너온 티가 팍팍 나는 침대였다.

원은 자신이 기거할 방을 아기자기하게 꾸미기 시작했다.

침대에 캐노피를 달던 도중에 배가 고파져 원은 후다닥 주방으로 뛰어가 신문물을 받아들이는 겸허한 자세로 에어프라이기를 사용해 보았다.

냉동 돈가스를 넣고 타이머를 돌렸는데, 신기하게도 기름 없는 돈가스 튀김이 되었다. 바삭바삭한 식감에 감탄하며 허기를 채웠다.

"세상 참 좋아졌네. 웰빙, 웰빙 하더니 이런 건강적인 튀김을 맛보다니."

원은 두둑이 배를 채우고 심사숙고로 고른 소파 위에서 하릴없이 TV 리모컨을 돌렸다. YH홈쇼핑에서 전복장과 새우장을 저렴한 가격으로 판다는 광고를 보자마자 전화기를 들었다.

탱탱한 새우살과 쫄깃한 전복살이 하얀 밥 위에 올려져 쇼핑 호스트의 입안으로 들어갔다. 원의 목에서 꿀꺽 소리가 절로 났다.

혀끝에서 사르르 녹는 맛을 상상하고 있을 때 문자가 들어왔다. 도하였다.

〈오늘 저녁은 반드시 이태리식.〉

파스타 못 먹어서 한이 맺혔나. 갸우뚱거리는데 다시 문자가 또로롱 들어왔다.

〈아무것도 하지 마. 배달도 하지 마. 가만히 둬! 내가 알아서 할 테니까.〉

도하 씨가 요리를 한다고? 한때 시어머니였던 정효영 여사의 말이 원의 귓가에 울렸다.

"바깥일 하는 사내가 아녀자 부엌에 들락날락하는 것 아니다. 남편이 큰일 할 수 있도록 집안 단속은 오로지 네 몫이어야 해. 나는 우리 도하를 사내대장부로 키웠다. 명심, 또 명심하거라."

그때의 시어머니는 마치 조선 시대에서 타임 슬립한 대갓집 마님 같았다. 그런 어머니 밑에서 보수적인 교육을 받은 차도하가 그냥 요리도 아닌 이태리 요리를 한다고? 역시 세상은 오래 살고 볼 일이었다.
문득 인터뷰 질문이 떠오른 원은 핸드폰 메모장에 리스트를 작성하기 시작했다.

왜 요리를 하게 되었나요? 자신 있는 요리가 있나요?

이런저런 인터뷰용 질문을 정리하다 보니 어느새 베란다 밖은 어둠으로 물들어 있었다. 도하가 퇴근할 시간이었다. 원은 설레기 시작했다. 작은 떨림을 애써 무시하고자 눈을 감아 보았지만 숨결은 거칠어질 뿐이다. 왜 이러지. 오늘 너무 고되었던 탓일까. 그래서 심장이 고장이 났나?

"캉캉, 캉캉."

앙증맞은 소리에 깜짝 놀라 눈을 떴다. 현관에서 하얀 털의 포메라니안 한 마리가 제 존재를 자랑하고 있었다. 깨물어 주고 싶을 만큼 작고 귀엽다. 보푸라기 같은 흰 털에 싸여 있어 마치 눈사람같이 보였다. 강아지 뒤로는 도하가 우뚝 서 있었다.

"언제 왔어요?"

"방금."

"얘는 뭐예요?"

"강아지."

"아니, 그건 아는데요. 왜 여기 있냐고요?"

"오늘부터 우리 가족이야."

원은 도하의 말을 곱씹어보다 눈을 휘둥그레 떴다.

"설마 분양받아 온 거예요?"

"응."

"도하 씨, 완전 이기적이에요!"

"내가?"

"이렇게 조그마하고 연약한 아이를 도하 씨처럼 외롭게 만들겠다는 거예요?"

너무나 안쓰러워서 강아지를 제 품에 안고 뺨을 대어 보았다. 작은 생물체는 귀찮은지 자꾸 버둥거린다.

"무슨 말이야?"

"그렇잖아요. 도하 씨는 하루 종일 회사에 있을 거면서. 이 아이 혼자 아파트에 있어야 되잖아요. 이렇게 애긴데 어떻게 혼자 둘 생각을 해요?"

"네가 있잖아."

"나요?"

"네가 강아지를 돌볼 거라고. 넌 이 집의 가사도우미잖아. 다른 말로 하면 집사라고나 할까?"

"나도 출근해야죠!"

"내 인터뷰 때문에 회사에서 특별히 휴가 및 외근을 준 걸로 아는데."

"나 편집장님이 그래요?"

"고맙다고 전화 왔더라고. 내 인터뷰에 황송해 하면서."

"그래도! 주 3일 근무를 약속한 건 도하 씨였어요."

"주 5일로 바꿔야겠군. 아직 고용 계약서를 쓰지 않았으니까."

"이건 착취예요!"

"씻고 나올게."

도하는 원의 말에 아랑곳없이 침실로 들어갔다. 대체 얼마나 부려 먹으려고 저러는 거지, 네 아빠는? 원은 대답 없는 강아지에게 말을 걸며 궁싯거렸다. 그나저나 볼수록 눈이 가는 강아지였다. 눈망울이 방울방울한 귀여운 너의 이름은 뭐니. 원은 포메라니안을 두 손에 꼭 껴안고 비행기를 태웠다.

"뭐라고 부를까? 네 아빠가 뭐라고 불렀어?"

"엄마에게 지어 달라고 그래."

어느새 침실에서 도하가 나왔다. 그의 새카만 머리카락은 물기로 젖어 있었다. 헐렁한 티와 편한 바지를 입었을 뿐인데도 멋있었다.

"내가 왜 엄마예요?"

"그럼 아빠 할래?"

"도하 씨!"

"농담이야. 혜지 키워 봐서 내가 모르는 것들 잘 가르쳐 줄 거잖아. 내 집에 있는 동안 이 녀석을 보살펴 줄 넌 엄마와 다름없으니까."

도하의 부드러운 미소에 심장이 두근거렸다.

"이 녀석, 뭐라고 부를래?"

"정말 내가 지어도 돼요?"

"응. 당신만 한 적임자도 없어."

원은 도하의 말이 칭찬 같아 마음이 뿌듯해졌다.

"파스타 만들 거야. 괜찮지?"

"정말 할 줄 알아요?"

"뉴욕 자취 생활 10년이야. 문제없어."

도하는 능숙하게 프라이팬을 찾아 전기 레인지에 올려놓았다. 올리브유에 마늘 볶는 고소한 냄새가 콧속으로 들어왔다.

"근데 그 강아지, 혜지 닮지 않았어?"

원은 요리하는 도하를 보고 있다가 다시 강아지에게 눈길을 돌렸다. 그러고 보니 눈매며 털의 양상이며 하는 짓이 영락 없이 혜지의 축소판이었다. 거세당한 수놈이라 새끼를 남기지 못 했던 우리 혜지가 새끼를 낳았다면 꼭 너 같은 아이였을 거야. 물론 삽살개가 포메라니안을 낳을 수는 없겠지만.

문득 그녀의 뇌리를 스쳐 가는 이름이 있었다.

"앞으로 이 애 이름은 개똥이에요."

"뭐?"

도하의 얼굴에 뜨악한 빛이 스쳤다. '많고 많은 이름 중에 왜 하필 개똥이냐?' 라는 강한 물음의 눈빛이었다.

"우리 혜지보다 오래오래 살라고요. 우리 혜지 원래 이름이 개똥이였거든요. 내가 부잣집 딸들이 가진 이름이 너무 갖고 싶어서 아버지한테 바꿔 달라고 졸랐는데, 안 된다고 하셨어요. 반발심으로 부득불 우겨서 우리 개똥이를 혜지라고 불렀거든요. 너무 예쁜 이름 때문에 주위 개들의 시샘을 받아서 아마 그렇게 일찍 간 모양이에요."

"호상이라며? 내 기억으론 10년은 더 산 듯한데?"

"나랑 18년을 살았어요. 시기 질투 받지 않는 개똥이였으면 지금까지 살아있을지도 몰라요."

"일리 있는 말이군."

도하는 능숙한 셰프처럼 파스타를 돌돌 말아 파슬리, 파르메산 치즈까지 갈아 올렸다. 플레이팅까지 완벽했다. 원은 신기한 눈으로 그를 쳐다보았다.

"셰프님은 어디서 오셨어요? 혹 별에서 오셨나요?"

"도민준은 아니야."

236

"도하 씨도 별그대 봤어요? 김수현 완전 잘생겼죠?"

"내가 더 잘생겼는데?"

"그러다 몰매 맞아요."

"그럼 맞아야겠네."

원은 식탁 앞에 마주 앉은 도하에게 눈을 흘겨 보이고 파스타를 먹어 보았다. 혀에 닿자마자 사르르 녹는 이 맛은 알리오 올리오가 맞았다.

"맛있어요."

"고마워."

"요리 실력이 수준급이네요. 또 뭘 할 줄 알아요?"

"피자, 라자냐 정도?"

"논현동 어머니가 알면 놀라서 뒤로 넘어가시겠어요."

"강산이 변한다는 10년이니까. 어머니도 변하셨어. 이제 뭐라고 안 하셔."

원은 도하 모르게 '설마' 라고 중얼거려 보았다. 꼬장꼬장한 성품이 변한다고 해도 빙산의 일각. 사람이 변한다면 그건 천수를 다하였을 때다.

파스타 면을 돌돌 말아 입에 집어넣고 우물우물 거렸다. 환상적이고 마법적인 맛이다. 손가락 하나 까딱만 해도 여자들은 차도하에게 넘어갈 것이다. 게다가 요리까지 잘하는 것을 알면 군침을 삼키며 경계를 허물고 마음을 차지하려 아우성일 것이다.

그런데 아이러니하게도 차가운 도시 남자이자 요리하는 섹

237

시한 남자인 차도하는 여자 기피증에 걸려 버렸다고 한다. 그래서 한때의 시어머니도 염려가 쌓여 본인의 성정을 버리셨나.

"오늘 첫 번째 밤 개시?"

"켁, 켁!"

"여기 물. 뭘 그렇게 놀라?"

원은 도하가 내민 물을 마셨다.

"아니요. 갑자기 훅 들어와서."

"개시 안 할 거야?"

"해야죠. 왜 그런 거 있잖아요? 막 공부하려고 책상 앞에 앉았는데 엄마가 문 열고 공부하라고 잔소리하는 기분이었어요."

"잡치는 기분?"

"말하자면 그렇죠. 재촉 좀 하지 마요."

"난 당신 생각해 준 건데? 빨리 숙제 끝내고 인터뷰하라는 깊은 헤아림."

원은 대답 대신 눈을 흘겨 주었다. 그럴 마음이 아니라는 걸 묻지 않아도 알 수 있다. 열 번의 밤에 콩 튀기듯 반응하는 자신의 모습을 보고 싶어서 저러는 거 아닐까 하는 생각이 들었다.

이건 일이니까, 사적인 접근이 아니라 치료자로서 의연하고 냉정한 모습을 보여야 하는데 휘말리고 있다는 느낌이 든다.

"병이 좀 치료된 느낌이에요?"

"병?"

"여자 기피증, 결혼 포비아."

"아직 잘 모르겠어. 첫 번째 밤 개시를 안 해서."

"왜 그렇게 밤에 집착해요?"

"쓸쓸하니까."

어제 말한 그 외로움을 말하는 걸까. 언제나 강하고 흐트러짐이 없는 사람이라고 생각했다. 그런 사람의 입에서 혼자라는 단어가 계속 나오니 어떻게 반응해야 할지 알 수 없었다. 결혼한 시절에도 하지 못한 이야기들이 시간이 흐르니 자연스럽게 흘러나왔다.

"개똥이 사료랑 식기 사 왔어요?"

"아주 많이 사 왔어."

"몇 개월이래요?"

"3개월."

"그럼 배변 훈련 하면 되겠다. 아직 낯설어할 테니까 2주 정도는 마음껏 놀게 해 줘요."

"울타리 같은 것도 주던데?"

"아직 아기니까 울타리에 오래 넣어 놓지 말고요. 목마르지 않게 물그릇 꼭 챙겨 주고, 처음에는 잘못해도 너무 혼내지 말고요."

"개똥아, 엄마 멀리 가신단다. 널 버리고."

원은 뒤를 확 돌아 얌전하게 앉아 있는 개똥이에게 손을 휘휘 저어 보였다.

"아냐, 아냐! 엄마 멀리 안 가니까 놀라지 마."

그러고는 도하를 꼬나보았다.

"뭐예요. 개똥이 놀라잖아요."

"꼭 떠날 사람처럼 말한 건 너야."

"뭔 말을 못하겠네. 그냥 그렇다고요. 애견 인생 18년의 내 공을 무료로 펼치려고 하는데 꼭 초를 쳐야 속이 시원하겠어요?"

"오늘은 확실히 자고 가는 거 맞네."

도하가 싱긋 웃으며 말했다. 대화의 끝은 항상 밤으로 마무리된다. 아무리 외로워도 밤에 대한 집착이 너무하다.

"거참, 속고만 살았나? 좀 믿어 봐요."

"파스타 맛있지?"

"갑자기 말을 돌린다는 느낌이 드는데?"

"좋아서 그래."

입이 떡 벌어져 다물어지지 않았다.

"뭐가요?"

"너도 있고, 개똥이도 있고."

"외롭지 않아서?"

"심심하지 않아서."

"벌써 외로움 따위는 극복한 거예요? 이제 나 필요 없겠네. 얼른 재혼 시장으로 가서 희대의 카사노바나 돼 버려요."

"카사노바는 결혼을 못 하잖아."

"정말 결혼이 다시 하고 싶어요?"

"넌 아니야?"

"결혼은 아직 별로고, 연애는 한 번 진하게 해 보고 싶어
요."

"그 짝사랑 한다는 남자와?"

도하의 물음에 원은 선뜻 대답을 못 했다. 자신이 하준과
연애를 하고 싶은 걸까. 그와 연애를 하는 모습이 전혀 상상이
되지 않았다. 만약 연애를 한다면 이 남자와……

무심코 든 생각에 놀라 원은 망상을 휘휘 몰아냈다. 전남편
을 만난 지 며칠이나 되었다고 짝사랑은 까맣게 잊어버린 채
현실 연애의 상대자로 대입하다니. 아마도 어린 시절부터 알
고 지낸 이웃집 오빠니까 편해서 그럴 것이다.

도하를 편하게 여기고 있다는 자신의 마음이 의외였다. 그
런 편한 느낌은 결혼 생활 동안 사라져 버렸고 이혼과 동시에
그와 불편해졌다.

한데 이제는 그런 감정이 느껴지지 않았다.

누가 변해서일까.

나? 그녀는 불현듯 떠오른 자각에 당황스러웠다.

"왜 답을 못해?"

"노코멘트니까요."

"그렇군."

도하의 얼굴에서 웃음기가 사라지자 원은 긴장이 되었다.
가뜩이나 혼란스러운데 그의 반응에 초조해졌다. 이런 건 싫
어.

"뭐가 그렇다는 거예요?"

"노코멘트."

원은 그릇을 치우기 시작하는 도하를 가만히 바라보다가 어색한 분위기를 깨뜨리기 위해 대화를 이어나갔다. 지금은 그와 유쾌하고 편한 이야기만 하고 싶었다.

"도하 씨, 부탁이 있어요."

"무슨 부탁인데?"

"캐노피를 달아야 하는데, 키도 안 닿고 힘도 없고 재주도 없어요."

"캐노피? 침대 꾸미는 거?"

"네."

"설거지 다하고 갈게."

왠지 버림받은 기분이야. 말을 거는데 뒤도 안 돌아보고 말했어. 원은 기운이 쏙 빠졌다. 노코멘트라고 할 때부터 그는 꼭 남처럼 굴었다. 불안한 눈으로 쳐다보다가 원도 입을 굳게 다물고 방으로 건너갔다.

싱글 침대 위에 놓인 화이트 캐노피를 보자 금방 마음이 풀렸다. 공주풍의 인테리어는 별로 좋아하지 않는데, 백화점에서 발견하자마자 홀딱 반해 버리고 말았다. 비록 공주가 아니더라도 우겨서라도 갖고 싶은 예쁜 캐노피였다.

"이거야?"

어느새 방으로 들어온 도하는 기다란 캐노피를 쳐다보며 물었다. 원은 핸드폰을 꺼내 도하에게 보여 주었다.

"백화점에서 이렇게 디피되어 있었어요."

"이런 식으로 하면 되는 거지?"

"할 수 있겠어요?"

"물론."

도하는 능숙하게 캐노피 천장 지지대를 조립하기 시작했다. 재빠른 손놀림에 금방 캐노피 기둥이 모습을 갖췄다.

"도하 씨, 대단해요!"

"이 정도야 뭘."

작업에 집중하던 도하가 슬쩍 미소 지었다. 불안하고 불편한 원의 마음이 조금씩 나아지는 느낌이었다.

천장에 캐노피용 걸이를 단단하게 붙이는 작업은 제아무리 키가 큰 도하라도 혼자서는 힘들어 보였다. 도하 옆에 바짝 다가가 그가 시키는 것이라면 무엇이든지 하겠다는 자세로 서 있었다.

"천을 줘 봐."

재깍 긴 캐노피 천을 그의 손에 맡겼다. 도하는 마술을 하는 사람처럼 하늘하늘한 천을 천장 고리에 뚝딱 걸고 파도처럼 물결치게 만들었다.

"도하 씨, 정말 멋져요."

"내가 멋있다고?"

"네. 어떻게 이렇게 뚝딱 만들어 내요? 일하는 남자는 정말 멋진 것 같아요."

"그렇다면 널 내 회사로 데려 놔야겠군."

"왜요?"

"반하게 만들려고."

"반하게 만든다고요?"

"평생 곁에 두려고."

원은 깜짝 놀라 소처럼 눈만 끔뻑거렸다. 그의 말이 손으로 변해 심장을 움켜쥐고 있었다. 거기에 불안과 초조를 담은 혼동이 또 찾아왔다.

"가사도우미로 부려 먹으려면 그게 제일 빠를 것 같아서."

농담이 분명한데 농담처럼 느껴지지 않는 말이었다. 긴장감을 어떻게 털어냈는데 또다시 매몰될 수 없었다. 원은 떨리는 입매를 숨기려 그를 꼬나보았다.

원의 표정을 본 도하가 하하 웃음을 터트렸다. 문득 그 소리가 그녀의 심장에 쿵쿵 어퍼컷을 날렸다.

"다 됐어."

로맨틱하고 근사한 공주풍의 침대가 완성됐다. 원은 침대 위에서 캐노피를 멍하니 바라보다가 몸의 중심을 잃고 말았다.

"앗!"

쿵.

순식간에 벌어진 일이었다. 바닥으로 떨어졌는데 생각보다 아프지 않았다. 부드러운 느낌에 눈을 떠보니 도하의 가슴 위였다. 부드러운데 단단하다. 눈을 들어 도하의 눈과 마주했다. 원의 혼란스러움을 꿰뚫었다는 듯 빛이 나는 눈동자였다. 도하의 눈빛이 어느새 깊어졌다.

자동적으로 그의 입술로 시선을 내렸다. 남자의 체취가 확 풍겨와 눈앞이 아찔해졌다.

위험해.

원이 몸을 떼려는 순간 거대한 힘이 뒤통수를 눌러 왔다. 사고 기능이 마비되는 것 같았다. 어느새 느껴 버린 도하의 입술. 폭풍 속에 갇힌 느낌이었다.

똥그랗게 떠진 그녀의 눈이 스르르 감겼다. 그의 혀를 통해 전율이 전해진다. 바짝바짝 애를 태우다 기갈에 쓰러질 것 같은 그 순간 단비가 내렸다.

거칠지만 온몸이 젖고 싶을 만큼 달콤하고 따뜻한 비다. 더 느끼고 더 맛보고 싶었다. 저도 모르게 혀를 움직였다. 단단한 도하를 놓치고 싶지 않아 쫓고 쫓아갔는데, 얄밉게도 만나 주지 않았다. 실망해서 후퇴하려는 그때, 거대한 그가 다시 나타났다.

잡아먹힐 것만 같았다. 세차고 강하고 부드러운 키스. 믿을 수가 없었다. 헐떡이는 숨소리가 자신의 입에서 퍼진다는 사실이. 원은 멍하니 입술을 내어 주었다.

도하가 으스러지게 껴안으며 확 자세를 바꾸어 버렸다. 순식간에 그의 품 안으로 쏙 들어간 원은 그로부터 더욱 농밀하고 진한 입맞춤을 받았다.

어질어질했다. 그의 키스에 취해 더 이상 숨을 쉴 수 없다고 생각하는 그때, 도하가 입술을 떼었다. 조용한 방 안에 울려 퍼지는 숨결. 도하와 원의 헝클어진 숨이 섞여 있었다.

　그를 잠잠히 올려다보았다.

　깊은 눈동자에 어린 남자의 욕망. 그것을 알아차리자마자 찬물을 뒤집어쓴 듯 정신이 깨어났다.

　원은 도하를 밀어내고 벌떡 몸을 일으켰다.

9
불씨, 타오르다

결국 첫 번째 밤은 개시조차 하지 못했다. 도하는 원의 방을 물끄러미 쳐다보다가 발길을 돌렸다. 어느새 따라온 개똥이가 발치께에서 바르작거리자 품에 안아 들었다. 주인의 사랑을 받고 있다는 것이 기쁜지 개똥이가 웃었다.

하지만 도하는 웃을 수 없었다. 이틀 전 전광석화처럼 집을 나간 원이 기억나서였다. 너무 빨랐던 탓일까. 하지만 그 순간 키스를 하지 않으면 죽을 것 같았다.

다시 맛본 원의 입술에 그만 이성과 자제력을 잃고 말았다. 후회가 일순 밀려왔지만 후회하지 않으리라 다짐했다. 어차피 원도 각성해야 한다. 그의 세계에서 빠져나갈 수 없음을. 만약 탈출을 감행하고자 한다면 발걸음을 들이지 말았어야 했다. 인터뷰를 빙자한 그물을 쳤을 때, 아무리 미혹의 조건을 걸어

놔도 덥석 물지 않았어야 했다.

도하는 고적한 실내를 두리번거렸다. 고작 이틀이었는데도 원의 존재감은 무척이나 크고 깊었다. 하루 종일 안고 사랑을 할 수 있을 만큼, 아니 매 순간 함께 있고 싶을 만큼 갈망은 더욱 커졌다.

"집에 갈게요."

갑작스러운 키스가 끝난 후 원은 벌떡 일어나 차갑게 말했다.

"자고 간다고 했잖아."
"할 일이 생각났어요."
"지금?"
"네."

원은 눈을 마주하지 않고 바닥에 고정한 채 말했다. 방금 키스한 것 때문이냐고 묻고 싶었지만 쉽게 말이 나오지 않았다. 원의 얼굴에 그려진 어두운 표정에 무슨 말을 할지 두려웠기 때문이다. 원하지 않았던 키스였을까. 하지만 그녀의 열렬한 감촉이 떠올랐다.

강압적으로 원을 붙잡아 두고자 하는 욕심도 일어났지만 차갑게 눌려 버렸다. 어떻게 만난 원인데, 또다시 잃어버릴 수는 없었다.

"알았어. 데려다줄게."

애써 밝게 말하며 키를 가지고 나오는 순간 원은 사라지고 없었다. 전화를 해도 받지 않았다. 아파트를 나와 종적을 따라갔음에도 보이지 않았다.

내 눈앞에서 한시라도 빨리 사라지고 싶었던 것일까. 도하는 급한 마음에 차를 타고 원의 동네로 가보았다. 빌라의 불은 꺼져 있었다.

초조하고 불안해 입술이 바짝 말랐다. 키스하지 말았어야 했나 자책도 해 보았다. 한동안 빌라 앞에서 기다리던 도하는 저 멀리 터덜터덜 걸어오는 원을 발견했다. 그녀는 도하의 차도 알아보지 못하고 넋이 나간 얼굴로 건물 안으로 들어갔다.

안도감과 함께 원망이 불쑥 밀려왔다. 원의 안심 귀가에 목말라 있던 긴장이 풀어지며 화를 일으켰다. 예전부터 그랬다. 그녀의 앞에만 서면 재단된 이성은 힘을 발휘하지 못한다. 자랑해 마지않는 냉철한 이성이 포악한 괴물이 된다는 것도.

하지만 도하는 가까스로 스스로를 제압하며 자리를 떴다. 이번에는 확실히 안다. 지금은 원을 혼자 두어야 할 때라는 것을. 도하는 한참 동안 원의 집 앞에 있다가 아파트로 돌아왔다.

개똥이는 사료를 먹고 난 후 낑낑거렸다. 어디 아픈 것이 아닐까 걱정이 되었다.

"네가 이렇게 아픈데, 네 엄마는 집 나가서 돌아오지도 않
는구나."

한동안 도하는 원에게 전화를 할까 말까를 고민했다. 그녀
앞에서는 왠지 스스로가 작아져 보인다. 물론 잘못한 것도 있
다. 허락도 받지 않고 키스를 해 버렸으니까.

일전에도 원은 희롱하는 게 취미냐며 도하를 단두대로 끌고
올라가 철컹 처형해 버렸었다. 원을 아프게 하고 싶지 않은데,
아무래도 그녀를 괴롭히는 바이러스에 감염된 모양이다. 아
니, 그녀 앞에서 제어가 안 되는 본능 때문이다. 그 달콤하고
연약하고 부드러운 입술을 알아 버렸기에.

남자답게 마음을 고백해 버릴까 싶었지만 아직은 때가 아니
라는 생각이 들었다. 원에게는 짝사랑하는 다른 남자가 있었
고, 그 남자에게 대항하기에 도하가 가진 핸디캡은 너무 컸다.
과거에 겪었던 끔찍한 시집살이는 제아무리 대단한 사랑을 준
다고 하더라도 극복하기 쉽지 않은 것이었다.

무엇보다 스스로를 믿을 수 없다. 자신의 사랑은 집착과 같
은 얼굴이라는 것을 알기 때문이다. 원에 대한 소유욕이 지나
쳐 그녀는 물론 스스로에게도 상처가 되리라는 사실을 알기에
섣불리 나설 수가 없었다.

하지만 지금 원의 목소리만큼은 꼭 듣고 싶었다. 원에게 전
화할 좋은 구실이 떠오른 도하는 그녀의 전화번호를 눌렀다.
한참 동안 통화 연결음만 들렸다.

"받아. 제발 받으라고."

간절한 속삭임 끝에 통화 연결음이 사라졌다. 반짝이는 기쁨이 스며들었다.

―네.

원의 목소리는 여전히 가라앉았고 퉁명스럽게 느껴졌다.

"일하러 안 올 거야?"

―오늘은 안 가요.

"그럼 내일은?"

―내일도요.

"거래 무르지 말자고 한 사람은 너야."

―네. 압니다.

"근데 왜 안 오겠다는 거야? 집 안이 엉망인데, 네가 벌려놓은 건 수습해야지. 아무 말도 하지 않고 안 오는 건 직무유기라고."

―직무유기요?

원의 목소리가 높아졌다.

"그래."

―오늘은 주말이잖아요. 주말에는 일 안 해요. 주 3회 약속하신 분은 바로 그쪽이에요.

그쪽이라는 말이 주는 거리감이 마음에 들지 않았지만 도하는 인내심을 버리지 않았다.

"주중에는 일할 거야?"

―물론이죠.

"알았어."

—뭐가요?

"다음 주에 보자고."

도하는 얼굴 한가득 웃음을 지어 보였다. 원의 목소리를 들은 것으로 충분했다. 이틀 동안 가슴에 쌓였던 검은 그림자가 싹 물러가는 느낌이었다.

—아니, 그거 말고 다른 뉘앙스가 있는 것 같은데요?

"없는데?"

—내가 우스워요?

정색하네. 심기가 많이 언짢다는 뜻이다.

—왜 그러는 건데요. 지금 웃어요?

도하는 원의 시비조에 난감해졌다. 그녀의 화를 돋우는 것은 득이 되지 않는다. 핑곗거리가 필요했다. 문득 그의 눈으로 잠든 개똥이가 들어왔다.

"안 웃어. 웃을 기분도 아니고."

—무슨 뜻이에요?

"개똥이가 아파."

—어디가, 얼마나요?

"모르겠어. 사료 먹고 나면 계속 낑낑거려."

—낑낑거린다고요? 낯설어서 그런가? 사료 먹고 난 다음이라고 그랬죠?

"응."

—사료가 안 맞아서 그럴 수도 있으니까 당장 바꿔 줘요.

"알았어."

―애가 아프다 싶으면 동물 병원에 데려가고요.

"개똥이에게는 엄마가 필요한데. 왜 안 오냐고 낑낑거리는 눈치였어."

―아빠 있잖아요? 엄마는 주말에 쉰다고 전해 줘요. 애 놀래지 않게.

"그래. 주말 잘 보내."

대답 없이 전화가 뚝 끊겼다. 원이다웠다. 세상에서 유일하게 차도하를 좌지우지할 힘을 가진 여자. 물론 그녀는 자신에게 그런 힘이 있는지 알지 못하는 눈치지만, 본능적으로 힘을 행사하는 재주가 있었다.

도하는 개똥이가 깰까 봐 소리 없이 웃었다. 오늘은 숙면을 취할 수 있을 것 같았다.

"너 우리 몰래 투잡 뛰니?"

"투잡?"

"방금 주말에는 일 안 한다고 했잖아?"

의지가 안경을 밀어 올리며 의혹을 제기했다. 원은 무슨 말을 어디서부터 어떻게 할지 감을 잡을 수 없었다. 포크로 스크램블드에그만 툭툭 찔러댔다. 도원결의는 강남역 부근에서 간만에 회동을 갖고 있었다.

"얘 가사도우미 하잖아."

도이가 커피를 할짝거리며 말했다.

"뭐가 부족해서 그런 것까지 해? 너희 회사 그렇게 어려워?"

의지의 놀란 음성이 브런치 식당에 울렸다.

"진짜는 아닌 것 같고. 취재의 일환이래."

도이가 들은 이야기를 의지에게 설명했다.

"그럼 일종의 위장 취재인 거야?"

"그런 것 같아. 얼마 전에도 원이 원주로 잠입 취재 갔었잖아."

"그랬지. 이렇게 기자들이 힘든데, 요즘 사람들 기자에 대한 편견이 너무 심한 것 같아."

"그건 단순 조회 수를 노리는 일부 기자들에게 가지는 편견이고. 우리 원이는 발로 막 뛰어다니며 기사 써."

"내 친구 백원아. 난 네가 정말 자랑스러워."

원은 도이와 의지를 착잡한 눈빛으로 번갈아 바라보았다.

"뭐냐, 그 눈빛. 뭔가 의미가 있어 보인다?"

"실은……."

"실은 뭐?"

의지의 물음에 원이 입을 떼려는 찰나, 유결이 도착했다.

"다들 잘 지냈지?"

유결의 얼굴은 더욱 하얘져 있었다.

"유결아, 넌 정말 병원 체질인가 봐. 병약해 보이는 게 더 잘생겨졌어. 환자들이 네게 진료받겠다고 줄을 서겠다."

도이의 말에 유결은 씨익 웃어 보였다.

"감금당해야 피어나는 미모라는 말이지?"

"감금당하고 사육당해야 사는 남자? 그거 괜찮네. 다음 드라마는 그 주제의 로코로."

"의지야, 드라마 구상 그만해. 안쓰러워 못 봐주겠다. 하루 24시간 내내 드라마 생각만 하니까 이렇게 늙지."

도이가 드라마 작가 지망생인 의지를 불쌍하게 바라보았다.

"공모전이 언젠데?"

원이 물었다.

"내년."

"그럼 좀 쉬어. 올해는 끝났으니까."

유결도 한마디 거들었다.

"그러게. 그냥 사법 연수원 계속 다녔으면 좀 좋아? 괜히 관뒀어. 우리 중에서 가장 머리가 좋은 네가 어떻게 드라마 판에서는 제대로 힘도 못 쓰냐?"

"그래, 나 주입식 교육의 폐해야. 창작력은 바닥. 쓸모없는 것만 기억하고 있다. 꼭 아픈 데 찔러야 속이 시원하겠니? 여기 소주 없나?"

"브런치 집에 웬 소주?"

도이와 의지의 투닥거림이 또 시작되고 있었다.

"근데 원아, 네 표정은 왜 이래? 오래간만에 나 만났는데 안 반가워?"

"반가워. 유결아."

"영혼 없이 말하는 걸 보아하니 근심이 있는 모양이네."

"내가 늘 말했잖아. 넌 의대보다 한의대가 더 어울린다고. 나보다 어린놈이 도사 같은 얼굴을 하고 있는 건 기분 나빠."

"고작 두 달이다."

"두 달이라도 넌 빠른 생년이잖아. 출생년도가 엄연히 다르다고."

"요즘 일이 힘들어? 못 본 사이 심술이 늘었네."

"원이 많이 힘들어. 위장 취재 들어갔대."

의지와 입씨름하던 도이가 유결의 말을 듣더니 대신 대답했다.

"위장?"

"가사도우미로 위장 중이래."

이번에는 의지였다. 그러고는 또다시 서로 말꼬리를 잡기 시작한다.

"일 때문에 네가 이런 눈빛을 한다고? 아무리 힘든 일이라도 취재라면 자다가도 벌떡 일어나잖아. 생기 있는 눈은 기본이고. 일이 아니라 사람이 널 힘들게 하는 거 아냐?"

"돗자리를 깔아. 복비 낼게."

"널 힘들게 하는 그 사람, 누구야?"

"차도하."

갑자기 주위가 조용해졌다. 도이와 의지가 놀란 토끼 눈을 하고서 원을 돌아보았다. 원은 어깨를 한 번 으쓱해 보였다. 유결만이 표정 변화가 없었다.

"차도하? 내가 제대로 들은 거 맞아?"

"제대로 들은 거 맞을 거야. 내 귀에도 그렇게 들렸으니까."

도이의 콧에 의지가 짝했다.

"그러니까 지금 네가 위장 취재를 한다는 사람이 네 전남편, 차도하라는 거야?"

의지가 다시 물었다.

"차도하 집에서 네가 가사도우미를 한다고? 제아무리 위장을 해도 네 전남편이 널 못 알아볼 리가 없잖아?"

도이도 거든다.

"이 말도 안 되는 시추에이션은 뭐지?"

"내가 사법 연수원 그만두고 드라마 작가 되겠다고 온 집안 들쑤시던 시추에이션에 버금가는 상황이지."

의지가 점잖게 결론을 내렸다.

"그게 뭐가 문제야? 일인데."

유결의 말에 세 여자가 그를 쳐다보았다.

"강유결, 너 언제부터 할리우드식으로 사고를 했니?"

"굉장히 쿨해졌다?"

"얘 원래 이런 놈이었어. 차가운 놈. 그나마 우리는 친구라서 본색을 안 보이는 거라고. 약점을 많이 잡고 있으니까."

도이는 탐정처럼 말했다. 그러거나 말거나 유결은 도이에게 아랑곳없이 원에게 단도직입적으로 물었다.

"네가 힘들다는 건 차도하를 일이 아니라 전남편으로서 대한다는 뜻이야?"

"아무리 일이라도 그렇지. 전남편을 다시 만나는 전 부인이 어디 있니?"

의지가 원을 옹호하고 나섰다.

"원이는 기자잖아. 차도하는 재계에서 알아주는 인물이고. 기자라면 언젠가 한 번쯤은 만날 수 있는 사람인 거고."

"유결이 말이 맞아. 내가 힘든 건 도하 씨 때문이야."

이제는 세 쌍의 눈이 원에게로 향했다. 두 쌍은 여전히 놀라워하고 있었고, 한 쌍은 꽤나 이성적이다.

"왜, 그 사람이 네게 복수하든?"

"차도하가 원이에게 복수할 게 뭐 있나?"

"자신의 인생 이력에 이혼이라는 흠집을 남겨서?"

"재벌에게 이혼은 흔한 일 아니야? 밥 먹듯이 소송하고 재산 분할하더구만, 뭘 새삼스럽게."

도이와 의지가 다른 이야기를 하든 말든 유결은 제가 묻고 싶은 것만 물었다.

"백원, 말해 봐. 너와 차도하 사이에 어떤 감정이라도 남아 있다는 거야?"

"강유결! 아무리 가설이라도 그건 너무 심하잖아. 원이 이혼한 지 10년이 다 돼 가!"

"도이 말이 백번 옳아!"

유결은 그제야 도이와 의지를 바라보았다.

"원이가 그 일에 대해서 솔직하게 말한 적이 있었나? 이혼의 계기가 시집살이 때문이라는 건 누구나 다 아는 거고. 그것 말고 이혼하기 전과 후에도 차도하에 대해서는 어떠한 말도

하지 않았어. 결혼 전, 차도하에 대해 쉴 새 없이 말한 것과는 대조적으로 사뭇 다른 양상이었지. 내 말이 틀려? 내가 기억하기로 이혼할 때의 넌 차도하에게 처음부터 감정이 없는 사람처럼 굴었어. 그런 네가 지금 힘들다는 건 그때 정리하지 못한 감정이 살아났다는 거지."

유결의 지적에 입을 다물 수밖에 없었다. 정리하지 못한 것이 아니라 정리하기조차 힘들었던, 마주하기도 싫었던 고통 때문에 차도하에 대한 모든 것. 즉 시간과 기억까지 일방적으로 모조리 배척하는 데에만 골몰했다.

그런데 그 감정이 거짓말처럼 일순간에 되살아났다.

"정리하지 못한 건 뿌리가 깊어서 언젠가는 살아나는 법이야. 네가 기회를 주지 않았다면 차도하도 정리하지 못했을 거고, 그 사람도 많이 힘들었겠지."

"차도하가 뭐가 힘들어? 시집살이 한 건 원이었다고."

의지가 분연히 외쳤다.

"우선 객관적인 사실에만 근거해서 이야기해 보자고. 원이는 차도하의 집에서 가사도우미를 하고 있어. 그건 차도하가 제안했다는 뜻이겠지? 일 때문이라고 하더라도 상식적으로 원이가 자발적으로 차도하의 집에서 먼저 도우미를 하겠다고 했을 리는 없어. 그렇다면 결론은 하나. 차도하에게는 일을 빙자해서라도 원이와 해결하고픈 해묵은 감정의 찌꺼기가 있다는 거야."

"도하 씨에게 감정 같은 건 남아 있지 않아."

원이 대답했다.

"왜 그렇게 생각해?"

"그 사람은 날 사랑하지 않았으니까."

10년 전 억지로 봉합했던 상처가 기어코 아가리를 벌리려고 한다. 심장이 욱신거렸다. 키스 한 번으로 도하에 대한 감정을 깨닫게 되었다. 또다시 먼저 좋아하게 된 사람은 자신이었다. 돌아가고 싶지 않은 시절로 회귀했다는 자책과 후회가 들었다.

도하를 사랑하게 되면 고통이 엄습한다는 것을 몸으로 체득했다. 10년이 다 되어 가지만 그날 밤을 잊을 수가 없다. 사랑이 아니라 벌을 받은 느낌. 차도하는 자존심과 소유욕이 강한 남자였으니까. 모욕과 무시는 감당하기 어려웠을 것이다. 그에게 아무것도 아니었다는 느낌만 들어서 고통스러웠던 그때. 자신의 사랑을 어린애의 풋사랑으로 받아들이는 남자를 향한 원망만 단호하게 움직였다.

그때 절실히 깨달았다. 사랑은 상처라는 것을…….

그런 사랑을 또 차도하에게 느끼다니. 난 과거의 고통을 까먹는 진짜 금붕어일까. 하루 종일 그 고민으로 원의 마음이 편치 않았다.

"바보구나, 백원."

유결의 말에 문득 상념에서 빠져나왔다.

"차도하가 널 사랑하지 않았다고?"

도이와 의지도 유결의 입만 쳐다보고 있었다.

"내가 본 차도하는 너한테 홀딱 빠져 있었어. 네가 잘못 본 거라고 우긴다면 할 말 없지만, 그 남자는 분명 차도하였어."

"아니야. 그럴 리가 없어."

유결의 입매 한쪽이 하늘로 올라갔다. 우월한 위치에 있을 때 자주 나타나는 웃음.

누군가가 자신의 뒤통수를 세게 치는 것 같았다. 며칠 전 수도 그와 비슷한 말을 했었다.

"차도하가 널 무척 사랑하고 있구나, 라고 생각했어."

수가 말했을 때는 가볍게 코웃음 쳤지만 유결마저 자신과 전혀 다른 의견을 내놓으니 막막하기 그지없다. 어떻게 내 눈에 보이지 않았던 것들이 그들의 눈에는 보인 걸까. 그게 진실이라면 이번에는 다를지도 몰라.

원은 다급한 마음이 들었다. 진짜냐고 유결에게 물어보려는 순간 그의 핸드폰이 울렸다.

"네, 강유결입니다. 응급수술이요? 곧 가겠습니다."

유결은 자리에서 벌떡 일어났다.

"미안, 나 먼저 일어날게."

"또?"

도이의 불평 어린 말에 유결은 레지던트의 비애라고 말하며 눈을 찡긋해 보였다.

"원아, 다음에 만날 때는 모든 게 정리되어 있길 바라."

유결이 브런치 식당을 나가고 세 사람은 심각한 표정으로 서로를 쳐다보고 있었다.

"난 유결이 말에 일리가 있다고 봐."

"왜 그렇게 생각해?"

침묵을 깬 도이에게 의지가 물었다.

"유결이 냉철한 놈인 건 다들 인정하지? 그런 놈이 보는 눈은 정확해."

원은 고개를 끄떡였다.

"원아, 유결이가 널 좋아했던 건 알고 있니?"

"……뭐?"

원은 제대로 들은 게 맞는가 싶어 도이를 쳐다보았다.

"강유결, 고등학교 때부터 쭉 너 좋아했었어. 네가 이혼하고 나서도 한 3년 동안은 마음 접지 못했어. 고백해 보라고 옆에서 들쑤셨는데도 안 그러더라."

"정말 유결이가 원이를 좋아했었어? 넌 그걸 어떻게 알았어?"

역시 놀란 의지가 도이에게 되물었다.

"그래. 너도 한 둔탱이 하지. 둔탱이 원, 투."

"장난 그만하고. 말 좀 해 봐."

의지가 재촉했다.

"유난히 원이에게 다정한 것 같아서 촉이 딱 왔지. 그래서 단도직입적으로 물어봤어."

"유결이가 왜 날 좋아해?"

도이는 자꾸 이해할 수 없는 말을 했다. 유결이는 친구일 뿐인데. 어안이 벙벙하다.

"네가 차도하를 좋아하는데 이유 있었어?"

"그건 달라."

"다르지 않아. 좋아하는 마음은 다 똑같아. 그런 심각한 눈 안 해도 돼. 유결이는 이미 마음을 접었으니까. 그렇게 가까이에서 마음을 보여 줬는데도 넌 유결이를 한결같이 친구로 대했어. 고백해도 변하지 않을 것을 아니까 영원한 우정으로 남기로 한 거야. 네게 부담 주지 않으려고."

원은 말문이 막혔다.

"널 혼란스럽게 하려고 이런 말을 하는 게 아니야. 네가 알지 못하는 많은 것들이 있다는 거지. 유결이 말을 듣고 깨달았어. 네가 널 좋아하는 유결이에 대해 몰랐듯이, 필시 차도하에 대해서도 모르는 게 있을 거라고. 10년이 다 되어 가는데 차도하와 네가 이런 식으로 엮이는 것만 봐도 우연은 아닌 것 같아. 유결이 말대로 너와 차도하에게 정리하지 못한 감정이 남아 있다면 이번이 정리하기엔 제일 적기인 건 분명해."

"근데 원아. 정말 차도하와 정리되지 못한 뭔가가 있어?"

의지가 순수한 호기심을 띠며 물어왔다.

절친한 친구들에게도 차마 하지 못한 이야기. 상처가 만들어 낸 또 다른 통증은 침묵이었다. 꿈꾸고 살아온 세계가 산산조각 나, 더 이상 말을 걸어오지 않을 때 완벽한 외로움을 느꼈다.

그런데 차도하가 자신을 사랑했었다고 한다. 그때의 외로움은 스스로를 속인 거짓말인 모양이다. 그러니까 이토록 빨리 도하에 대한 감정을 다시 알게 된 것 같았다. 마음의 요동이 잔잔해졌다.

"그런 것 같아."

원의 대답에 의지와 도이의 눈이 휘둥그레졌다.

"그게 뭔데?"

"정리가 되면 제일 먼저 얘기해 줄게. 고마워."

원의 표정이 한결 편안해 보였다.

월요일, 오랜만에 원은 출근을 했다. 지난주를 한량처럼 일한지라 모처럼 출근한 그녀를 석호는 신나게 놀리기 시작했다.

"산은 산이고, 물은 물이로다."

녀석이 합장했다.

"속세를 떠나신 분이 어인 행차시옵니까? 소인들은 자매님의 위대한 기획 기사 보기를 고대하며 기다리고 또 기다리고 있었나이다."

"형제님, 아직 출가 전이신가 봅니다. 산은 산이고, 물은 물이더군요."

원도 덩달아 허리를 굽히며 합장했다.

"이것들이 일은 안 하고 세트로 노네? 그러니까 우리 프라이버시가 네 맛도 내 맛도 아닌 정체성 불분명한 짬뽕 기사라고 욕을 먹잖아! 욕을 먹더라도 대박을 터트리면 좀 좋아?"

"편집장님!"

최 기자의 째지는 듯한 목소리가 실내에 울려 퍼졌다. 뒤를 돌아보니 장유신 편집장이 특유의 능글맞은 표정으로 사무실로 들어왔다.

"웬일이세요? 드디어 복귀하시는 거예요, 마녀를 물리치고?"

하나가 겁도 없이 적의 진영 한가운데에서 '대한 독립 만세'를 외쳤다.

"사내대장부가 칼을 뽑았으면 무라도 썰어야 하니까."

"무슨 무요?"

"더 놀겠다는 뜻이야."

장 편집장의 말에 하나의 표정은 죽상이 되었다. 마녀 편집장 나윤하로부터 받는 핍박이 하루 이틀이 아니었다. 배우 백결의 인터뷰조차 원의 도움을 받은 것을 알고 나서 나 편집장의 불신이 극에 달았기 때문이다.

"그럼 왜 오신 거예요? 계속 노시겠다면서요."

"너희들 감시하러."

"설마 편집장님이 프락치?"

"프락치, 누구?"

"나 편집장님이요!"

하나가 기겁한 얼굴로 장 편집장을 무섭게 노려보고는 홱 등을 돌려 나가 버렸다.

"쟤 왜 저러냐?"

"요즘 살얼음판이에요. 언제 마녀에게 잡아먹힐지 모르거든요."

석호가 고개를 절레절레 흔들며 대답했다.

"그 정도로 나 편집장이 힘들게 해?"

"사나이 자존심에 이런 말 하긴 힘들지만, 장 편집장님. 사랑합니다."

갑자기 석호가 입술을 쭉 내밀며 유신에게 달려들었다.

"야, 야! 이러지 마. 무서워."

석호의 애정 공세를 단번에 피하며 유신이 소리쳤다.

"편집장님, 정말 웬일이세요?"

원이 그들을 한심하게 바라보다 물었다.

"백원, 너 대어 물었다며?"

유신이 석호의 팔을 뒤로 꺾자 석호가 항복이라고 외쳤다.

"대어라뇨?"

"유광그룹 차도하 사장."

"소문이 참 빠르네요."

"나 편집장 기획력이 무시무시하긴 해. 차도하 사장 인터뷰 성공하면 조회 수 장난 아닐 거야. 베일에 싸인 유광그룹의 황태자가 여심을 저격하는 백마 탄 왕자가 되는 거지."

"황태자에서 왕자로, 좌천이네요."

"얼굴이 왜 그래? 기운 내. 차 사장 잘생겼다며?"

"누가 그래요?"

266

"나 편집장이. 차 사장과 소꿉친구라던데?"

"네."

"어쩌면 차도하 사장의 인터뷰가 채령의 특종을 능가할 수 있을지도 몰라. 기대가 커."

"그럴 리가요?"

"혹시 알아? 좋은 기사로 흡족해하셔서 우리 프라이버시에 투자하실지. 열과 성을 다하도록, 백 기자!"

장 편집장의 진심은 바로 저것이었다. 인당수에 팔려 가는 심청이 기분이로구나. 하지만 무엇보다 괴로웠던 건 상대를 바꾼 새로운 짝사랑 때문이었다.

"근데 장 편집장님, 회사에는 웬일이세요?"

석호가 다시 물었다.

"아, 나 백의종군하려고."

"백의종군이라뇨?"

"여행도 다녀오고 집에서 백수 흉내도 내 봤는데 지겨워서 죽을 맛이더라. 그래서 객원 기자 신분으로 일 좀 하려고."

"더 노시겠다면서요?"

석호가 잊지 않고 조금 전 그의 말을 얄밉게 상기시켜 주었다.

"그게 노는 거야. 책임감 없이 기사 싸질러 놓고 튀는 것."

"프라이버시는 편집장님이 창간한 회사잖아요. 망하면 어쩌려고요?"

"왜 망해? 원이가 차도하 인터뷰 따내고, 하나가 이를 갈고 기사를 쓰고. 나 편집장도 있고 너랑 하준이도 있는데."

"오호, 경영자 마인드가 아니네. 이제 나와 동급인가?"

"뭐냐, 그 음흉한 미소는?"

"장 씨! 우리 회사는 말이야."

"네가 지금 나와 맞먹으려고?"

"객원 기자라면서요? 난 정식 기자니까."

"이게 어디서 갑질이야? 비정규직이라고 무시해?"

톰과 제리처럼 아웅다웅하다가 두 사람은 사이좋게 밖으로 사라졌다.

제자리에 앉아 노트북을 켜고 새로운 아이템을 몇 개 써 보았지만 모니터 화면의 여백 위에는 글자 대신 차도하에 얼굴이 떠올랐다. 원은 데츠패치의 홈페이지로 들어가 놓친 기사가 무엇인지 확인하다 또 멍하니 차도하를 생각했다.

일을 해야 하는데 계속 도하 씨 생각만 하잖아. 커피로 각성을 해야겠어.

탕비실로 들어가 커피를 탔다. 커피를 마신 후 말랑말랑한 캐러멜 두 개를 더 먹고서야 정신이 들었다.

하지만 그것도 잠시 원은 머리가 복잡해지는 걸 느꼈다.

"내가 본 차도하는 너한테 홀딱 빠져 있었어. 네가 잘못 본 거라고 우긴다면 할 말 없지만, 그 남자는 분명 차도하였어."

유결의 말이 생각나고 말았다. 주말 내내 놓아주지 않았던 그 말.

그때는 그랬지만 지금은 아닐 거라는 생각으로 우울한 주말을 보냈다. 손해를 보는 느낌이었다. 예전에도 도하에게 빠져 열아홉이란 어린 나이에 시집을 갔는데, 현재도 다를 바 없었다. 차도하는 아무렇지 않은데 자신만 안달 난 모양새다.

먼저 좋아하는 쪽이 마음을 솔직하게 표현하고 더 많이 참아야 하는 걸 알면서도 못마땅하다. 시곗바늘이 돌고 돌아 제자리를 찾아간 기분이었다.

원은 탕비실 문이 열리고 하준이 들어오는 것도 알아차리지 못했다.

"오랜만이네, 백 기자."

"안녕하세요, 부편집장님."

하준은 믹스 커피를 타다 종이컵을 들어 보였다.

"한 잔 타 줄까?"

"아뇨. 마셨어요."

"외근은 할 만하고?"

"네."

"안색이 어둡네. 인터뷰 따내기가 힘들어서 그런 거야?"

하준의 해사한 미소가 원의 눈으로 들어왔다. 예전 같으면 부르르 떨렸을 심장이 덤덤한 걸 보아하니 차도하에 대한 마음은 진심인 모양이다. 그러고 보니 하준을 짝사랑할 때는 도하처럼 힘들고 어렵지 않았다. 마치 연예인을 동경하는 것처럼 즐겁기만 했다.

그래서 하준에게 적극적으로 다가가지 않았는지도 모른다. 원은 짝사랑에도 급이 있다는 사실에 멋쩍었다.

"아니요. 제가 누구한테 취재를 배웠는데요. 바로 선배님이 잖아요. 하나도 힘들지 않습니다."

"그럼 남자 때문인가?"

"네?"

"씩씩한 백 기자 얼굴에 수심이 가득한 건 처음 봐서. 일에 있어서는 어떤 난관에도 굴하지 않잖아. 힘들다는 티도 잘 내지 않고. 석호가 티를 냈으면 냈지. 그렇다면 답은 하나밖에 없지. 남자 문제."

"선배님은 속일 수가 없네요."

"난 그동안 백 기자처럼 멋진 여자에게 왜 연인이 안 생길까 궁금했었어. 석호와 너무 붙어 다녀서 남자를 동료로만 여기는 게 아닐까 염려도 했으니까. 그런 백 기자가 남자 문제로 고민한다고 하니 기특한걸?"

차마 눈앞의 당신 때문이라고는 못 하겠다. 원은 하준의 아빠 미소에 난처한 웃음을 보였다.

"그러셨어요?"

"만나고 있는 남자가 속을 썩이는 거야?"

"실은 짝사랑이에요."

"짝사랑?"

"네. 저 혼자 속앓이 중이었어요."

"고백하지 그랬어."

"상처 받기 무서워서요."

"시작도 안 해 보고 상처를 받을지 행복할지 고민하는 건 백 기자답지 않은데?"

"오래전에 상처를 받았었거든요."

"역시 용감한 백 기자네."

"제가요?"

"이미 선택은 끝난 건 같은데?"

원은 멍하니 하준을 쳐다보았다.

"진짜 상처가 무서웠다면 짝사랑을 시작하지 않았을 테니까."

"그렇게 되나요?"

"잘 되길 응원할게."

"감사합니다. 선배님."

하준은 싱긋 웃으며 탕비실을 나갔다.

원은 핸드폰을 만지작거렸다. 도하의 번호를 검색해 놓고 한참을 들여다보았다. 하준이 응원해 주었지만 진짜 용감해지려면 잠깐의 시간이 더 필요한 것 같았다.

10
사랑을 부탁해

"지난번 맞선은 어떻게 됐어?"

정 여사는 아들의 눈치를 조심스럽게 살폈다. 도하는 태블릿 PC에서 눈을 떼 모친을 바라보았다.

"맞선이라뇨?"

"시치미 떼지 마. 이미 네 할머니가 다 말씀하셨어."

"저 퇴원할게요."

"알았다. 더 이상 꼬치꼬치 묻지 않을게."

어머니는 체념하신 듯했지만 얼굴에는 근심이 한가득이었다.

갑작스러운 도하의 교통사고 소식에 정효영 여사는 혼비백산이 되어 명성대 VIP 병실로 뛰어 들어왔다.

중앙선을 넘어 들어오는 오토바이를 피하려 핸들을 황급히 꺾었는데, 전신주를 들이받고 정신을 잃고 말았다. 119에 실려서 병원에 도착한 후 얻은 진단명은 일시적 뇌진탕과 오른팔 염좌. 팔은 상당히 부어 있어 결국 도하는 반 깁스를 하고 말았다.

재빠른 진료 후 머리에는 이상이 없다는 결과를 얻고 퇴원하려는 도하를 어머니가 말렸다. 회사 일이 바쁘다고 말해 보았지만 어머니가 아버지를 등에 업고 일주일간 모든 일과 약속을 취소시켰다. 사고 당일만큼은 입원해 있어야 한다고 우기는 바람에 병실에 몸을 뉘이고 있긴 했지만 무료함을 참을 수 없었다. 그런데도 티를 내지 못한 건 극성스러운 어머니, 정효영 여사가 찹쌀떡처럼 딱 달라붙어 있었던 탓이다.

"어떤 집안이라도 상관없어, 도하야. 그러니까 제발 여자만 데리고 와."

어느새 소박해진 어머니의 꿈이었다. 10년 전 도하가 원과의 이혼을 결정했을 때, 정 여사의 얼굴에 드리운 실망감과 분노를 털어 낸 제일 큰 무기는 어디에 내놓아도 손색없는 도도하고 당당한 새 며느리를 맞이할 수 있다는 희망이었다.

정효영 여사는 시어머니의 사랑을 받는 어린 며느리가 얄미워 못된 시어머니의 역할도 마다하지 않았다. 두 번째는 시어머니와 상관없는 집안의 여식을 며느리로 맞을 것이라는 기대에 부풀었다. 새 며느리가 들어오면 이번에는 모녀처럼 잘 지내야지 다짐하며 맞선 시장에 아들을 내어놓았다.

그러나 도하가 맞선은커녕 여자와 5분 이상 말을 섞지 않는 것을 알게 되자 하늘이 캄캄해졌다. 여자 기피증이 아닐까 의심하던 차에 도하는 5년 전 느닷없이 뉴욕 지사로 발령이 났다.

아들의 타국 생활을 남몰래 감시하던 정 여사는 피부색 다른 며느리라도 좋으니 제발 데이트 좀 하라고 간절히 기원했지만, 도하는 실낱같은 희망도 깨뜨려 버렸다.

행여나 아들에게 남다른 취미가 있는 건 아닌가 하여 뒷조사도 해 보았지만 다행히 그건 아니었다. 그런데 불안감이 슬며시 스며들었다. 살아생전 손주 하나 안아 보지 못하고 늙을지도 모른다는 두려움. 7대 종손인 아들이 대를 잇지 못하면 차씨 가문의 멸문을 종용했다고 시어머니에게 구박받을지도 모른다는 공포에까지 시달려야만 했다.

급기야 10년 전 유일무이한 미성년자 며느리를 구박했던 과거를 참회하기에 이르렀다. 어쩌면 원이가 처음이자 마지막 며느리는 아니었을까. 불안해하며 시어머니에게 슬쩍 원이는 잘 지내고 있느냐고 묻기도 했다.

그 와중에 도하가 귀국했다. 정 여사의 애간장을 끓이게 한 장본인인 도하는 대뜸 분가를 선언해 그녀를 깜짝 놀라게 만들었다. 정 여사에게 있어 자식은 품 안에 있어야 하는 존재이자 항상 그녀가 끼고돌아야 하는 분신이었다.

하지만 도하의 이상 증상을 감지한 정 여사는 아들에게 스트레스를 주지 않으리라 결심했다. 지성이면 감천이라고, 그토록 염려하던 아들이 며칠 전에 맞선을 봤다는 낭보가 들려

오자 정 여사는 소리 없는 환호성을 질러 댔다. 이번에는 무슨 일이 있더라도 아들을 장가보내고 말겠다는 다짐이 가슴 깊이 박혔다.

"진짜야. 엄마 믿어도 돼. 아무 상관도 안 해."

"어떤 여자라도요?"

"물론이야. 맹세해. 못 믿겠으면 각서라도 써 줄까?"

"원이한테는 왜 그러셨어요?"

"갑자기 지난 일을 왜 끄집어내?"

"원이 말고는 결혼하고 싶다는 여자를 만나 본 적이 없어서요."

"내 아들이 잘났다고 생각해서 그랬지. 네가 잘나도 보통 잘났니?"

정 여사는 아들의 눈치를 보면서도 제 할 말을 다했다.

"원이도 자기 집에서는 귀한 자식이었어요."

"나도 알아. 그땐 엄마도 어렸어. 시어머니 되기에 보통 젊었니? 쉰도 안돼서 며느리 봤으니 철이 없었지."

"이만 들어가세요. 너무 늦었어요."

"도하야, 엄마 신경 쓰이게 자꾸 이럴래? 너 오늘 사고 당했어. 옆에서 챙겨 줄 사람도 없는데 이건 너무하잖아."

"혼자 있을 수 있어요. 게다가 경상이잖아요."

"경상이라도 사고는 사고야. 언제 후유증이 있을지 알 수 없어."

"정말 괜찮다니까요. 별로 다치지도 않았는데 누워 있으려니 민망합니다. 내일 퇴원할게요."

"안 돼, 이참에 푹 쉬어. 귀국한 후 일 중독자처럼 회사에서 거의 살다시피 했잖아. 이럴 때 안사람도 곁에 있으면 좀 좋아? 말 나온 김에 진성그룹 장녀와 선을 보는 게 어떻겠니. 걔도 한 번 갔다 왔다는데 전혀 안 그래 보이더라."

"계속 이러시면 지금이라도 퇴원할 겁니다."

도하가 몸을 일으키자 정 여사가 기함했다.

"알았어, 안 그럴게. 예전엔 엄마 말이라면 끔뻑 죽더니 이제는 눈도 안 맞추고 말도 안 섞으려고 하는구나."

"얼른 들어가세요. 혼자 있고 싶어요."

"무심한 것. 엄마 마음도 몰라주고."

도하는 어머니가 제 마음을 좀 알아주면 안 되는 거냐고 말하고 싶은 것을 가까스로 삼켰다.

"근데 원이는 지금 어떻게 살고 있니?"

어머니의 의중을 간파하기 위해 눈살을 찌푸렸다.

"아니, 살다 보니 그 아이가 결혼했는지 궁금하기도 하고, 아직 혼자라면……."

"혼자면 어쩌시게요?"

"아, 아니다. 엄마 갈게. 몸조심하고."

이제 와서 원의 근황을 왜 궁금해하시는 걸까. 또다시 아들에게 어울리지 않는다며 얼씬도 못 하도록 몰래 찾아가 물벼락이라도 뿌리려는 걸까. 설사 그렇다고 해도 이번에는 절대 어머니의 뜻대로 흘러가도록 놔두지 않을 것이다. 무슨 일이 있어도 지킬 것이다.

순종적인 아들 노릇을 하느라 제 여자를 아프게 했고, 결국 그녀를 잃었다. 그 여자는 평생 동안 심장에 못 박혀 자고 일어날 때마다, 일할 때마다 문득문득 생각나 통증을 일으켰다.

어머니가 집으로 돌아간 후, 도하는 어둑해진 바깥을 바라보았다. 7시가 훌쩍 넘어 있었다. 출근길에 당한 사고로 하루 종일 검사를 받고 어머니의 잔소리를 듣느라 경황이 없어 개똥이를 까맣게 잊어버리고 말았다. 종일 홀로 있었다는 생각에 마음이 짠해졌다.

원에게는 사고를 당한 사실을 알리고 싶지 않아 짤막하게 문자를 넣었다. 깁스를 한 손 때문에 왼손으로 더듬더듬 핸드폰을 만졌다.

〈개똥이 좀 부탁해. 일이 있어.〉

원은 문자를 보자마자 도하의 아파트로 헐레벌떡 뛰어 왔다. 하루 종일 혼자 있었을 개똥이를 생각하니 마음이 철렁 내려앉았다. 도하와의 껄끄러운 사고로 깨달은 마음 때문에 월요일에 오지 않은 것이 실수였다.

그 어린 것이 얼마나 배가 고프고 무서웠을까. 거실 한쪽에 기운 없이 엎드린 개똥이가 보이자 원의 가슴이 울컥거렸다.

"개똥아!"

풀죽도 못 얻어먹은 개똥이가 힘겹게 눈을 떠 원에게로 비실비실 걸어오다 풀썩 쓰러지는 것을 보았다.

애가 이 지경이 되었는데도 어쩜 네 아빠라는 사람은!

두 번 생각도 하지 않고 개똥이를 안고 아파트를 빠져나왔다. 하루 종일 물 한 모금, 사료 한 알도 먹지 못했으니 탈진이 분명했다.

동물 병원에서 링거와 영양제 주사를 맞히자 개똥이는 겨우 눈을 끔뻑끔뻑거렸다.

개똥이를 안고 도하의 아파트로 돌아오던 원은 핸드폰을 노려보았다. 전화해서 분노를 표출할 것인가 말 것인가를 고민하다 참자는 결론이 나왔다.

먼저 좋아하는 쪽이 언제나 지는 것임으로.

대체 얼마나 바쁘고 중요한 일이기에 개똥이를 이 지경으로 방치해 놓았을까. 원망스러운 마음이 들었다. 그가 퇴근하면 두 번 다시 이런 짓 하지 말라고 단단히 약속받아야겠다고 다짐했다.

그런데 도하는 밤 10시가 넘도록 집에 돌아오지 않았다. 거실 소파에 꼿꼿하게 앉아 팔짱을 끼고 기다렸는데, 어느새 자세는 허물어지고 눈꺼풀은 무겁게 내려앉았다.

"언제 오는 거야? 집에 가야 하는데."

개똥이가 낑낑거려 품에 안았다. 이제는 도저히 버틸 수가 없었다. 원은 자신의 침실로 들어섰다. '첫 번째 밤 개시'라고 중얼거리며 침대에 풀썩 몸을 뉘었다.

죽음 같은 잠이 찾아왔다.

꿈속에서 차도하를 보았다. 잘생긴 얼굴은 여전했고 시크한 눈빛도 멋있었다. 날렵하고 긴 다리로 걸어가나 삐딱하게 서서 돌아본다.

"나 잡아볼래?"

본능적으로 몸은 차도하를 향해 달려간다. 약 오르게도 차도하는 저 멀리 도망치고 있다.

왜?

왜긴 왜야? 백 기자가 용기가 없기 때문이지. 어느새 나타난 나 편집장이 비아냥거렸다.

"두 사람 아무 사이도 아니라면서요? 그러면서 이런 말 하는 거 좀 웃기지 않아요?"

"나도 웃기긴 한데 미적거리는 너도 웃긴 건 마찬가지야. 예전에 직진만 하던 백원은 어디 가고?"

"이혼이 누구 집 애 이름이 아니잖아요. 편집장님도 해 보시면 움츠러들 거예요."

"구더기 무서워서 장을 못 담근다니. 실망이야, 백 기자."

"제가 인터뷰 못 따올까 봐 실망하시는 건 아니고요?"

"멍석을 깔아 주면 뭐 해. 놀지도 못하면서, 멍멍!"

나 편집장의 입에서 개소리가 나왔다. 황당해하고 있는데 나 편집장이 덥석 품으로 뛰어들었다. 깜짝 놀라 도망치는데 이제는 찝찔한 기운이 얼굴에서 느껴졌다.

원은 눈을 떴다. 개똥이가 하염없이 얼굴을 핥아대고 있었다. 개꿈이었구나. 원은 품 안에 기어들어 오려는 개똥이를 쓰다듬어 주었다.

"우리 개똥이 배고프구나. 기운 차렸어?"

시간을 확인하니 벌써 10시가 넘어 있었다. 말도 안 돼, 이렇게 오래 자 버린 거야? 출근은 어쩌지? 어쩔 수 없이 오늘은 아예 연차를 선언해 버려야겠다.

방 밖으로 나와 개똥이에게 따뜻한 물과 사료를 주었다. 이제 팔팔해진 개똥이는 허겁지겁 먹었다.

원은 달달한 모닝커피 한 잔을 태워 창밖을 바라보았다. 햇살이 예쁜 오전이었다. 햇빛들이 부채처럼 거실로 들어와 상쾌한 기분을 느끼게 했다. 몸이 붕 떠서 날아오르면 저 파란 하늘이 받아 줄까. 그런 몸과는 다르게 마음은 찌뿌둥했다.

일어나서 슬쩍 도하의 방문을 열어 보았는데, 침실 안은 적막하기 그지없었다. 이 남자가 간 크게도 외박을 했다. 자유로운 삶에 익숙해서 돌보지도 못할 강아지를 왜 데리고 왔는지 이해 불가였다.

일이 있어 개똥이를 부탁한다는 문자 하나 달랑 보내 놓고 본인은 함흥차사다. 어디서 무슨 짓을 하기에 아직까지 돌아오지 않는 걸까. 예전에도 이렇게 이기적이었나.

원은 신혼 시절을 곰곰이 생각해 보았다. 그 어렵고 힘든 시집살이를 견디게 만든 건 내색하지 않고 지지해 준 도하 때문이었다. 물론 나 편집장과의 사이를 오해하기 전까지지만. 그 당시에는 두 사람 무슨 사이냐고 물을 만한 용기도, 힘도 없었다.

언제, 어디에서부터 삐걱거렸을까. 사랑이 없어져서 관계는 악화될 수밖에 없다고 생각했는데, 그 사랑은 언제 어디로 사라진 걸까. 대체 누구의 사랑이 사라진 걸까. 확실한 건 원의 사랑은 제자리로 돌아왔다는 것이다.

텅 빈 아파트 내부를 바라보다 전화를 해 볼까, 하는 생각이 들었다. 그러다 절레절레 고개를 흔들었다. 먼저 좋아하게 된 것도 억울한데 기다렸다는 걸 들키고 싶지 않았다. 아직은 용기 없는 백원으로 살 수밖에.

쓸데없는 생각을 털어 내기 위해선 배를 채우는 방법이 가장 좋다. 원은 주방으로 건너가 냉장고를 열어 보았다. 며칠 전에 채워 놓은 식재료가 그득그득 쌓여 있었다. 요리할 맛이 난다.

이제 차도하의 냉장고를 부탁해가 방영될 시간이다.

배가 부르니 고민과 상념이 말끔히 물러갔다. 입가심으로 아이스크림까지 퍼먹은 원은 개똥이와 함께 까르르 웃으며 몸을 놀렸다. 신이 났는지 개똥이가 캉캉, 잘도 짖어 댄다. 그 모습이 너무 귀엽고 예뻐서 쪽쪽 뽀뽀도 해 주었다.

순간 문 여는 소리가 들리고 운동화가 보였다. 어디선가 많이 본 운동화다. 두 눈에 힘을 주려는 찰나 품에서 개똥이가 뛰쳐나갔다. 뚜벅뚜벅 걸어 들어온 탄탄한 두 다리 발치께에 선 개똥이가 고양이처럼 그렁거리고 있었다.

저 종을 뛰어넘는 행동은 배신인데.

"개똥아, 물어!"

하지만 개똥이는 귀여워해 달라며 꼬리를 살랑살랑 흔든다.

"애한테 나쁜 것만 가르치고 있어."

도하의 목소리에 원은 졌다는 듯 눈을 감으며 얼굴을 찡그렸다.

"낯선 사람이 들어왔으면 짖거나 물어야 정상이죠."

"내가 낯선 사람이야?"

"낯선 사람은 아니지만 낯선 사람처럼 개똥이 나 몰라라 했잖아요."

"거실 바닥과 혼연 일체된 기분은 어때. 좋아?"

"네. 내 집처럼 편안합니다요."

이어지는 도하의 웃음소리에 원은 바짝 신경에 날이 서 눈을 떴다. 저 남자가 지금 웃어? 외박이라는 큰 죄를 지은 줄도 모르고.

"여기서 잔 거야?"

"당연하죠. 애를 어떻게 혼자 둬요?"

"물러, 인정할 수 없어. 내가 없을 때 첫 번째 밤을 개시하다니. 이건 무효야."

원은 몸을 옆으로 굴러 자리에서 일어났다.

"교환이나 환불은 포장지 뜯기 전에만 가능하거든요. 난 이미 첫 밤의 포장지를 뜯었어요."

실은 이런 농담보다 왜 외박했냐며 따져 묻고 싶었다. 그런데 말을 할 수가 없었다. 도하가 개똥이를 안고 있는 왼팔 말고 오른팔에 깁스를 한 것이 보였기 때문이다. 그의 이마에는 퍼런 멍까지 들어 있었다. 원의 가슴이 철렁 내려앉았다.

"도하 씨, 팔이 왜 그래요?"

"별거 아니야."

"다쳤잖아요! 이마에 멍도 있고."

"그냥 어떻게 하다 보니 그렇게 됐어."

"뭘 어떻게 했길래 팔에 깁스까지 해요? 싸웠어요?"

"1대 17로 장렬하게 싸웠지. 내가 이겼어."

"장난치지 말고요. 다쳐서 개똥이를 부탁한 거였어요?"

"응."

"누가 이랬어요?"

"괜찮아. 단순 교통사고일 뿐이니까."

"……교통사고라고요?"

원의 눈앞이 아득해졌다. 그런 줄도 모르고 개똥이를 함부로 취급한다며 밤새 욕만 해댔다. 차도하가 무책임하지 않다는 것을 알고 있었으면서 복잡한 심경 탓에 그의 잘못으로 돌려 버리고 말았다. 저도 모르게 눈시울이 뜨거워졌다.

"원아, 왜 그래?"

"미안해요."

"울어?"

욕해서 그래요. 나도 내가 이렇게 양심적인 사람인지 몰랐어요. 그러니까 더 묻지 마요.

"울지 마. 내가 정말 잘못한 것 같잖아."

"잘못했잖아요!"

"원아?"

"사고를 당했으면 당했다고 말을 해야지. 왜 나를 나쁜 사람으로 만들고 그래요?"

한번 터진 눈물을 그칠 수가 없어 아예 두 손에 얼굴을 묻고 엉엉 울어 버렸다.

"네가 왜 나쁜 사람이야? 무슨 짓을 해도 내겐 좋은 사람이야."

가까이 다가온 도하가 원을 품으로 끌어당겼다. 단단하고 넓은 품에 안기니 눈물은 멈추기는커녕 아예 수도꼭지가 돼버렸다.

도하가 뭐라고 말한 것 같은데 귀에 들어오지 않았다. 그가 큰 사고를 당할 뻔한 지난밤에 원망만 한 것이 미안해서 어쩔줄을 몰랐다. 좋아하는 마음이 좁쌀밖에 되지 않아 더 미안했다.

"그만 울어. 고주망태처럼 코가 빨개."

"비유를 해도. 귀여운 루돌프라고 해 주지."

"그건 아무리 나라도 말 못 하겠다."

"뭐예요?"

"하하."

도하가 다시 끌어당기는 바람에 모른 척하고 그의 품에 안겼다. 마음이 평안해졌다. 원은 잠시 그렇게 있다 그의 품에서 빠져나왔다. 도하의 아쉬워하는 얼굴을 모른 척하고 깁스한 팔을 쳐다보았다.

"많이 아파요?"

"조금."

"골절이래요?"

"어?"

"골절이면 한 달은 깁스해야 한다던데. 생활하기 불편하지 않겠어요?"

"괜찮아. 그냥 염……. 생활이 많이 불편하지."

도하는 뭔가 생각하는 표정을 짓더니 곧 아무렇지 않게 말했다.

"뼈가 제대로 부러졌대. 깁스도 한 달 이상은 해야 된다고 해서 당분간 바깥일 못 할 것 같아. 물론 집안일도."

"당연하죠. 게다가 오른팔인데 얼마나 불편하겠어요? 뭐든 시켜만 줘요. 도하 씨 불편하지 않게 적극적으로 도울게요."

"정말?"

"그럼요! 명색이 가사도우미잖아요."

사실은 지은 죄가 있어서 그래요. 원은 다음 말을 삼키며 도하의 얼굴을 살폈다. 갑자기 그의 얼굴이 찡그려졌다.

"왜 그래요?"

"욱신거려서."

"아까는 조금 아프다면서요?"

"방금까지는 그랬는데 지금은 아니야. 의사도 갑작스러운 통증이 있을 수 있다고 그랬어."

"병원 가야 하는 거 아니에요?"

"그 정도는 아니야. 이제 막 퇴원했는데 다시 가면 또 입원하라고 할 거야."

"입원하는 게 더 나을 거예요. 최적의 치료와 간호, 그리고 때마다 밥도 주잖아요."

"하룻밤 자는 것도 숨 막혔어. 잠도 제대로 못 잤다고."

"그 정도였어요?"

"응. 병원은 내가 있을 곳이 아니야. 당분간 힘들겠지만 네가 날 좀 도와주면 견딜 수 있겠는데……."

"물론이죠. 정성을 다해서 모시겠습니다. 주인장님."

"주인장님이라고 하지 마. 욕하는 거 같아서 찝찝해."

"거참, 있는 그대로 좀 받아들입시다."

바라던 바다. 원은 한 티의 오점도 없는 깨끗한 미소를 지었다.

왠지 도하는 미안한 마음이었다. 병원에 있는 만 하루 동안 숨이 막힐 뻔했다는 말은 거짓말이 아니다. 어머니에게 달달 볶이는 건 하루만으로 충분했다. 그는 원에게 애매한 웃음을 보여 주었다. 이미 첫 밤을 개시한 그녀와 밤을 같이 할 수 있다는 가능성에 가슴이 뛰기 시작한다.

"원아, 나 배고파."

"뭐 먹고 싶어요? 뼈가 빨리 붙으려면 도가니탕이라도 먹어야 하나?"

"김밥."

"김밥이요?"

"우리 소풍 가자."

"하지만 도하 씨 팔이……."

"다리는 멀쩡해."

"그래요, 그럼."

잠시 고민하더니 원은 쿨하게 반응했다. 도하는 함박웃음을 지었다.

도하의 말 한마디에 원은 부산스럽게 움직이기 시작했다. 재료를 장 봐 와서 김밥을 말고 피크닉 상자에 찬합을 넣었다. 도깨비방망이라도 휘두른 것처럼 도시락이 뚝딱 만들어졌다. 김밥 꽁다리가 참으로 앙증맞았다. 도하의 가슴이 벅차올랐다. 꿈꾸어 온 행복한 일상이다.

집을 나와 원이 조심조심 운전해 자동차가 정차한 곳은 인근 한강 공원이었다. 따사로운 햇볕과 초록의 싱그러움이 드넓은 곳. 그곳에 돗자리를 깔고 김밥을 먹었다. 그녀가 만든 김밥은 정말 맛있었다.

"김밥에 약이라도 탄 거야? 너무 맛있어."

"내가 손맛이 좀 있어요."

"그런 것 같아. 살림도 빨리 배우고 무엇이든 금방 만들어 냈지."

"지금은 억만금을 준다 해도 그렇게 못할 것 같아요. 그땐 내가 어떻게 살았는지 정말 모르겠어요. 어려서 그랬나 봐요. 뭘 모르니 겁도 없었고."

"백원은 용감한 내 신부였지."

그리움이 진하게 몰려들었다. 지난 시간 동안 함부로 만질 수도, 만날 수도 없던 나의 신부. 원은 도하의 꿈이었다.

원은 무슨 생각을 하는지 알 수 없는 표정으로 하늘을 바라보고 있었다. 나와 같은 생각을 했으면 좋겠다, 라고 도하는 생각했다.

"도하 씨, 소풍은 왜 오자고 했어요?"

"약속을 지키고 싶었어."

"약속이라뇨?"

"예전에 네가 소풍 가자고 했잖아. 나중에 꼭 가자고 약속해 놓고선 결국 한 번도 가지 못했지."

"그게 갑자기 기억난 거예요?"

"항상 생각하고 있었어. 네게 못 해 준 것들이 마음 아팠으니까."

원의 눈동자에 물기가 어른거렸다.

"미안해. 이제야 약속을 지켜서."

"에이, 이러지 맙시다. 아픈 사람이 막 감동 주고 그러면 내가 뭐가 돼요?"

원은 손등으로 눈가를 훔치며 아무렇지도 않은 척 말을 했다.

"뭐가 되는데?"

"로맨스 소설 여주인공이요."

"응?"

"자, 여기 누워요. 그때 소설 속의 여주인공처럼 한 번쯤 해보고 싶었어요."

원은 제 무릎을 가리켰다. 도하는 원의 말대로 그곳에 머리를 뉘었다.

"도하 씨, 이미 지나간 것은 지나간 대로 흘려보내고요. 새로운 시간을 받아들이는 건 어때요?"

"무슨 말이야?"

"사람이 같다고 해서 시간이 같지 않을 테니까……."

"어려운데? 쉽게 설명해 줘."

원의 얼굴에 난처한 빛이 어렸다. 잠시 골몰하다가 체머리를 짧게 흔들고는 웃었다.

"도하 씨가 아프지 않았으면 좋겠다고요."

그보다 더 깊은 뜻이 있는 것 같은데. 아무리 생각을 해도 원의 의중을 파악할 수 없었다.

네가 내 곁에 있으면 아프지 않을 거라며 말을 하고 싶었지만 원이 놀랄 것 같아 입을 다물었다. 지금은 오로지 이 평화로움만 만끽하고 싶었다.

파란 하늘에 떠도는 양털 같은 폭신한 구름. 한 겹 한 겹을 헤아리다 눈이 부셨다.

"안 불편해요?"

"불편해."

"어디 가요?"

"어디라고 말 못해."

원의 향기에 그의 온몸이 마비되는 것 같았다. 몸의 반란을 진정시키려 눈을 감았다. 고향에 돌아온 듯 아늑하고 포근하다. 그러다 깜빡 잠이 들었다.

얼마나 잔 건지 알 수가 없다. 따뜻한 햇볕이 따갑게 느껴진다. 그런데 얼굴에는 느껴지지 않았다. 살짝 눈을 떠보니 원의 손바닥이 보였다. 얼굴이 햇빛에 익을까 봐 작은 두 손을 펴 양산을 만들었다. 원의 마음 씀씀이가 느껴져 마음이 뭉클해졌다. 그러다 금세 한 손이 사라졌다.

"아, 다리 저려."

눈을 크게 떠 보니 원이 하늘을 바라보며 침을 코에 바르고 있었다. 가슴을 간질이는 웃음이 슬며시 입술을 비집고 새어 나오려 했다. 다리가 저리는 데도 그를 깨우지 않는 원이 사랑스러웠다.

키스하고 싶었다. 원의 촉촉한 입술을 느껴 보고 싶은 충동이 깊은 곳에서 꾸물거렸다. 일방적이고 싶지 않은데 자꾸 짐승이 될 것만 같다.

도하가 벌떡 일어나자 원이 화들짝 놀랐다.

"엄마!"

"집에 가자."

도하는 몸을 툭툭 털고 일어나 앞만 보고 걸었다.

"잠깐만요, 도하 씨! 안 잤던 거예요? 이거 정리해야 하는데."

원이 급하게 도하를 부르며 돗자리와 피크닉 상자를 정리하기 시작했다. 원의 다급한 목소리를 듣고 홱 몸을 돌린 도하는 돗자리를 옆구리에 끼고, 피크닉 상자를 들고 뚜벅뚜벅 걸어갔다.

"내가 들게요."

"널 뭘 믿고 맡겨?"

"내가 못 미더워요?"

"못 믿겠어."

"와, 정말 억울하네. 도하 씨 플래티넘 카드도 멀쩡하거든요!"

"차라리 카드였으면 좋겠어."

"이게 뭐라고? 겨우 피크닉 상자와 돗자리일 뿐이잖아요."

"내가 제일 아끼는 거야."

"아끼는 거라고요?"

"리미티드 에디션."

유치하게 한마디 내뱉고 차로 돌아왔다. 그제야 심화를 끓게 만드는 욕망의 짐승이 수그러들었다. 운전석에 앉고 싶었지만 명색이 골절이라 조수석에 얌전히 앉아 있었다. 공원으로 올 때 운전한 사람은 원이었다. 거북이같이 느릿느릿 운전해도 함께 있을 수 있는 시간이 늘어나 기분이 좋았다.

　그런데 이제는 괴롭기가 그지없었다. 원의 앞에서 탐욕적인 음험한 짐승이 언제 튀어나올지 알 수 없는 노릇이다. 큰일이다. 자제력이 바닥이 나고 있었다. 호흡을 가다듬는 사이 운전석 쪽 문이 열리고 쾅 닫혔다.

　"피크닉 용품에도 한정판이 있다는 건 처음 알았네요. 알았어요. 손 안 대면 되잖아요. 아까는 왜 손대게 했대? 김밥 넣는다고 막 만졌는데. 그렇게 아끼는 거면 소풍 가는데 사용하지 말고 집 안에 고이 모셔 놔야 말이 되죠. 갑자기 이랬다저랬다 하면 그곳에 뿔나는데."

　그곳? 엉덩이를 상상하는 것만으로도 짐승은 미친 듯이 포효를 했다. 도하는 눈을 질끈 감으며 외쳤다.

　"마트로 가!"

　"마트는 왜요? 집으로 가자면서요."

　"떡볶이 먹고 싶어졌어."

　"우리 방금 김밥 먹었잖아요."

　"잡채도 먹고 싶어."

　"잡채도요?"

　"갈비찜도."

　"도하 씨, 지금 잔치하자는 거예요?"

　"먹고 싶은 걸 어떡해?"

　"갑자기 왜요? 배 안 불러요?"

　"뼈가 부러져서 그런지 허기가 져. 너도 아프지 말라고 했잖아."

원의 체향이 감각의 궤도 이탈을 방조하고 있다. 눈을 떠버리면 겨우 주저앉힌 놈이 나올 것만 같았다.

"그거 다 먹으면 안 아플 자신 있어요?"

원의 달콤한 말에 귀를 막고 싶었다. 상냥하고 따뜻한 분위기인데 어째서 나만 음탕한 짐승이 되어야만 하지. 평화로운 대화에서조차 원은 너무 유혹적이다.

원과 함께 있는 시간이 달콤하면서도 괴로웠다. 시간을 바쁘게 굴려야 우리 두 사람이 아무렇지도 않고 다정하게, 행복하게 함께 있을 수 있는 시간이 될 것만 같다.

"그래."

"약속했어요. 가요, 다 해 줄 테니까!"

도하는 마트의 코너를 돌 때마다 손에 집히는 식재료를 마구 카트에 담았다.

"아무리 그래도 그렇지. 도하 씨, 이건 너무 많아요."

"응?"

"너무 많다고요."

무심코 원을 쳐다보았는데, 그녀의 작은 입술이 크게 클로즈업되었다. 무슨 말을 하는지 들릴 리가 없었다. 저 입술을 물고 빨면 원은 어떤 소리를 낼까. 도하는 빠르게 시선을 돌려 매대에 놓인 주방 세제를 거침없이 주워 담았다.

"이거는 왜……."

"필요해서."

"이렇게나 많이요?"

사실 뭘 얼마나 담았는지도 모른다. 오직 원의 얼굴에서 눈을 떼겠다는 처절한 노력의 몸부림이었다. 도하는 온갖 과일도 카트에 실었다.

"이렇게 사다가는 1년 동안 마트 안 와도 되겠어요."

"집들이할 거야."

"집들이?"

"이사했으니까."

"집들이 음식은 누가 하는데요?"

"너 있잖아."

"사람을 이렇게 혹사시켜도 되는 거예요? 음식을 해 주면 안 아프다고 해서 해 주는 거지, 집들이 음식이라뇨. 이건 명백한 약속 위반이에요!"

투덜거리는 원에게 도하는 아주 얄미운 표정을 지어 보였다.

"내 인터뷰는 그만한 가치가 있어."

"자기 입으로 저런 말 하는 거 부끄럽지도 않나? 그거는 그거고 약속은 약속이지. 사적인 일에 공적인 일을 들먹이다니, 회사 일은 대체 어떻게 했대?"

원이 혼잣말이라고 하는데 귀에 다 들렸다. 투정을 부리고 약 올라 죽으려고 하는 모습마저 너무 예뻤다. 중증이다.

"집들이는 언제 할 건데요?"

"모레."

"그렇게 빨리? 몇 명이나요?"

"아주 많이."

"날 골탕 먹이려는 거죠?"

"맞아."

"내가 뭘 그렇게 잘못했는데?"

"똑똑한 머리로 잘 생각해 봐. 뭘 잘못했는지."

골똘히 생각하고 있는 원을 내버려 두고 정육 코너로 가서 한우 갈비를 주문했다. 어느새 원이 다가와 속삭였다.

"어떻게 알았어요?"

"뭘?"

"내가 밤새도록 도하 씨 욕했다는 걸? 아파트에 도청 장치라도 있어요?"

"뭐?"

도저히 사랑하지 않을 수 없는 여자였다. 나의 원은.

근데 어떤 욕을 했기에 말도 안 되는 심술에도 순순히 맞춰 주고 배시시 웃는 것일까. 양심에 거리낄 정도였나.

도하는 저녁 메뉴 선택이 심히 잘못되었다는 것을 깨달았다.

마트에서 장을 봐온 뒤 원은 어마어마한 식재료를 군소리 없이 정리했다. 도하가 도와주겠다는 걸 부득불 만류하고 아픈 사람은 쉬라며 담백하게 말한 후 힘자랑을 했다.

"도하 씨도 알고 있잖아요. 어렸을 때부터 고깃집 딸로 자라나 힘 하나만은 타고났다는 걸. 그래서 가사도우미 첫날부터 텅텅 빈 이 집을 채우라고 한 거죠?"

그렇게 말하면서 엄청난 양의 식재료를 낑낑대며 여러 번 날랐다.

사실 골절이 아니라 단순 염좌이고 부기가 빠져 오늘 아침에 퇴원했다는 말이 목구멍까지 차올랐다. 하지만 입 밖으로 낼 수 없었다. 원이 속았다고 화를 낼 것은 불 보듯 뻔했다. 그녀의 동정표를 한 몸에 받고 있는 입장으로서 절호의 기회를 놓칠 수는 없었다.

무엇보다 원과 함께 있고 싶었다. 그런데 함께 있으면 자꾸 남자가 되고 싶어 안달이 났다. 그녀의 허락 없이는 아무것도 할 수 없다는 처지임을 잘 알면서. 며칠 전 키스했을 때 그녀도 싫어하지 않았다는 걸 알지만 그게 허락은 아닐 테니까.

진퇴양난.

게다가 떡볶이는 상상을 초월할 정도로 에로틱한 맛이었다.

"맛없어요?"

"……맛있어."

"근데 왜 그렇게 천천히 먹어요?"

"음미해서 먹느라고."

"뭘 음미씩이나? 맛있으면 얼른 먹어요."

오물오물거리는 원의 입술. 눈을 뗄 수가 없다. 빨간 양념을 두른 떡이 작은 입에서 잘라지고 벗겨진다. 양념을 쪽 빨아 먹은 뒤 원의 입에서 토해지는 말랑말랑한 떡이 뽀얗다. 마치 원의 살결처럼 야한 떡볶이.

음란마귀가 단단히 썬 모양이다. 하루 종일 원과 같이 있는 건 축복이자 저주였다. 아무리 마시고 마셔도 갈증이 사라지지 않는 여자. 그런 여자를 손끝 하나 대지 못하고 오직 지켜보기만 하고 있다.

키스하고 싶다는 생각을 떨쳐 버리기 위해 일부러 원을 분주하게 만들었는데 아무 소용이 없었다. 밤이 되니 더욱 욕망이 진해졌다.

"떡볶이 먹고 싶다는 생각이 없었는데 막상 먹으니까 너무 맛있네요. 탁월한 선택이었던 것 같아요."

섬광이 보였다. 하루의 답답한 고민이 해결되는 이 기분.

내가 움직일 수 없다면 원이를 움직이게 하면 된다! 사악한 계획이 떠오르자 도하는 달콤한 미소를 원에게 지어 보였다. 원의 눈이 똥그래지더니 이내 수상한 빛을 띠었다.

11
나라를 구한 백원

전생에 나라를 팔아먹은 모양이다. 원은 바닥을 닦으며 무념무상을 외쳤다. 속세의 번뇌와 고민은 마음먹기에 따라 아무것도 아닌 티끌처럼 되나니. 티끌은 개뿔, 점점 화가 치민다. 누구는 하루 종일 소처럼 일하고 있는데 소파 위에서 개똥이와 놀고 있는 저 남자, 차도하 때문에.

근데 정말 멋지다. 시크함이 뚝뚝 떨어지는 저 잘생긴 얼굴로 방긋방긋 잘도 웃어 준다. 심장이 뚝 떨어지는 것 같았다. 그래서 여자들이 그렇게 차도하에게 선물과 러브레터를 갖다 바쳤나. 원은 머나먼 기억을 더듬어 차도하에게 야멸차게 차인 언니들을 떠올렸다.

괜히 또 먼저 좋아해서 내가 내 무덤을 파고 있구나. 내가 좋아하는 사람이 아프니까 무덤을 파도 되는 거겠지.

청소기 밀고 난 후 꼭 물걸레로 닦으라는 말에 아무리 좋아해도 이건 아니라고 분연히 외치려 했지만 도하의 얼굴을 마주하고는 쑥 들어갔다. 물걸레질을 하며 현실로 돌아올 때마다 도하는 환상 속의 그대가 된다.

"오늘은 갈비찜."

"갈비찜은 내일 할 건데요."

"왜?"

"집들이한다면서요?"

"안 해."

"네? 그럼 저기 냉장고에 가득 든 것들은 왜 샀대요?"

"1년 동안 마트 안 가려고."

"집들이한다고 샀잖아요. 저 많은걸."

"하고 싶어?"

"그런 말이 아니라…… 왜 자꾸 이랬다저랬다 해요? 심술부리는 것도 아니고."

"당연히 아니지."

"이 묘한 기시감은 뭐죠? 마치 시집살이하고 있다는 느낌이 들어요."

원은 수상쩍다는 표정으로 도하를 쳐다보며 팔짱을 꼈다.

"긍정적으로 생각해. 고된 노동 후 찾아오는 대가는 달콤한 법이니까."

"무슨 대가요?"

원은 눈을 가늘게 떴다.

"내 인터뷰 그리고……."

"그리고 뭔데요?"

"그런 게 있어."

"네네."

아무리 생각해도 도하는 자신을 괴롭힐 작정인 모양이다.

"뭐지, 영혼 없는 그 말투는?"

"난 알파고니까요."

"알파고?"

"도하 씨가 이거 하라 하면 이거 하고, 저거 하라 하면 저거 하는 인공지능."

"아아. 그것도 괜찮네."

"뭐예요!"

"알파고, 오늘 저녁은 갈비찜."

내가 말을 말자. 원은 도하를 잠깐 꼬나보았다. 아무리 잘생겨도 지금 이 순간은 미워 보여야 하는데, 시의적절하게도 차도하가 아찔한 웃음을 띠웠다.

얼굴이 다했네, 다했어.

"원아, 원아!"

"아, 또 왜 부른대."

거하게 갈비찜을 저녁으로 먹고 산더미 같이 쌓인 설거지거리를 막 끝냈다. 이제 개똥이와 한가롭게 여유를 만끽하다 세 번째 밤을 준비하려는데 도하가 또 불러 댔다.

"백원!"

"알았어요. 가요. 간다고요!"

거실로 나가 보았는데 도하가 보이지 않았다. 부르는 소리를 따라가 보았더니 도하의 방이었다. 한데 방 안에 그는 없었다.

"어디에 있어요?"

"욕실."

대체 욕실에서 날 부르는 이유는 뭐람. 툴툴거리면서도 욕실로 들어갔더니 상체를 벗은 도하가 팔짱을 끼고 거울을 노려보고 있었다.

"어머!"

"그러지 마. 우린 부부였다고."

"부부 아닌 때가 더 많았잖아요. 근데 왜 불렀어요?"

원은 탄탄한 복부에 저절로 눈이 갔지만 안 보는 척하고 퉁명스럽게 물었다.

"나 좀 도와줘."

의심스러운 눈으로 욕실 내부를 뜯어보았다. 욕실 안에서 도울 만한 일이…… 샤워를 도와달라는 말인가. 원은 웃음이 배시시 치미는 걸 겨우 수습했다.

"뭘요?"

"면도를 해야 하는데 도저히 한 팔로는 할 수가 없어."

도하는 씨익 웃으며 깁스를 한 오른팔을 들어 보였다.

"나보고 도하 씨 면도를 하라고요?"

"응."

도하는 까슬까슬한 턱을 매만졌다.

"해 본 적 없는데."

"여자들도 면도하잖아. 비슷해."

"하지만……."

"면도를 못 해서 산적처럼 보이잖아."

"아니, 전혀 그렇게 보이지 않아요."

오히려 야성적으로 보인다는 말이 침과 함께 목구멍 속으로 꿀꺽 삼켜졌다.

"다행이긴 한데, 그래도 도와줄 거지?"

"다른 팔로 하면 안 돼요?"

덥석 물면 속 보일 것 같아 한 번은 튕겨 보았다.

"잘못하면 베일 것 같아서 혼자서는 못하겠어. 보시다시피 난 얼굴이 재산이잖아."

"그렇죠. 도하 씨는 얼굴이 재산이죠."

원은 냉큼 대답하고 욕실 안으로 들어갔다. 욕실에 두 사람이 들어가니 왠지 답답해지는 느낌이었다.

도하가 원에게로 몸을 돌렸다. 단단한 맨가슴이 눈에 팍 들어왔다. 강한 남자의 체취에 긴장감이 확 몰려들었다. 사심을 채우려다 살을 베면 안 되는데.

"어떻게 하면 돼요?"

"면도 크림을 바르고 아래턱부터 슥삭슥삭. 수염 반대방향으로."

"네, 한번 해 볼게요."

도하는 변기 위에 앉아 팔짱을 끼고 눈을 감고 있었다.

원은 면도 크림을 손에 짰다. 남성적인 날렵한 턱에 손을 가져가자 가시에 찔린 것처럼 따가운 감촉이 전해져 왔다. 그런데 그것보다 더 강한 전율이 손가락 마디에서 느껴졌다.

원은 크림을 발라 주면서 도하의 얼굴을 조심스럽게 관찰했다. 짙은 눈썹, 오똑한 코, 단단한 입술. 누가 이렇게 조각해 놓았을까. 여심을 저격하라는 명을 받고 지상으로 출동한 군신(軍神)인가. 손을 대신해 눈이 도하를 매만졌다. 손으로 구석구석 만져 보고 싶은 마음이 굴뚝같았지만 겨우 이성으로 진정시켰다.

원은 면도기를 가만히 대어 밀어 보았다. 차돌같이 단단해 보이는 목울대. 여자보다 선이 굵은 남자의 얼굴. 심장 뛰는 소리가 쿵쿵 귓가에서 들려 부끄러웠다.

욕실 안 온도가 부쩍 올라간 듯한 느낌이다. 원의 호흡이 저도 모르게 흐트러졌다. 턱 선을 따라 손을 움직이다 입체적인 도하의 얼굴에 시선이 빼앗겨 버렸다.

심장이 쫄깃쫄깃해졌다. 흉부를 뚫고 튀어나올 것처럼 쿵쾅대는 바람에 손이 삐끗했다. 면도기가 지나간 자리에 선명한 피가 배어 나왔다.

"앗! 어떡해!"

도하는 눈을 뜨고 당황해하는 원을 바라보았다. 허둥지둥 수건을 가져다 대는 그녀에게 나직이 속삭였다.

"괜찮아."

"하지만 피가……."

도하는 씨익 웃으며 면도 크림을 닦고 자리에서 일어났다.

거울을 보고 상처를 확인하던 도하가 돌아본다. 거대한 석상이 우뚝 서 있는 것 같다. 남자라는 사실이 강하게 의식되었다. 넓은 가슴에 안기면 어떤 기분이 들까. 욕실에 단둘이 있으려니 단번에 더워졌다. 빨리 나가지 않으면 사달이 날 것 같다.

"미안해요. 상처를 내서……."

"미안해야지. 잘생긴 얼굴에 스크래치 냈으니까 책임도 지고."

"책임이라고요?"

"치료 안 해 줄 거야? 밴드와 연고는 내 방 넥타이 서랍장에 있어."

아, 그런 뜻이었구나. 일생을 책임지라는 말인 줄 알고 묘하게 설레는 건 무슨 조화냐고. 저도 모르게 꼭 책임지겠다는 말이 나올 뻔했다.

"면도 고마워. 상처 빼고는 깨끗하게 잘됐네."

"정말요?"

"응. 이만 나가 봐. 샤워하게."

"샤워는 괜찮겠어요?"

"샤워도 도와주게?"

"아, 아뇨."

"난 사양 안 할 용의는 있는데. 그럴래?"

"꿈도 꾸지 말아요."

"꿈은 꾸라고 있는 거야."

예상치 못한 도하의 말이 야릇하게 귀를 자극했다.

이 남자도 나와 같은 마음인 걸까. 설마 이게 유혹이라면?
원은 오늘 입은 속옷이 짝짝이임을 깨닫고 잠시 절망했다.

한데 도하는 아무렇지도 않은 듯 면도를 마무리했다. 의심
스럽게 쳐다보던 원은 도하의 턱에 방울진 피를 보고 밴드를
찾기 위해 욕실을 나갔다.

곧이어 샤워기에서 물 떨어지는 소리가 들렸다. 물이 도하
의 넓은 어깨와 탄탄한 가슴팍으로 느릿느릿하게 흐르는 상상
을 했다. 다시 욕실로 들어가 유혹하고 싶은 마음은 간절했지
만, 유혹의 기술을 모르는 원은 우울한 마음으로 걸음을 돌렸
다.

도하의 침실로 들어온 원은 넥타이 서랍장을 열었다. 밴드
가 여기에 있다고 그랬는데. 두 번째 서랍을 열었더니 작은 상
자가 보였다. 상자 위에는 포스트잇이 붙어 있었다.

오늘 수고했어. 선물이야.

뚜껑을 열어 보고 눈을 휘둥그레 떴다. 수제 초콜릿과 달달
한 캔디들이 반짝이는 보석처럼 상자를 그득 채우고 있었다.

"이건 대체 언제 샀대?"

고된 노동 후에 달콤한 대가가 있을 것이라고 도하는 분명 그렇게 말했다. 훌륭한 대가네. 아무리 화가 나도 이걸 받으면 봄눈 녹듯 사라질 것만 같았다.

하나만 먹어 봐야겠다. 금색 포장지를 벗기고 동그란 초콜릿을 입에 넣었다. 사르르 녹는 달콤함. 톡 깨물어 보았더니 초콜릿 안에서 알싸한 즙이 입안에 번졌다. 금세 기분이 좋아졌다. 달콤함의 마법은 대단했다. 행복함이 젖어 든 미소가 그녀의 입가에 걸리며 눈이 감겼다.

턱에 밴드를 붙인 도하가 느릿느릿하게 말한다.

"우리 원이, 예쁘다."
"언제 내게 올 거야?"
"원아, 사랑한다. 사랑해."

몸이 구름 위를 두둥실 떠도는 느낌이다. 어둠이 방을 잠식한 깊은 밤, 둥근 달이 술에 취한 것이 틀림없다. 어둠을 슬며시 밀어내더니 도하의 얼굴을 그려 냈다. 그의 얼굴 주위가 반짝거리는 것 같다. 무거운 눈꺼풀을 들어 올리는 건 쉽지 않았다. 푹신한 구름 위에 몸이 잠겼다. 어렴풋하던 그의 얼굴이 명확해졌다.

"도하 씨?"

"도하 오빠라고 해야지."

"오빠?"

"우리 둘이 있을 때는 오빠라고 불러 줘."

꿈을 꾸고 있는 모양이다. 처음으로 도하의 신부가 되어 첫
날밤을 맞이했을 때, 술에 취한 도하가 투정 아닌 투정인 듯
그런 말을 했었다. 오빠라고 불러 달라고. 도하 오빠라고 부르
면 벚꽃으로 눈부시던 그날로 회귀하게 된다. 도하에게 눈을
빼앗기고만 순수한 그 마음으로.

"도하 오빠."

"원아!"

나지막한 그의 음성이 듣기 좋게 귓가에 울렸다. 토닥토닥
다독여주는 도하의 손짓이 안정감을 선사한다. 심장이 같은
속도로 뛰고 있다. 잠이 몰려왔다. 의식은 깊은 잠으로 유영해
들어간다.

그들 사이에 아무 일도 없었다는 듯이, 10년의 거리감도 사
뿐히 사라지고 눈처럼 내리는 벚꽃 아래에 오직 서로를 사랑
하고 사랑받는 백원과 차도하만 마주 보고 서 있다.

"왜 날 떠났어?"

"사랑이 없는 것 같아서."

"바보구나. 우리 원이는…… 내 사랑은 여기 이렇게 있는데."

"오빠?"

"10년 동안 움직이지 않고 바로 그 자리에 있는데."

"그 자리에……?"

도하의 손이 가슴으로 들어와 심장을 움켜쥐는 것 같았다. 미소 짓던 도하의 얼굴이 슬픔으로 일그러졌다.

"이제 보내 줄게. 원아, 잘 살아."

도하가 등을 보였다. 그리고 그의 등이 점점 작아졌다. 어느새 아무도 건널 수 없는 강이 두 사람 사이를 갈라놓았다. 흩날리던 벚꽃은 자취를 감추고 따사롭고 간질간질하던 사랑도 막막하게 변질되었다.

이제 두 번 다시 도하 오빠의 미소를 못 보는 것일까.

싫어. 그런 건 싫어! 가지 마, 오빠!

그러니까 이제 용기를 내, 백원.

"오빠! 도하 오빠!"

눈이 번쩍 떠졌다. 깊은 어둠이 눈앞에 내려앉았다. 진정되지 않는 가슴은 여전히 들썩거렸다. 물기가 느껴지는 젖은 눈을 손으로 훔쳤다. 여긴 이디지. 가만히 몸을 일으켜 협탁 위의 스탠드를 켰다. 어둠이 단번에 물러갔다. 도하의 집에 있는 제 방이었다.

꿈이었구나.

꿈속에서 도하가 등을 돌렸다. 그 장면만으로도 눈물이 왈
칵 솟아났다.

벌써 이만큼이나 좋아하고 있으면서 표현하지 못하는 스스
로가 답답했다. 사랑받지 못해 상처받을 것이라는 생각에 머
뭇거리다가 도하를 잃을 수도 있다. 자신답지 않게 주저하고
있는 걸 무의식이 꿈으로 일깨워 주는 것 같았다.

후회할 선택은 더 이상 하지 말라고.

원은 침대에서 일어나 기억을 더듬어 보았다. 잠이 들기 전
에는 분명 도하의 방에 있었다. 초콜릿의 유혹을 견디지 못하
고 하나 까먹은 기억밖에 없는데 일어나 보니 자신의 방이었
다. 도깨비에게 홀린 기분이었다.

도하가 어디에 있을까 생각하며 원이 방문을 열었다. 환한
빛이 눈으로 쏟아져 들어온다. 거실에는 불이 켜져 있었다. 한
발 내디뎠는데 도하의 목소리가 들려왔다.

"1주일."

1주일? 거실로 나간 원은 핸드폰을 들고 통화를 하는 도하
를 쳐다보았다. 통이 넓은 아이보리 팬츠에 핏감 사는 블랙 티
셔츠. 패션 위크의 모델처럼 차려입은 그는 넓은 창 앞에서 서
울의 야경을 훑어보며 상대방과 이야기를 나누고 있었다.

"원이 눈치채지 못하게, 자연스럽게."

내 얘기를 하고 있는 건가. 천천히 그에게로 한 발 한 발 다

가갔다.

"대가는 이미 지불한 것으로 아는데?"

상대방이 벼락을 품었는지 도하가 잠시 핸드폰을 귀에서 뗐다.

근데 그 손이 오른손이었다. 오른팔은 골절을 당해 깁스를 하고 있었는데, 지금 다시 보니 팔걸이는 물론 깁스도 사라지고 없다.

"그러기만 해 봐. 당장 그 자리에서 끌어내릴 테니까. 불평은 그만하고 이제 집에 좀 들어가지? 매너 있는 여자라고 본인 입으로 말하지 않았나?"

제대로 들은 것인지 귀를 의심했다. 도하가 통화하고 있는 상대는 여자인 모양이었다. 격의 없이 통화하는 여자가 있다는 사실에 등줄기로 소름이 돋았다. 여자와 제대로 말도 섞지 못하고 스킨십도 못 해서, 말도 안 되는 제안을 하며 인터뷰를 해 준다고 말했었다.

그런데 얼굴을 알지 못하는 여자와 잘도 대화를 하고 있었다.

용기를 내 좋아한다고 고백하려는 이 시점에서 원의 머릿속이 단번에 헝클어졌다.

"네가 마음에 둔 프라이버시 부편집장도 네게 원하는 게 딱하나 있다면, 그건 매너일 거야."

통화하는 여자는 나윤하 편집장이었다. 사실을 알아차리자마자 분노가 일었다.

310

침착해, 백원. 이 거지 같은 상황을 제대로 파악하기 전까지 감정을 함부로 드러내는 건 하수들이나 하는 짓이니까.

원은 팔짱을 끼며 도하가 자신을 발견하길 기다렸다. 전화를 끊고 한동안 야경에 심취해 있던 그가 뒤로 몸을 돌렸다.

"헉!"

차도하답지 않은 소리가 거실에 울렸다.

"뭘 그렇게 놀래요? 귀신이라도 봤어요?"

"자, 자고 있는 거 아니었어?"

"이 야밤에 누구랑 통화했어요?"

"그냥 아는 사람."

"아는 사람이 여자인 모양이에요?"

"어? 일 때문에."

"그 여자 이름도 내가 말해 볼까요?"

"원아, 그게……."

도하의 얼굴에 낭패감이 번져 갔다. 도대체 무엇을 숨기고 있었기에 저토록 쩔쩔매는 것일까. 일생을 살아오면서 저렇게 당황한 차도하의 얼굴은 처음 본다.

"나 편집장님과 불알친구 맞는 모양이네요. 1시가 다 돼 가는 이 시간에 전화를 하고 있는 걸 보면……."

"아니, 전화가 와서 그냥 받은 거야."

"이 시간에도 전화가 오면 막 받아 주는 허물없는 사이인가 봐요?"

"원아!"

원은 셜록 홈즈 뺨칠 만큼 냉철하고 재빠르게 분석해 말했다. 아니 본능적으로 속사포처럼 쏟아져 나온다.

기분 나쁘게 또 그 여자라니. 차도하를 좋아하지도 않으면서 장난스럽게 키스한 여자가 또 훼방질이었다. 나 편집장은 아무 마음이 없는데 설마 차도하가 좋아하는 걸까. 그러고 보니 신혼 시절 한없이 상냥하던 도하가 냉담해진 건 그 여자와 키스를 하고 난 뒤부터였다.

눈물이 나오려고 하잖아. 먼저 좋아하게 된 것이 억울해서 깽판을 치고 싶다.

"나 편집장님은 도하 씨 좋아하지 않는다고 했어요."

"어?"

"그때 그 키스는 장난이었다고."

"키스라니?"

"내가 못 봤을 것 같아요? 두 사람, 키스했잖아요. 사무실에서!"

"……혹시 10년 전에 말이야?"

"그럼 그때 말고 또 키스했단 말이에요?"

주책맞은 눈물이 또르르 굴러 내렸다. 울지 않으려고 했는데, 하늘이 무너지는 것 같던 그때의 아픔이 생각나고 말았다. 쿨한 여자처럼 아무렇지도 않게 취조하려고 했는데, 결심은 이미 물 건너 가 버렸다.

도하가 굳은 얼굴로 다가왔다. 그가 손을 뻗으려는 찰나 뒷걸음질 쳤다.

"거짓말쟁이."

"원아!"

"뼈가 부러졌다고 해 놓고선 말짱해. 여자와 말도 섞기 싫다면서 잘만 이야기하고, 키스했으면서 안 한 척하잖아!"

도하가 원의 손을 잡았다.

"놔요!"

대신 도하는 힘을 줘 원을 끌어당겼다.

"그래서 그때 안 나타났던 거야?"

"지금 무슨 말 하는 거예요? 이거 놓으라니까!"

"그날 네 생일이었잖아."

도하의 품에서 버둥거리던 원이 움직임을 멈췄다.

"축하해 주려고 레스토랑도 예약하고 선물도 준비했어. 그런데 넌 나타나지 않았어. 대신 강유결한테서 전화를 받았지."

원은 똥그랗게 눈을 뜨고 도하를 주시했다.

"질투가 났었어. 넌 내게 하지 못하는 속말을 강유결한테는 했으니까."

"무슨 말이에요? 질투라뇨?"

"강유결이 널 여자로 바라보고 있었다는 걸 알고 있었어."

나도 몰랐던 걸 어떻게 도하 씨가 알고 있지.

원은 도하의 목소리에 집중했다. 그가 무슨 말을 하는지 격렬하게 알고 싶어졌다.

"원아. 그땐 내가 너무 화가 나서, 네가 힘들어하는데도 돌아볼 감정적인 여유가 없었어. 시간이 흘러 돌아보니 어느새 우리 둘 사이에는 대화가 사라졌고 오해는 계속 쌓였고, 급기야 너와 나 사이에는 단단한 벽이 세워져 있었어. 넌 점점 웃음을 잃어 갔고 네 눈은 공허해 보였어. 난 네가 날 떠나면 어떡하나, 노심초사했지만 말할 수가 없었어. 입을 열었다가 네가 너무 힘들다고 강유결한테 가 버린다고 할까 봐 두려웠어."

"말도 안 돼요!"

"그땐 내 생각들이 말이 된다고 여겼어."

도하가 내뱉는 말들이 차곡차곡 이성의 한편에 쌓였다. 그의 말을 종합해 보자면 그는 자신을 사랑하고 있었던 것이다.

"나 편집장님에게 왜 키스했어요?"

"키스한 게 아니라 당한 거야! 그건 말 그대로 장난이었어. 내가 당황하는 걸 보고 싶어서. 느닷없이 당해서 나도 황당했다고."

"정리하자면 나는 나 편집장의 장난이었던 키스를 보고 도하 씨가 날 사랑하지 않는다고 오해를 했고, 도하 씨는 유결이와 내가 더 친밀한 사이라고 생각해서 화가 났다는 건가요?"

"그렇게 되네."

"그럼 우리가 오해 때문에 헤어진 거란 말이에요?"

"아니."

"그게 아니라면 또 뭐가 있어요?"

"내가 널 아프게 했잖아. 그날 밤……."

원은 도하가 무슨 말을 하는지 확실하게 알았다. 파티가 있었던 그날 밤, 상처가 되었던 그의 눈빛과 말, 그리고 피부에 닿았던 숨결들이 떠올랐다.

"내가 널 망가뜨리려고 했어."

도하가 잡고 있던 원의 손을 놓으며 한 걸음 물러섰다. 원은 자책하는 도하의 음성에 뭐라고 말해야 할지 알 수 없었다.

"네가 이혼하자고 했을 때, 널 붙잡을 수가 없었어. 염치가 없었으니까. 나만 보고 시집온 널 우리 어머니로부터 지키지도 못했고 아프게만 했지. 그땐 내가 무력해서 널 지킬 힘이 없었어. 내가 할 수 있는 것이라곤 더 이상 네가 불행해지지 않게 보내 주는 것밖에 없었지."

"수가 그랬어요. 우리 집에 도하 씨가 찾아왔었다고."

"널 볼 용기가 없었어. 하지만 사죄는 드리고 싶었어. 장인어른과 할아버님께 내가 저지른 잘못에 대해 말하고 용서를 빌고 싶었어. 사랑하는 너를 끝까지 지키지 못했다고. 되레 내가 널 파괴해 버렸다고, 믿음에 부응하지 못하고 실망시켜 드려서 죄송하다고."

도하의 입에서 나온 그 말에 아득해지는 기분이었다. 그가 사랑이라고 말한다.

"……날 사랑했어요?"

도하가 원의 눈을 마주하고 영혼을 뚫을 것처럼 쳐다본다.

"사랑했어. 처음 보는 순간부터 떨어진 10년 동안 내내. 다시 만난 그 순간부터 지금까지 줄곧. 한 번도 멈춘 적 없어."

머리에서 발끝까지 전율이 수직으로 하강했다. 흔들림 없는 그의 고백에 일순 어지러웠다.

"정말 날 사랑한다고요?"

"사랑해. 너무 사랑해서 죽을 것 같아."

믿지 못하겠다는 그 물음에 도하는 단호하게 대답했다.

"네가 그랬어."

"내가 뭘요?"

"백원. 네가 주문을 걸었잖아. 너만의 천연기념물이 되라고."

"천연기념물?"

꼬꼬마 시절, 아무것도 모르는 어린애가 내뱉었던 말을 도하는 용케 기억하고 되새김질한다. 믿을 수 없었다. 그때부터 줄곧 날 사랑해 왔다니. 꿈을 꾸고 있는 게 분명해.

원은 손으로 볼을 꼬집어 보았다. 눈물이 찔끔 나올 것 같았다. 하지만 이 모든 게 현실이었다.

"왜 우리 결혼하고 나서는 그 말을 안 해 줬어요? 난 도하 씨의 사랑한다는 말만 오매불망 기다렸는데."

"난 어른이었으니까."

"그게 이유가 돼요?"

"네게 빠지면 아무 일도 못 할 것 같았어. 유학에서 돌아오고 난 후 그룹에서 내 입지를 다지기 위해 정신이 없었어. 할머니의 재촉 때문에 널 내 아내로 만들어 놨으니까, 우리의 감정을 조금 더 미뤄도 된다고 생각했어. 안심했던 거지. 그리고 넌 미성년자였고."

"그래서 나와 첫날밤도 치르지 않은 거예요?"

"할아버님께 약속 드렸어. 네가 스물두 살이 될 때까지는 진짜 내 아내로 만들지 않겠다고."

"그건 또 무슨 말이에요?"

"우리 할머니는 하루빨리 증손자를 보고 싶어 하셨지만 파주의 할아버님은 그걸 바라지 않으셨어. 어린 널 내게 시집보내신 것도 못내 서운해하셨어. 할아버지는 네가 응당 누려야 할 청춘을 너무 빨리 저당 잡혔다고 생각하셨지. 그래서 네가 스물두 살이 될 때까지는 애 엄마로 만들지 말아 달라고 부탁하셨어. 난 할아버지의 뜻을 어길 수가 없었어. 할아버님께 네가 어떤 손녀인지 잘 아니까. 넌 온 가족의 사랑을 한 몸에 받는 금지옥엽이었어."

"……하늘을 봐야 별을 따는데."

원의 뜬금없는 말에 도하는 그게 무슨 말이냐고 묻는 듯한 표정을 지었다.

"할머니께서 좋은 소식 없냐고 물어보실 때마다 속으로 한 말이었어요. 차마 도하 씨의 진짜 아내가 아니라는 말을 할 수가 없었거든요. 입 밖으로 꺼내면 내가 어린애처럼 느껴져서 싫었어요. 그래서 그 쓰디쓴 한약도 군말 없이 받아 마셨어요."

"넌 어린애가 아니야. 날 미치게 만드는 여자였어."

"그날 밤에는 도하 씨가 날 벌주려는구나 생각했어요."

"원아."

"그 파티에서 도하 씨는 날 혼자 내버려 둬 놓고선 내가 무슨 행동만 하면 무섭게 화를 냈어요. 그래서 나는 도하 씨가 날 아내로 소개하는 걸 부끄러워한다고 생각했어요. 도하 씨 옆에 있던 그 여자처럼 어른스럽게 행동해야지, 책잡히지 않게 말도 잘해야지 마음먹다가도 문득 도하 씨에게 사랑받지 못한 내가 불쌍하고 억울했어요."

"그런 게 아니야. 네가 너무 예뻐서 사방이 적이었어. 강유결은 물론 그곳의 모든 사람들이 내게서 널 빼앗아 갈까 봐 조마조마했어. 아니, 실은 두려웠어. 너와 더 마음이 통하고 네 세계를 잘 이해하고 있는 그 누군가를 만나 내 곁을 떠날까 봐 무서웠다고."

도하의 진심이 진하게 원에게 전해져 왔다.

"왜 그렇게 자신감이 없어요? 내가 누구 때문에 그 집에서 1년이나 견뎠는데. 진성고 제일의 차도남이, 무수한 언니들의 눈에서 눈물 뺀 도하 씨가 이러면 반칙이죠!"

"너무 사랑하니까 어쩔 수가 없었어. 많이 사랑하는 쪽이 항상 지는 법이니까."

그녀는 너무 행복해서 눈을 감았다.

"원아……."

불안한 듯 떨리는 도하의 목소리. 그의 살얼음 위를 걷는 듯한 조심스러운 표정에서 읽어 버리고 말았다.

넌 날 사랑하니? 지금 이 순간.

"바보."

"뭐?"

"바보라고요. 내가 이렇게 도하 씨를 바라보면 키스해 줘야죠. 그렇게 떨고 있을 것이 아니라. 지난번에는 잘도 하더니."

도하의 눈에서 기쁨이 반짝였다. 성큼 다가온 그가 커다란 두 손으로 원의 얼굴을 감쌌다. 원은 스르르 눈을 감았다. 온전한 그를 느끼기 위해서.

키스가 벚꽃 잎처럼 입술에 촉촉이 내려앉았다. 길고 긴, 달콤하고 부드러운 키스가 시작되었다. 그녀는 눈을 감고 그가 전해 주는 사랑을 가득 흡입했다.

"원아."

키스 중간중간 내뱉는 도하의 부름은 곧 사랑한다는 말과 같았다.

백원이라는 이름이 이토록 아름답고 사랑스럽게 들리다니. 눈앞에 나비가 날아다니는 것처럼 어지러웠다.

원은 양팔을 도하의 목에 걸고 힘껏 발돋움했다. 조금이라도 그를 더 느끼고 싶었다. 도하는 으스러져라 원을 껴안았다.

행복감이 원에게 폭포수처럼 쏟아졌다.

12
가까이하기엔 너무 먼 당신

눈을 떴을 때 날은 밝아 있었다. 온몸이 두드려 맞은 것처럼 욱신거렸다. 일어나려는데 몸이 말을 듣지 않았다. 오밀조밀한 덫에 갇힌 것처럼 압박감이 든다.

원은 눈살을 찌푸리고 주위를 두리번거렸다. 가슴에 얹힌 묵직한 팔, 고른 숨소리, 따뜻한 체온. 고개를 홱 젖히자 시야에 도하의 얼굴이 커다랗게 클로즈업되었다.

깜짝 놀란 심장이 귓가에서 둥둥거렸다. 잠에서 깨자마자 도하의 얼굴을 마주하다니. 그것도 아무것도 걸치지 않은 맨몸의 도하와 말이다.

일순 지난밤이 파노라마처럼 뇌리를 지나갔다.

"도하 씨!"

도하의 입술이 가슴에 닿았을 때 그만 옥타브를 올려 그를 부르고 말았다. 원의 제지에도 아랑곳없이 도하는 입술로 그녀를 괴롭혔다. 원의 몸은 도하가 부는 피리 소리에 춤을 추는 코브라같이 변해 버렸다.

"아!"

죽을 것 같다고 생각했을 때 도하의 단단한 몸이 허벅지에 닿았다. 그 순간 불쑥 그날 밤이 기억났다. 원은 그의 손을 밀어내며 도리질했다.

"자, 잠깐만요. 못할 것 같아요."
"왜?"

쉬어 있는 그의 목소리는 정말이지 너무 섹시했다.

"잠시…… 시간을 좀 줘요."

원이 애원하자 도하의 눈에 후회가 어렸다.

"그때 기억이 난 거지? 우리의 마지막."
"아, 아뇨. ……네. 그때 오빠가 너무 차가워서."

"원아, 그때는 잊어줘. 두 번 다시 네 앞에서 그런 모습 보이지 않을 거야. 차가운 게 아니라 괴물 같았지?"

"아니에요! 그냥 좀 낯설었을 뿐이에요. 오빠가 내가 알던 사람이 아닌 것 같았다랄까?"

"지금도 내가 낯설게 느껴져?"

"아뇨. 그렇지 않아요. 내가 사랑하는 오빠 맞는데……, 처음 하는 거니까 좀 무서워서……."

"알았어."

도하가 웃으며 몸을 떼자 원의 눈이 휘둥그레졌다.

"안 해요?"

"다음에, 네가 원할 때 그때 우리 함께 하자."

"그건 싫어요!"

"응?"

"나도 내가 이랬다저랬다 이상한 거 아는데요. 지금은 오빠가 내 곁에 없는 게 더 싫으니까, 그냥 우리해요. 대신 날 많이 아껴주는 거예요. 아프다하면 금방 멈추고."

도하는 쿡쿡 터지는 웃음을 어쩌지 못했다.

"왜 웃어요?"

"좋아서."

"내가 그렇게 좋아요?"

"응. 죽을 만큼 좋아. 원아, 네가 경험하지 못한 기쁨을 느낄 수 있도록 최선을 다할게."

"최선이요? 어떻게?"

"이렇게."

최선을 다한다는 도하의 말은 사실이었다. 한동안 그곳에서는 생전 경험하지 못한 놀라운 쾌락이 넘실거렸다. 그는 자신의 욕망을 참고 참으며 원의 몸속 깊은 곳에 숨겨진 보물을 찾기 시작했다. 그의 입술과 혀가 선사하는 아찔한 감각에 두 다리는 방만하게 풀어졌다. 신비의 샘물이 솟아올라와 메마른 대지를 적신다.

수치심도 잊고 도하의 머리카락 속에 손가락을 파묻어 몸쪽으로 끌어당겼다. 그의 입술이 괴롭힐 때마다 절정의 노도는 거세게 휘몰아쳐 왔다.

"도하 씨!"

그의 이름을 부르는 동시에 아쉽게도 파도가 사라졌다.

"왜?"

원이 망연한 눈으로 쳐다보자 도하가 악동같이 웃었다.

"오빠라고 해 봐."

"네?"

"오빠라고 불러 봐."

"도하 오빠!"

도하의 얼굴이 쾌감으로 일그러졌다. 그의 몸에 손을 댄 것도 아니고 키스한 것도 아닌데, 그는 환희에 찬 얼굴로 키스했다. 키스로 부푼 아랫입술을 그가 깨물며 속삭였다.

"네가 오빠라고 부르면 설레. 처음부터 그랬어."

"조금 전 꿈에서도 그랬어요. 오빠라고 부르라고. 우리 첫날밤 때처럼."

"꿈 아니야. 네가 술에 취해 있어서 그렇게 느낀 거야."

"내가 술에 취해 있었다고요?"

"기억 안 나? 초콜릿 하나를 먹고 픽 쓰러졌잖아. 그래서 내가 네 방으로 옮겨 줬지. 살펴보니 초콜릿 안에 술이 들어있었어."

"그럼 그 즙이 술?"

"응. 위스키가 들어간 초콜릿이었어."

"꿈에서 오빠가 나보고 사랑한다고 그랬는데."

"꿈 아니야. 현실에서도 널 사랑해."

도하의 말 한마디에 완벽한 꿈의 세계로 들어갔다.

사랑이라는 말이 가진 힘은 어마어마했다. 용기로 충전한 원은 도하에게 빨리 들어오라고 성화였다. 도하가 원에게 몸을 겹치는 순간, 그녀는 순간의 통증에 미간을 찌푸렸지만 잘 참아 냈다. 그가 자신 안에 가득 찬 놀라운 느낌을 음미하고 있을 때, 도하가 느닷없이 날카로운 열락을 가져왔다.

결합된 곳에서 불꽃놀이가 시작되었다. 원이 도하의 절박한 움직임에 맞춰 몸을 움직이자 결국 새로운 세계의 문이 열렸다.

잠에서 깬 도하는 원의 체온과 체향을 마음껏 들이켜고 있었다. 원은 조금 전부터 꼼지락거렸다. 뭐가 불편한지 이리저리 움직이다가 급기야 그의 몸 한가운데를 건드리고 말았다. 가뜩이나 힘이 잔뜩 들어갔는데 그녀의 살결이 닿자마자 용틀임을 해댔다.

원이 그의 팔을 들어 올리고 침대 밖으로 나가려 하자 도하는 단번에 원의 허리를 낚아챘다.

"어디 가려고?"

"깼어요?"

"응."

원은 초롱초롱한 눈으로 배시시 웃었다.

"목이 말라서 물 좀 마시려고요."

"나도 목말라."

"얼른 가서 가져올게요."

"예쁘다. 우리 원이."

"아, 간지러워."

"예쁜 건 사실이잖아."

"그것 말고 우리 원이라고 해서 가슴이 막 간질간질해요. 내가 도하 씨 일부가 된 것 같아서요."

원의 말에 가슴이 벅차올랐다. 도하는 그녀의 얼굴을 손으로 쓰다듬었다. 믿어지지 않는다. 원과 진짜 하나가 된 감격적인 순간이 생각났다.

"팔 좀 풀어 줘요. 물 가지고 올게요."

"싫은데. 물보다 다른 게 더 목말라."

"네? 도하 씨, 아니 오빠! 좀 놔 줘요."

"이럴 때만 오빠지?"

"지난 밤 내내 오빠였는데?"

도하는 단번에 원의 입술을 덮쳐 작고 보드라운 그녀의 입속으로 전진했다. 말캉한 혀와 만나는 순간 원의 말처럼 그도 원의 일부가 되는 것 같았다. 쉴 새 없이 움직이며 빨아들이다 고인 타액을 넘겨주었다. 원이 꿀꺽 삼켰다.

"아직도 목말라?"

"짓궂어요. 나 양치도 안 했는데."

원이 손으로 입을 가리자 도하는 싱긋 웃어 보였다.

"어쩐지 향긋하더라."

"그 발언은 좀!"

"복숭아를 베어 문 것 같았어. 말캉거리고 달콤하고 부드럽고 따뜻한…… 내가 다 먹어 버리고 말 거야."

"야해요!"

"어쩔 수 없어. 네가 이렇게 만들었잖아."

원의 손을 자신의 중심부로 가져갔다. 그녀의 눈이 휘둥그레졌다.

"도하 씨!"

"이제부터는 계속 오빠라고 부르게 될 거야."

씨익 웃어 보이고 원의 위로 올라갔다. 마주한 두 가슴에서 똑같은 리듬으로 심장이 쿵쿵댄다.

원은 눈을 감았다. 도하는 그녀의 귓불에 혀를 집어넣다 바람을 불어넣었다. 찌르르 전기가 통하는지 그녀가 고개를 반대편으로 꺾고 신음을 흘렸다. 끝까지 몰아치고 싶다는 열망에 도하는 몸이 재가 되는 것 같았다.

도하는 원의 동산에 올라 열매를 혀로 살살 굴렸다. 그녀의 몸에 바짝 힘이 들어갔다. 쾌감을 즐기는데 원은 아직 익숙지 않았다.

"오빠!"

수줍게 내뱉는 그 부름이 어떤 신음보다 더 섹시했다. 도하는 격렬하게 흥분해 비밀의 늪으로 침범했다. 촉촉이 젖은 원의 대지에 어서 빨리 몸을 묻고 싶었다.

"여자 기피증이라면서요?"

쾌감이 잦아든 원이 장난스러운 빛을 띠며 묻는다.

"열 번의 밤을 계획할 때부터."

"설마 처음부터 우리가 이럴 거라는 걸 알고 있었단 말이에
요?"

"널 만나자마자 내 것으로 만들고 싶었거든."

"결혼은커녕 여자와 스킨십도 못 하겠고, 심지어 말도 못하
겠다는 말은 모두 뻥이었던 거네요?"

"그렇게 되나?"

"와, 나 속은 거네."

도하는 몸을 일으키려는 원을 내리누르며 야릇하게 미소 지
어 보였다.

"무슨 짓을 해서라도 널 갖고 싶었어. 한 공간에서 같이 시
간을 보내다 보면 내 사랑을 알아줄 것 같았으니까. 가사도우
미는 최적의 계략이었지."

준비를 마친 도하는 거침없이 원에게로 질주했다.

"아!"

원의 교성에 쾌감이 머리끝까지 치받았다. 중심부를 장악하
는 그녀의 위력은 대단했다. 도하는 팔로 몸을 지탱하며 허리
를 움직였다.

"원아, 이제는 두 번 다시 날 벗어나지 못해. 도망가려면 날
밟고 가."

"오빠, 그런 집착은 바람직한데요. 채령하고도 이랬어요?"

"뭐?"

도하는 너무 놀라 움직임을 멈췄다.

"그렇잖아요. 여자 기피증은 거짓말이었고 혼자 산 지 10년

328

인 데다가, 카사노바 뺨칠 정도로 잘하는데 채령 같은 여자가 안 달려들고 배기겠느냐고요? 말해 봐요. 그동안 사귄 여자가 몇 명이었어요?"

"아니야, 그렇지 않아. 너 말고 아무도 없었어. 맹세해!"

"거짓말. 내가 그때 똑똑히 들었는데! 그 여자 위에서 헐떡 거렸다면서요?"

정말 미치겠네. 말로 사람을 잡아먹는 게 바로 이런 거였구 나. 호랑이보다 더 무섭게 얼굴을 일그러뜨린 도하가 꿈에라 도 그런 말하지 말라는 투로 외쳤다.

"그건 내가 채령을 구해 줬기 때문이야!"

"구해 줬다고요?"

"그래! 겨우살이나무 아래 깔릴 뻔한 것을 몸을 날려 구해 줬어. 그때부터 반했다며 스토킹을 하더라고. 증거도 있어. 내 비서실로 문의해 봐. 그 여자의 만행을 낱낱이 고할 테니까."

"그런 거였어요? 난 또⋯⋯."

"그런 불순한 상상은 두 번 다시 하지 마. 다른 여자와 같은 침대에 앉아 있다는 생각만으로도 끔찍하니까."

"언제부터 오빠가 기사도 정신을 발휘하고 다녔어요? 내 기 억을 더듬어볼 때 오빠는 지진이 나도 냉기 폴폴 풍기며 제 갈 길 갈 사람인데?"

"위험한 사람을 그냥 보고 지나가지는 않아. 하지만 앞으로 네가 모른 체하라면 그냥 지나갈게."

도하는 원의 눈동자에 어리는 기쁨의 물결을 보았다. 그 파

도가 그에게도 전해져 육체의 쾌락과는 또 다른 희락을 몰고
왔다. 순간 그녀의 표정이 수상쩍게 변했다.

"그 모든 책임을 나한테 돌리려고? 위험에 처한 사람은 그
냥 도와줘요. 그건 내가 봐줄게요."

아아, 나의 사랑스러운 원이. 도하는 덥석 원의 입술을 물었
다. 더욱더 깊이 안고 싶었다. 있는 힘껏 밀고 들어갈 때마다
그녀의 신음이 들렸다. 몽글거리는 원의 몸은 실오라기 같이
남아 있는 이성조차 빼앗아 갔다. 달달한 것을 좋아하는 원의
몸은 아주 많이 달콤했다. 들이키면 들이킬수록 목이 말랐다.

몸이 완성하는 극치의 향연. 절정의 고지를 향해 달리면 달
릴수록 원에게 매몰되는 자신을 발견한다. 이제는 정말 한순
간도 원이 없는 세상에서 살고 싶지 않다.

환한 빛이 뇌리를 강타할 때 간절하게 속삭였다.

"원아."

"네."

원의 부드러운 손길이 머리를 쓰다듬고 있었다.

"나와 결혼해 줘."

"……결혼이요?"

되묻는 원의 목소리에 망설임이 묻어 있다. 도하는 고개를
들어 당황이 깃든 그녀의 눈을 바라보았다. 미간이 찌푸려진
다.

"결혼해 줄 거지?"

"저, 오빠."

"대답부터."

"우리 결혼 한 번 해 봤잖아요. 그러니까 이번에는 연애만 해요."

"연애?"

"응. 진하게."

"난 너와 결혼하고 싶어."

도하가 심중에 있는 진심을 심각하게 끄집어내자 원의 표정도 굳어졌다.

"왜요?"

"널 완전히 내 사람으로 만들고 싶으니까. 법적으로도."

"결혼하지 않아도 난 오빠 사람이에요."

"구속력이 약해."

"도하 오빠, 나 안 도망가요."

"나와 결혼하기 싫어? 날 사랑한다면서?"

그는 아이처럼 계속 채근했다. 원의 얼굴은 속을 알 수 없게 변했다.

"사랑해요. 하지만 이번에는 신중하고 싶어요. 내가 결혼 생활에 적응할 수 있는지 없는지."

아무래도 실패로 돌아간 첫 번째 결혼이 원에게는 넘을 수 없는 산인 모양이었다. 결혼 포비아는 도하가 아닌 원이 앓고 있는 느낌이었다.

"결혼이 급할 이유가 없잖아요."

"급해."

"네?"

똥그란 눈에서 원의 진심이 읽혀지는 것 같아 도하의 입맛이 썼다.

"왜요? 혹시 부모님이……."

"10년간 혼자였고 나이도 적지 않으니까 걱정이 많으셔."

"그렇구나."

"언젠가 해 줄 거야?"

"언젠가는."

"그럼 됐어. 지금은 그걸로 만족할게."

"고마워요."

"너무 오래 기다리게는 하지 마."

"10년은 안 기다리게 할게요."

"최대가 1년이야."

"안 돼요! 진하게 연애하려면 3년은 지나야죠."

3년? 원의 말에 도하의 눈앞이 아득해졌다. 3년은 너무 길었다. 다른 놈이 나타나 그녀를 채갈 수도 있다. 보이지 않는 적에게 한껏 경계의 각을 세웠다. 어떻게든 원을 유혹해서 1년이내로 기한을 당겨야겠다.

도하는 섹시한 미소를 가득 머금고 원에게 다시 돌진했다. 그녀는 곧 애원하기 시작했다.

몸이 내 몸이 아닌 것 같았다. 도하가 밖으로 나간 지 이제 겨우 5분. 침대와 한 몸이 되어 있던 원은 힘겹게 상체를 일으

컸다. 연체동물이 된 것처럼 흐느적거리는 건 몸뿐만이 아니다. 마음도 마찬가지였다. 사랑 고백을 받은 후 마음은 급속도로 도하에게 빠져 버렸다.

두 번의 사랑을 마쳤을 때 극심한 허기를 느꼈다. '라면 먹고 싶어요'라는 말을 오해한 도하가 세 번째 시도를 하려고 하자 원은 즉각적으로 제지했다.

"아니, 그 라면이 아니고 진짜 라면."

"라면?"

"배가 너무 고파요."

"파스타 해 줄까?"

"아뇨, 라면. 얼큰한 것으로다가."

"알았어. 내가 끓여 줄게."

벌떡 일어나려는 도하의 팔을 붙잡고 웃었다.

"근데 오빠, 라면이 집에 없어요."

"우리 그저께 마트 가서 잔뜩 사 오지 않았어?"

"오빠가 산 건 모두 식재료였단 말이에요. 인스턴트는 하나도 없었어요."

"그랬나?"

"라면 싫어해요?"

"잘 안 먹어서 그래. 유학 시절 때도 보통 파스타로 때웠어. 그게 더 쉽거든."

"라면보다 파스타가 더 쉽다니. 사람들이 들으면 욕할 거예요."

"욕은 미국에서도 많이 얻어먹었어."

"정말?"

"윤하가……."

윤하, 라는 이름에 언짢아진 기분을 알아챘는지 도하가 그답지 않게 부연 설명을 해댔다.

"원아, 윤하는 정말 어릴 적 친구야! 우리 사이는 성별 구별도 의미 없어."

"그래도 키스했잖아요."

"당한 거라니까. 꼭 삼자대면하자."

당황하는 낯선 도하의 모습이 귀여워서 눈을 흘기다 원은 이실직고를 하고 말았다.

"안 그래도 돼요. 이미 나 편집장님이 장난으로 한 거였다고 말했으니까."

"우리 관계 의심하지 않는 거지?"

"네."

"그래도 네가 윤하 만나지 말라면 안 만날게."

"불알친구라면서요?"

"네가 싫다면 안 만날 거야."

무척 듣기 좋은 말이었다. 도하의 목을 끌어안고 기쁜 티를 내주었다. 그가 열렬히 안아 주었다.

"근데 어제 내게 준 초콜릿은 언제 샀어요?"
"네가 생각날 때마다 하나씩 사다 보니 나도 중독됐었어."
"그래요?"
"내 방 서랍을 뒤져보면 비밀의 상자가 하나 있는데, 거기에 네가 좋아하는 달달한 것들이 가득 쌓여 있어. 신기한 것들을 모으고 먹고 하다 보니까 네가 내 옆에 있는 것처럼 느껴졌어."

원은 도하의 진심에 가슴이 부풀어 올랐다. 입을 열 때마다 초콜릿 같은 말을 하는 것은 그동안 달달한 걸 많이 먹어 온 덕분이 아닐까?

"사랑해요."
"사랑해."

고백 뒤로 열정적인 키스가 찾아왔다. 도하의 입술은 정말 달콤했다. 꼬르륵, 배에서 요동을 치자 도하는 마지못해 품에서 원을 놓았다.

"우리 원이, 기다려. 오빠가 얼른 마트 갔다 올게."

"네, 다녀와요."

활짝 미소를 지으며 아파트를 나가는 도하를 배웅했다.

늪 같던 침대에서 기어코 벗어난 원은 주위를 둘러보았다. 옷들이 어디에 있지? 간밤에 도하가 엉망으로 만들어 놓은 속옷과 겉옷들이 눈에 들어왔다. 저절로 얼굴이 붉어졌다. 작은 방으로 건너가 집에서 챙겨 온 트레이닝복을 꺼내 입었다.

욕실에서 세수를 하고 산발된 머리를 정리해 질끈 묶었다. 거울을 바라보니 지난밤 도하의 사랑을 듬뿍 받은 얼굴이 화사하게 피어 있었다. 이래서 다들 사랑을 하나 보다. 행복했다.

도하가 얼른 돌아오길 기다리며 커피를 내렸다.

"아, 커피 한 잔 마시게 하고 보낼걸."

원은 식탁에 앉아 손으로 턱을 괴고 톡을 열었다.

〈도하 씨, 내가 맛있는 커피 타 줄게요. 얼른 와요.〉

왜 도하 씨냐고 물으면 지금은 밤이 아니라 낮이라서 그래요, 라고 해야지. 그러고 보니 차도하는 호칭에 집착하는 남자였다. 해후했을 때에도 성을 붙여 부르는 걸 싫어해서 도하 씨, 라고 달래고 어르고 구슬렸다. 그랬더니 이제는 도하 오빠로 불러 달라며 성화였다. 오빠라는 말을 듣기 위해 도하는 간밤에도 열심이었다. 그 뜨겁고 야한 몸짓이 생각나 또 얼굴이 빨개졌다.

도하를 기다리며 콧노래를 흥얼거렸다. 다리를 리듬에 맞춰 까딱까딱하며 이 순간을 만끽했다. 핸드폰을 확인하니 도하에게 보낸 톡의 숫자 1이 사라지지 않았다.

〈그렇다고 막 밟지는 말아요. 자나 깨나 운전 조심.〉

그를 걱정하는 톡을 보내고 나니 개똥이가 잠에서 깨어나 발치께에서 킁킁 냄새를 맡고 있었다. 개똥이에게 뽀뽀를 해주고 물그릇에 물을 채워 주었다. 목이 말랐는지 날름날름 잘도 마셔 댄다.

"우리 개똥이, 목 많이 말랐구나. 엄마가 늦게 챙겨 줘서 미안해."

물을 마시다 원을 올려다 본 개똥이의 말똥말똥한 눈이 마치 '아빠, 어디 갔어요?' 라고 묻는 것 같았다.

"아빠는 잠깐 마트 가셨어."

개똥이를 부드럽게 쓰다듬자 개똥이가 연방 눈꼬리를 내리며 웃는다.

딩동딩동.

현관의 벨 소리가 들리자 재깍 일어났다. 도하 오빠? 1초라도 빨리 보고픈 마음에 날아가듯 뛰어갔다.

문을 활짝 열어젖혔다. 현관에 서 있는 사람을 발견한 원의 얼굴이 얼어붙었다. 상대방 역시 마찬가지였다. 흐트러짐 없는 단정한 옷차림, 곱고 정숙한 화장, 우아하게 틀어 올린 머리. 장인의 숨결이 녹아 있는 클래식한 가방을 손에 쥔 정물화 같은 모습. 그녀는 원의 모습을 아래위로 훑어보고 있었다.

"네가 어떻게 여길……!"

떨리는 그녀의 음성을 듣는 순간 밝게 빛나던 세상이 무너지는 것 같았다.

원은 두 번 생각할 겨를도 없이 문을 쾅하고 닫았다. 한 번도 생각해 본 적이 없는 우발적인 만남에 뼛속까지 떨렸다.

"정말 너란 아이는……!"

"이것밖에 못 하겠니?"

"유광그룹 안주인은 말이야……."

그녀를 마주하자마자 들리는 짱짱한 목소리. 심장이 불안하게 널을 뛰었다. 원은 창백해진 얼굴로 멍하니 서 있다 불현듯 정신이 번쩍 들었다.

그녀는 도하의 어머니였다. 그리고 이방인은 바로 그녀 자신이었다.

손에 힘이 들어갔다. 핸드폰을 와락 움켜쥐고 문을 왈칵 열었다. 정 여사의 눈이 휘둥그레졌다. 원은 다급히 90도로 허리를 숙이며 인사했다.

"죄송합니다. 도하 씨는 금방 올 거예요!"

그러고는 앞뒤 생각 없이 비상계단을 뛰어 내려갔다.

"워, 원아!"

과거의 시어머니가 뒤에서 불렀지만 정신없이 내려갔다. 시어머니의 출현은 그 자체만으로도 원의 세계를 뒤흔드는 큰 사건이었다.

"결혼해 줄 거지?"

도하의 말이 귓가에 달라붙었지만 필사적으로 뛰어가는 발걸음을 막지 못했다.

결혼이라니!

원은 있는 힘껏 도하의 세계에서 도망쳤다.

❀   ❀   ❀

원은 빌라로 돌아온 후 내내 침실에 처박혀 있었다. 아무것도 먹지 않고 울기만 해서 기진맥진했다. 핸드폰이 쉴 새 없이 울렸지만 받지 않았다. 갑작스럽게 마주한 시어머니를 보는 순간, 잊고 있던 과거가 불쑥 떠올랐다. 사랑만으로도 해결되지 않는 문제가 남아 있었다.

도하와의 이혼을 결정한 것은 오해에서 기인되었다. 하지만 일말의 망설임도 없이 이혼을 결심한 이유는 끔찍한 시집살이 때문이었다. 어린 나이에 겪은 그 경험 때문에 결혼의 환상은 박살이 났고, 험한 세상살이는 물론 괴로운 직장 생활도 버려 낼 수 있는 힘이 생겼다.

그러나 사랑한다고 해서 다시 그 지옥으로 들어가고픈 용기는 생기지 않았다.

원은 하염없이 눈물을 흘리며 인정했다. 결혼은 한 번으로 족했다. 아무리 도하를 사랑한다고 해도 결혼은 사랑의 완성이 될 수 없었다. 외려 두 사람을 오해하게 만들어 빛나는 사랑을 퇴색하게 만드는 힘을 가졌다. 시어머니의 얼굴을 보는 순간 확연히 깨달았다.

멍하니 핸드폰을 쳐다보았다. 열 통이 넘는 전화와 문자는 도하에게 온 것이었다. 갑작스럽게 사라진 원을 찾기 위해.

〈원아, 어디야? 제발 전화 좀 받아 줘.〉

핸드폰을 무음으로 바꾸고 멀리 던져 버렸다. 끌려가고 싶지 않다. 도하를 마주하게 되면 또다시 무모한 선택을 하게 되고, 견뎌 낼 수 있으리라는 헛된 용기가 속살거릴지도 모른다. 두 손으로 귀를 막고 무릎 안에 얼굴을 파묻으며 울었다.

원의 인생에서 아무리 노력해도 안 되는 무언가가 있다면 그것은 바로 시집살이였다.

시간이 얼마나 흘렀는지 알 수 없었다.

쾅, 쾅, 쾅!

빌라의 현관문이 찌그러들 듯이 소리를 냈다. 원은 물기를 가득 담은 눈으로 현관문을 쳐다보았다. 보지 않아도 알 수 있었다. 문을 두드리는 사람은 차도하였다.

"원아!"

원은 침실에서 일어나 현관문 앞으로 걸어갔다.

"이 문 좀 열어. 제발!"

도하의 얼굴이 어떤 표정일지 눈에 훤히 그려졌다.

"안에 있는 것 다 아니까, 제발 문 좀 열어 줘."

눈물이 주르르 흘러내렸다.

"아니, 제발 목소리만이라도 들려줘. 네가 여기 있다는 것만 알게 내 이름이라도 불러 줘."

원은 손으로 입을 막고 조용히 울기만 했다.

"우리 어머니 만난 거 알아. 하지만 이번엔 절대 너 혼자 두지 않을 거야. 내가 널 지킬 거야. 그러니까 원아, 제발 기회를 줘. 완전하게 널 사랑할 수 있는 기회를 달라고."

너무 무섭다는 말을 차마 할 수 없었다. 용기가 나지 않아 미안하다고, 우린 안 될 것 같다고 말하고 싶었지만 입에서는 어떤 소리도 나오지 않았다. 원은 스르르 바닥에 주저앉으며 눈물만 펑펑 흘렸다.

"결혼해 달라고 조르지 않을게. 원아, 제발 내 이름만이라도 불러 줘."

절박한 도하의 음성이 문을 타고 귀에 꽂혔다. 아직 아무런 준비가 되지 않았는데 또다시 그에게 취해 이성적인 사고는 집어던지고, 불꽃을 향해 날아가는 불나방이 될 것만 같았다.

원은 겨우 핸드폰을 들어 수의 전화번호를 눌렀다. 한참 동안의 통화 연결음 후 수가 전화를 받았다.

―어쩐 일이냐? 네가 오라버니에게 전화를 다 하고.

"수야."

―목소리가 왜 그래? 어디 아파?

"나 너무 힘들어. 어떻게 해야 할지 모르겠어."

―너 우는 거야? 왜? 무슨 일 있었어?

"오빠, 지금 좀 와 줄래? 그 사람, 우리 집 앞에 와 있어. 머리가 너무 복잡해. 근데 한 발짝이라도 다가가면 내가 없어질 것 같아."

―지금 무슨 말을 하는 거야. 그 사람이라니?

"도하 오빠."

―차도하?

"지금 우리 집 앞에 와 있어."

전화가 뚝 끊겼다. 수가 올 것이다. 원은 도하로부터 멀리 떨어지고자 힘겹게 일어났다. 조금 전부터 문을 두드리는 소리가 나지 않았다. 하지만 그는 떠나지 않고 망부석처럼 그 자리에서 계속 기다릴 것이다. 지난 밤 그가 보여 준 사랑은 너무 크고 깊었기에.

하지만 지금은 그를 만날 수가 없었다. 생각할 시간이 필요했다.

끙끙 앓았다. 열이 오르고 식은땀이 났다. 머릿속은 악몽을 꾸는 것처럼 어지러웠다. 그때 그 시절로 돌아가 심신이 괴롭던 시간들이 재현된다. 그리고 마지막은 시어머니의 얼굴에서 끝이 난다.

이마에 시원한 물수건이 놓였다. 눈을 뜨니 수의 걱정스러운 얼굴이 보였다.

"괜찮아?"

"응."

일어나려고 하는데 팔에 무엇인가가 거치적거렸다.

"이게 뭐야?"

"링거야. 유결이 불렀어."

"왜?"

"너 불덩이였어. 탈진 상태라더라. 하루 종일 아무것도 안 먹고 울기만 했던 거야?"

원은 그제야 도하가 떠올랐다.

"유결이는?"

"링거 놔 주고 갔어. 바쁘신 의사 선생님이잖아."

"수야, 나 일어날래. 물 마시고 싶어."

몸을 일으키자 수가 물컵을 건넸다. 수의 조심스러운 얼굴에는 이 상황을 정확히 알고 싶어 하는 뚜렷한 빛이 보였다.

"도하 씨는 어떻게 됐어?"

"갔어."

"언제?"

"내가 빌라에 도착한 직후."

꽤 오랫동안 집 앞에 있었구나. 전신에서 피가 쫙 빠진 것처럼 기운이 하나도 없었다. 수의 어울리지 않는 심각한 얼굴을 보고 있자니 여러 사람들에게 걱정을 끼쳤음을 깨달았다.

"수야."

"가라고 하지 마. 묻고 싶은 것 많으니까."

원은 고개를 끄떡였다.

"솔직하게 말해 줘."

또 끄떡거렸다.

"내가 알고 있는 백원 맞아? 오늘따라 왜 이렇게 청승이야?"

"청승?"

눈을 흘기니 수가 희미하게 웃는다.

"내 동생 원아."

"응, 수야."

"차도하와 너 무슨 사이야?"

수의 질문이 가슴 속으로 파고들었다. 침묵이 길어지자 수가 대신 입을 열었다.

"내가 알고 있는 것부터 말해 볼까?"

"응."

"두 사람, 여전히 사랑하는 사이야. 그렇지?"

원은 저절로 고개를 끄떡였다. 그러자 수가 초조한 듯 방

안을 서성댔다.

"어떻게 그럴 수 있어? 대체 언제부터 다시 만난 거야?"

"한 달 전에."

"한 달밖에 안 됐는데 다시 사랑하게 된 거야?"

"응."

"근데 네가 왜 이래? 사랑하면 좋아해야지, 기뻐해야지! 왜 다 죽어가는 얼굴로 울고 있어? 차도하가 뭐랬는데?"

"결혼하재."

"결혼? 하면 되잖아! 사랑하는데 결혼 못 할 이유 없잖아?"

"무서우니까."

"무서워? 차도하가 널 막 때리기라도 하는 거야?"

"바보 같아. 그게 말이 돼?"

"나, 여동생 일이라면 냉철한 머리도 잘 안 돌아가."

"냉철하다고 네가?"

"그냥 그렇다고 쳐. 아까 네가 오빠라고 불러서 얼마나 조마조마했다고."

수는 원의 오빠라는 부름에 긴장했다. 엄청난 일이 터지지 않은 이상 쌍둥이 여동생은 저를 절대 오빠로 지칭하지 않았다.

"차도하를 사랑한다면서 받아 주지 않는 건 왜지? 솔직히 놀랐어. 차도하가 그렇게 넋 나간 눈빛으로 서 있는 건 처음 봤다고. 10년 전에 우리 집에 와서 무릎을 꿇을 때만 해도 그런 눈빛은 아니었어. 아까 그 눈은 마치 세상 다 살았다는 눈빛이었어."

수의 어두운 표정으로 가늠하건대 도하의 상처가 얼마나 깊은지 느껴졌다.

"그러고는 네가 돌아가라고 말했다니까, 알았다고 말하는데 정말 스산했어. 설마 나쁜 생각하는 건 아니겠지?"

"도하 씨 그럴 사람 아니야."

"사람이 변한다는 건 죽을 때가 됐다는 거야. 조금 전의 차도하는 예전에 알던 그 차도하가 아니었다고. 확실히 변했어. 매를 하도 맞아서 무감각해진 그런 느낌이랄까? 아무튼 처연하고 스산함이 풍기는데, 강심장인 나도 좀 떨리더라."

수의 말을 들으니 도하를 아프게 했다는 자책감이 들었다.

"그 사람은 내가 왜 좋을까?"

"그러는 넌?"

"그냥. 그 사람이니까."

"그 형도 그냥 아무 이유 없이 너라서 좋은 거겠지."

"언제부터 도하 씨를 형이라고 불렀어?"

"널 진심으로 사랑한다는 걸 알았으니까 지금부터라도 형이라고 부르려고. 더 이상 매제는 아니니 매제라 부를 수도 없고."

수의 말에 눈물이 다시 퐁퐁 솟아올랐다.

"왜 울어? 뭐가 문제야? 두 사람 그냥 사랑하면 안 돼?"

"수야, 나도 사랑만 했으면 좋겠어."

"근데?"

"결혼은 또 다른 문제야. 사랑이라는 이름만으로 무조건 참고 견디던 백원은 없어. 사랑만으로도 해결되지 않는 게 너무 많다는 것을 알고 있단 말이야. 변한 건 도하 씨가 아니라 나야."

"뭐가 그렇게 무서운데?"

"그 사람 집, 회사, 가족, 전부 다!"

시어머니의 얼굴을 잠깐 마주하던 그 순간, 세상의 나락으로 떨어지는 기분을 맛보았다. 어렸을 때 경험한 혹독한 시집살이의 날카로운 기억은 사라지지 않았다. 수면 아래 가라앉아 있다 잠잠히 기회를 노려 끔찍한 시간을 되살리게 했다.

그 괴로웠던 시간의 동굴 속으로 다시 걸어 들어가고 싶지 않았다.

13

응답하라 차도하

　이틀이 지났지만 원으로부터는 아무런 연락이 없었다. 도하
는 착잡한 마음을 가눌 길이 없었다. 회사에 출근을 해도 일이
손에 잡히지 않았다.

　사랑하지만 결혼은 다시 할 수 없다. 그것이 원의 명백한
답이었다. 그녀가 일찍이 경험한 혹독한 시집살이의 상처는
너무 컸다. 할머니가 10년간 그를 기다리게 한 것도 바로 원의
이 상처가 아물길 바라셨던 것이다.

　그런데 도하는 원의 사랑을 확인하자마자 결혼을 강요했다.
오만한 자존심은 그때나 지금이나 여전했다. 자괴감에 흠씬
빠져들었다. 그녀에게 결혼이 얼마나 끔찍한 트라우마인지 목
격하니 뛰고 있는 심장이 정지된 느낌이었다.

부푼 가슴을 안고 마트에서 집으로 돌아왔을 때 원은 보이지 않았다. 대신 어머니가 고요하게 도하를 맞았다.

"어머니가 여길 어떻게……."

"내가 그렇게 말려도 괜찮다며 퇴원을 해 놓고선 회사에는 당분간 휴가를 쓴다고 해서 와 봤다."

"……."

"왜 내게 말하지 않았니? 원이랑 다시 시작한 거야?"

어머니의 눈매는 매서웠다.

"제 사생활입니다."

"뭐가 네 사생활이란 거야? 넌 우리 차씨 가문의 7대 독자란 걸 잊었니?"

"안 잊었습니다."

"그런데 원이랑 이런 식으로 만나는 거야? 해괴망측하게 동거가 웬 말이냐고?"

"동거요?"

"발뺌하지 마. 저 방에 그 아이 물건들이 널려 있더구나."

"원이에게 무슨 말 하셨어요?"

"무슨 말을 해? 말할 틈도 없이 내빼더구나. 내가 바이러스라도 된 듯이 도망치는데 무안하기 짝이 없었어."

"정말 아무 말씀도 안 하셨어요?"

"설마 엄마 말을 못 믿는 거야?"

원은 시어머니 얼굴만 봐도 그때의 기억이 악몽처럼 떠오르는 모양이다. 눈앞이 캄캄해졌다. 10년 전으로 돌아간 것처럼 원을 지키지 못했다는 생각만 들었다. 현재는 과거와 다를 거라고 다짐한 건 스스로였다. 그 말은 결코 연기같이 사라질 말이 아니다.

"도하야! 어딜 가는 거야?"

어머니의 외침은 원을 향한 발걸음을 막을 수 없었다. 무능한 것은 사랑을 지키지 못한 과거만으로도 족했다.

원의 빌라에 도착해 애걸했다. 얼굴을 보여 달라고, 목소리라도 들려 달라고. 하지만 원은 묵묵부답이었다. 단단하게 닫힌 문 너머로 창백해진 얼굴로 주저앉아 있을 원이 그려졌다. 그녀의 마음도 그렇게 닫힌 것 같았다.

미안하다고 말하고 싶었다. 사랑이라는 이름으로 너를 희생하라고 요구한 내 이기적인 사랑이 미안하다고. 하지만 원은 끝까지 말하지 않았다.

냉정을 잃은 적은 거의 없었는데, 원의 문제에 있어서만큼은 사춘기 소년처럼 불안해하고 방황하게 된다. 그녀가 아무런 말을 하지 않아 실신한 것은 아닌지 염려가 되었다.

한참 동안 원의 집 앞에서 우두커니 앉아 초점 잃은 눈으로 문만 쳐다보았다.

"이만 가세요. 차도하 씨."

원의 쌍둥이 오빠, 수였다.

"원이는?"
"안에 있습니다."
"수야, 한 번만 만나게 해 줘."
"싫대요."

입을 다물 수밖에 없었다. 부유하던 마음이 착 가라앉았다.

"원이는 괜찮아?"
"네."
"밥은 먹었대?"
"제가 왔으니 먹을 겁니다."
"알았어. 고마워."
"차도하 씨에게 그런 말을 들을 필요는 없는데요. 원이는 그쪽이 돌아갔으면 합니다."
"그렇게 할게. 원이 잘 챙겨 줘."
"물론이죠."

힘없이 뒤돌아섰다. 어떻게 걸어가고 있는지 알 수 없었다. 무력감이 엄습했다. 그때 수가 다가와 도하의 손안에 있던 핸드폰을 낚아챘다.

수가 도하의 핸드폰을 만지작거리자 수의 핸드폰이 울렸다.

"뭐 하는 거야?"
"왠지 연락할 일이 생길 것 같아서요."

그제야 몸의 떨림이 잦아들었다. 수가 구원자처럼 보였다.

✿   ✿   ✿

〈원이 괜찮아졌어요. 그날은 열도 많이 나서 링거도 맞았는데, 지금은 쌩쌩해요. 밥도 잘 먹고. 근데 두 사람 어떻게 만난 거예요? 우리 원이와 다시 시작할 거예요?〉

기다리던 원이 아니라 수의 메시지가 핸드폰을 울렸다.

〈원이가 허락한다면.〉
〈원이는 혼란스러워해요. 차형을 사랑하는데 무섭다고 했어요. 전 이해가 돼요. 시집살이가 오죽했어야 말이죠.〉

뭐라고 대답을 할 수가 없었다. 명백한 사실이었으니까.

〈그래도 시집살이가 무서워서 사랑을 포기한다니. 내 동생답지 않게. 하긴 원이가 겉으로는 씩씩한 척하지만 속은 겁쟁이였어요. 그래서 혜지를 보디가드 삼아 데리고 다녔죠. 혜지가 원래 날 더 따랐었는데.〉

〈하고 싶은 말이 뭐야?〉

문자를 보내기 무섭게 수로부터 전화가 걸려왔다.

—차형, 지금 필요한 게 뭔지 알아요?

수의 뜬금없는 질문을 파악할 수 없었다.

"원이."

무심코 대답했더니 핸드폰 너머로 수의 한숨 섞인 비웃음이 들려왔다.

—빠졌군, 빠졌어. 완전 빠졌어.

"끊어."

—이봐요. 차형!

"성은 빼고 부르지."

—거리감 있게 들리라고 부르는 겁니다. 모르는 사이도 아닌데 씨 붙이기도 웃기고, 그렇다고 옛 매제라고 부를 수도 없고. 결국 차형이 한때 우리 동네 형이었다는 사실이 떠올랐죠.

원의 쌍둥이 오빠 아니랄까 봐 수의 고집도 만만찮았다. 독특한 해석까지 덧붙이는 수가 현재 대한민국을 들었다 놨다

하는 신비주의 톱배우라는 것을 누가 알까.

─지금 필요한 건 말이죠, 차형.

장난기 다분한 수의 목소리가 낮아졌다.

─밀당.

"……밀당?"

─원이는 내가 더 잘 알아요. 그렇게 무턱대고 들이대면 저가 독립투사인 줄 알고 끝까지 진실을 불지 않을 거예요. 머리는 쓰라고 있는 겁니다. 차형, 원이를 얻으려면 달콤한 것으로 살살 꾀어내기도 해야 하고, 때론 작전상 냉담하게 밀어내기도 해야 한다는 말이죠.

"어떻게?"

─구미가 당기나 봐요?

"원하는 걸 말해."

─큰 거 바라지도 않아요. 원이가 행복하다면, 그것 하나만 약속해 줄 수 있나요?

"네가 바라는 게 내가 바라는 거야."

─좋아요. 거래는 성립된 겁니다. 성립됐으니까 작업의 기술을 알려드리죠. 원이가 주저하는 이유는 아직 차형에 대한 마음이 불길처럼 일지 않아서 그래요. 두 사람의 만남으로 사랑의 불씨가 꺼지지 않았다는 걸 알게 됐지만, 과거의 나쁜 기억을 활활 타오르게 할 만큼은 아니라는 거죠.

정확히 지적한 수가 말을 이었다.

─원이는 승부사예요. 호기심도 많고 도전적이고 하다못해

남자애들의 닭싸움에서도 이기려고 기를 썼다고요. 생물학적으로 엄연한 차이가 있는데도 말이죠. 그래서 원이가 기자가 된 걸지도 모르지만 각설하고. 원이에게 차형이 없으면 세상이 끝날 것 같다는 마음이 들게 만들어요.

"세상이 끝날 것 같다?"

─원이는 차형과 다시 시작하는 게 무섭다고 그랬어요. 그것보다 더 무섭게 만들라고요. 당분간 무심하게 구세요. 연락도 먼저 하지 말고. 네 진심을 진지하게 받아들이겠다, 안타깝지만 우리의 사랑은 그만 여기서 접자는 태도로 냉정하게 굴라고요. 차형의 특기답게.

"확신할 수 있어?"

─이거 왜 이러십니까? 이래봬도 원이 오빠로 살아온 게 29년입니다. 확신해요.

"알았어."

─뭐, 차형이 발연기를 시전하시는 동안, 제가 간간이 원이 소식을 물어 주는 제비가 돼 드리죠.

"발연기?"

─아, 실수! 명연기 기대하죠. 그럼 이만.

수의 전화는 끊어졌다. 지금 당장이라도 원에게 달려가 얼굴을 보고 싶었지만 수의 조언대로 참아 내기로 했다. 10년을 기다렸는데 조금 더 기다리는 건 문제가 아니었다.

"명연기라? 울며 겨자 먹기네."

도하의 입매가 하늘을 향해 올라갔다.

수는 훌륭한 스파이답게 원의 생활을 수시로 문자로 보고해 왔다.

〈방금 출근했어요. 당분간 원이 집에서 지내기로 했으니까 우리 거래는 문제없을 거예요. 원이에게 일절 연락하지 마세요!〉
〈오늘은 야근한대요. 부편집장을 따라 어딜 간다나 만나나?〉
〈원이에게 연락 안 했죠? 지금 아무렇지도 않은 표정이지만 속은 까맣게 타고 있을 겁니다.〉

원의 속뿐만 아니라 도하의 속도 타들어 가고 있었다.
벌써 2주일이 넘어가고 있었다. 수가 보내오는 문자에는 가끔 원의 사진도 있었는데, 원은 그를 만나기 이전으로 돌아간 듯 보였다. 활짝 웃는 모습이 시리도록 눈에 맺혔다.
수의 말을 믿어도 될까. 의심이 싹텄지만 지금 그가 할 수 있는 건 아무것도 없었다. 무거운 마음을 외면하기 위해 도하는 일에 매진했다.

원은 핸드폰을 만지작거렸다. 'ㅊ'을 검색한 후 나타난 이름을 한참 노려보다가 손톱을 잘근잘근 깨물었다. 도하로부터 연락이 없는지 3주째에 접어들었다. 회사에서는 정상적인 출근을 하는 자신을 보며 차도하의 인터뷰가 곧 성사되리라 여기고 있었다. 그들의 기대가 원의 어깨를 짓눌렀다. 특히 나 편집장의 매서운 눈길은 골수를 쪼개는 듯했다.

차마 입이 떨어지지 않았다. 인터뷰는 고사하고 그날 이후 도하로부터는 어떠한 연락과 인질도 없다는 것이. 밀어낸 사람은 자신인데 일절 반응을 보이지 않는 차도하가 원망스럽기도 했다.

그날은 제정신이 아니어서 도저히 그를 마주할 수 없었다. 하지만 차차 기운을 차리게 되니 두려움과는 또 다른 감정이 심중을 휘저었다. 그의 목소리, 미소, 따뜻한 품, 오랫동안 사랑했다는 말들. 그 달콤한 말들이 눈을 감고 귀를 막아도 보이고 들렸다. 탄식이 새어 나왔다.

보고 싶고, 또 보고 싶었다. 도하에 대한 그리움이 사무치게 가슴에 고였다. 멍이 들 것만 같았다. 시어머니를 마주한 충격도 서서히 수그러들자 그 자리를 대신 차지한 건 그를 향한 사랑이었다.

내가 무슨 짓을 한 거야? 아무렇지도 않은 척 웃으며 일하고 있었지만 부지불식간에 후회가 스며들곤 했다. 더욱이 도하로부터 아무 연락도 없자 화가 났다가 우울해지기도 하고, 연락을 해 볼까? 하는 용기가 반짝 생겼다가 가라앉곤 했다. 도무지 어디를 어떻게 가야 하는지 모르겠다.

종잡을 수 없는 마음을 더욱 사납게 만드는 사람은 수였다. 그날은 도하와 다시 시작하는 게 뭐가 그렇게 어렵냐고 말하던 수였는데, 자신의 무섭다는 말 한마디를 듣자마자 인생 뭐 있냐며, 행복하고 즐거워야지, 사랑한다고 두려움을 가지고 살면 안 된다, 이참에 확실히 정리하라는 둥, 마음을 확확 긁어 대는 말만 골라서 했다.

그런 수 앞에서 도하를 그리워하는 속내를 들킬세라 밝은 척, 씩씩한 척 굴고 있었지만 마음은 이미 까만 재가 되었다.

"백 기자?"

원은 도하의 이름이 가득 써진 노트를 골똘히 노려보며 볼펜으로 동그라미를 쳤다.

"백 기자!"

"네?"

원이 고개를 들어보니 회의실에 있는 사람들의 눈이 일제히 그녀에게로 향하고 있었다.

"차도하 사장의 인터뷰 질문지 작성은 모두 끝났어요?"

나 편집장이 딱딱한 얼굴로 물어왔다.

"아…… 아직."

"아직이면 내가 정리한 질문지 있으니까 그거 가지고 오후에 인터뷰 잘 진행하도록 준비하세요."

나 편집장의 말에 회의실은 술렁거렸다.

"편집장님, 무슨 말씀이신지……?"

얼떨떨한 시선으로 원은 나 편집장을 쳐다보았다.

"차도하 사장 인터뷰 진행하라고요. 박 기자, 백 기자 도울 수 있죠?"

"물론입니다."

석호가 씩씩하게 대답했다.

"오늘 회의는 이것으로 마칠게요. 오늘도 두 발로 열심히 취재해 주세요."

나 편집장이 회의실 밖으로 나가자 원은 재빨리 그녀의 뒤를 따랐다.

"편집장님!"

"왜요?"

"차도하 사장의 인터뷰라뇨? 아직 차도하 씨로부터 인터뷰 승낙을 받지 못했습니다."

원의 말에 나 편집장의 고개가 갸우뚱해졌다.

"그럴 리가요? 나한테 분명…… 정말 백 기자에게 아무 말 없었어요?"

"네."

"내가 편집장이다 보니 체면 세워 준다고 내게만 말한 모양이네요. 하여튼 그동안 수고가 많았어요, 백 기자. 내 친구이긴 하지만 저명한 기업가의 인터뷰를 따게 돼서 무척 기쁘게 생각해요. 게다가 인터뷰 장소가 유광그룹 사장실이라니. 어떤 기업가도 집무실을 공개한 적이 없었어요. 아무래도 백 기자가 남다르긴 남달랐나 봐요. 마무리까지 확실하게 끝내길 바라요."

나 편집장은 원의 어깨를 두드려주고 편집장실로 들어갔다.

도하와의 연락이 끊긴지도 3주나 지났다. 아직 열 번의 밤이 다 지나지도 않았는데 갑자기 인터뷰라니. 그의 마음이 바뀐 이유는 무엇일까. 초조함이 파도처럼 물결쳤다.

인터뷰가 끝나면 더 이상 도하를 만날 일이 없다. 도하도 분명 그 사실을 알고 있었다. 그렇다면 그는 자신을 밀어내고 싶은 건지도 모른다.

사랑하지만 두 사람이 안 된다는 것을 그도 깨달았을까. 그 래서 이번에는 미련을 하나도 남기지 않게끔 하고 싶은지도 모른다. 밀어낸 건 난데 어째서 버림받은 느낌이 드는 걸까.

원은 입술을 깨물었다. 아무리 버티려고 해 봐도 불안한 가 슴은 쉽사리 진정되지 않았다. 눈앞이 막막해졌다.

—차형, 그동안 참 잘했어요.

"백수."

—쉿! 누가 들으면 어쩌려고? 난 백결이라고요. 공식적으로 는.

"재밌어? 내가 네 말을 얌전히 들으니까 눈에 뵈는 게 없나 보지?"

—목소리 한번 살벌하네. 난 차형을 놀려먹은 게 아니라고 요. 채찍을 잘 견뎌 냈으니 이제는 당근을 섭취할 시간입니다.

"당근?"

—원이에게 만나자고 연락해요.

"그래서?"

—뭐가 그래서예요? 아마추어처럼. 결혼도 한 번 해 본 양 반이 그다음을 몰라요? 말했잖아요, 밀당. 여태껏 밀었으니 당겨야 할 타이밍이라고요.

"어떻게?"

—지금 농담하는 거죠?

"진담이야. 여자 잘 몰라. 원이 빼고는."

한참 동안 핸드폰 너머가 잠잠했다. 그러다 웃음을 억누른 수의 목소리가 들렸다.

—장래 처남으로서 마음에 쏙 드는 말이네요.

"어떻게 하면 되는데?"

—원이에게 차형을 보여 줘요. 무작정 찾아가지는 말고. 당긴다고 해서 간, 쓸개 다 빼 줄 태세로 당기는 게 아니라 원이 차형을 놓치지 않을 만큼 매력을 발산하면서, 자존심 있게. 알았죠?

도하는 수의 말이 알쏭달쏭하였다.

원을 그의 영역으로 끌어들일 방법은 하나, 인터뷰. 도하는 원을 기다렸다. 3주 동안 신경이 타들어 가는 고통에 잠도 제대로 청하지 못했다. 눈을 감으면 원을 안았던 그 밤의 감미로움에 취해 일상생활이 마비되었다.

이제 꿈속에서만 만날 수 있던 원을 만나게 된다. 도하는 빨리 그녀가 자신에게로 돌아오기를 바랐다.

집무실 안에서 도하는 원을 기다렸다.

원에게 던지는 마지막 미끼이자 승부수. 그의 입매가 호를 그렸다.

"처음 뵙겠습니다. 프라이버시 박석호 기자입니다."

"차도하입니다."

"인터뷰에 응해 주셔서 정말 감사드립니다."

"백원 씨가 절 잘 설득한 덕분이죠."

"우리 회사는 백 기자가 없으면 잘 안 돌아간다니까요."

석호의 너스레가 도를 넘고 있었다. 원은 도하를 바라보았다. 집무실로 들어오던 순간부터 시선을 붙잡는 남자였다. 매일 상상하던 그를 눈앞에 마주하자 언제 그랬느냐 싶게 심장이 기쁨으로 버둥거렸다.

"앉으시죠."

그제야 도하가 원을 바라보며 착석을 권했다.

"인터뷰를 하시는 동안 전 사진을 몇 컷 찍고 있겠습니다. 자연스러운 사진만큼 좋은 사진도 없으니까요."

"그러시죠."

도하는 푹신한 소파에 앉아 긴 다리를 꼬았다. 우아하고 절제된 행동이었다. 그의 표정은 조금 전 인사치레할 때보다 더 무감했다.

"그럼, 인터뷰 시작하겠습니다."

원은 사무적으로 말했다. 녹음기를 꺼내 탁자 위에 올려놓고 나 편집장이 준비해 준 질문지와 노트를 꺼내 들었다.

"반갑습니다, 차도하 사장님. 저는 프라이버시 백원 기자입니다."

도하는 눈썹을 치켜세웠다. 원은 그에게서 눈을 떼고 질문지에 시선을 주었다.

"저희 회사에서 이번에 기획 중인 특집 기사의 주제는 '여심을 뒤흔든 그들'입니다. 경제 분야의 대표로 인터뷰에 응해 주셔서 감사합니다."

"경제 분야라면 다른 분야도 있다는 말인가요?"

"네. 연예계, 스포츠계, 경제계에서 영향력 있는 저명한 독신남 세 분을 선정했습니다."

"경제 분야에는 저보다 더 유명하신 분들이 많을 텐데요? 제 인터뷰가 과연 쓸모 있을지 모르겠습니다."

"차 사장님은 언론 매체에 노출된 적이 없으시기 때문에 희소가치가 있거든요."

"그런가요?"

앵글을 맞추던 석호가 불쑥 끼어들었다.

"게다가 잘생기시기까지. 아마 이번 인터뷰가 나가면 여심 저격수로 명성을 날리실 겁니다. 물론 저희 프라이버시는 대박이 날 테고요. 하하."

"여심 저격수라. 마음에 드는 표현이네요."

"근데 톱탤런트 채령의 마음까지 저격하셨다는데 사실입니까?"

호의적인 도하의 반응에 석호가 선을 넘었다. 원은 석호를 향해 찌릿, 눈 화살을 발사했다.

"인터뷰어는 나예요, 박 기자."

"네."

원은 녹음기를 세팅하고 버튼을 눌렀다.

"시작할게요. 우리나라 재계 8위 서열인 유광그룹의 차도하 사장님은 그동안 베일에 꼭꼭 싸인 분이었습니다. 유광그룹 또한 투명한 경영으로 칭송받는 그룹이라 대중들도 호의적인 반응을 보이고 있는데요. 그런 그룹의 맨 앞에서 진두지휘하시는 차도하 사장님을 궁금해하는 여성분들이 많을 것 같습니다. 차 사장님은 본인을 단어 몇 자로 간단히 소개하신다면 어떻게 소개하실 건가요?"

"평범한 경영인."

"겸손하시네요. 평범하지는 않아 보이시는데."

"채령을 저격해서요?"

원은 시니컬하게 농담을 거는 도하를 차분하게 쳐다보다 질문지로 눈을 돌리며 대꾸했다.

"사실이 아니라고 알고 있습니다."

"백 기자님이 어떻게 압니까? 남녀 사이는 아무도 모르는데."

원은 도하를 노려보았다. 그는 시종일관 여유로운 태도였다. 마치 모르는 사람처럼 대하는 모습이 얄미웠다. 석호에겐 간간이 미소를 지어 주면서 그녀를 향해서는 꿔다 놓은 보릿자루처럼 취급했다. 언뜻언뜻 보이는 차가운 눈빛에 선득하게 베일 것만 같다.

"곽 전무님 별장에서 제 눈으로 똑똑히 목격했으니까요."

"그렇군요. 우리 그때 만났었죠?"

"네."

"다음 질문은 뭐죠?"

"가족 관계는 어떻게 되세요?"

"할머니, 아버지와 어머니, 그리고 저. 네 명입니다."

인터뷰가 재개되자 석호는 진지하게 카메라 셔터를 눌렀다.

"얼마 전 조사에서 유광그룹의 사회공헌도는 재계 1위로 발표되었는데요. 특별한 철학이라도 있으십니까?"

"공생이 경쟁력이니까요. 우리 그룹만이 돈을 버는 것이 아니라 타인들도 돈을 벌게 해서 모두가 행복한 삶을 만드는 것, 그게 우리 회사의 신조입니다."

"멋지네요. 같이 행복해지는 것만큼 좋은 건 없으니까요."

"고맙습니다."

"차 사장님은 어떤 행복을 꿈꾸세요?"

"평범하게 사는 행복을 꿈꿉니다. 퇴근하면 사랑하는 사람이 집에 있고 아이가 있고 웃음이 있는 그런 행복이요."

도하가 시선을 맞추며 나직하게 말했다. 가슴이 철렁 내려앉았다. 이 타이밍에는 결혼에 대한 질문이 자동적으로 나올 수밖에 없었다. 피하고 싶었지만 질문을 하지 않고 넘어간다면 프로가 아니었다. 무엇보다 석호가 왜 그런 핵심 질문을 피해갔냐며 난리를 떨 것이다.

"결혼 계획이 있으신가요?"

"얼마 전까지는 있었죠."

"……지금은요?"

"사라졌습니다."

다시 한 번 가슴이 철렁거렸다. 사라졌다고 단호하게 말하다니. 마치 모든 갈망을 마음에서 비운 듯했다. 통증이 엄습했다. 도하 앞에 숨을 쉬고 앉아 있다는 사실마저 경이로울 지경이었다. 왜 이렇게 떨리고 무서운 걸까?

"10년 전, 한 번 실패했을 때 결혼은 더 이상 내 인생에 없다고 생각했어요. 그런데 사람 일은 한 치 앞을 모르겠더라고요. 얼마 전까지 결혼하고 싶은 여자가 내 눈앞에 있었는데, 갑자기 연기처럼 사라졌습니다."

"차 사장님, 돌싱이셨어요?"

석호가 갑작스럽게 인터뷰에 끼어들었다.

"네, 돌아온 싱글입니다. 이번 기획 기사의 인터뷰이로 부적합합니까?"

"아, 아닙니다. 외려 상처가 있는 독신남이라서 여심들이 마구 흔들리겠는데요? 근데 그 여성분은 차 사장님처럼 넝쿨째 굴러 들어온 호박을 왜 차셨대요?"

원은 석호를 매섭게 노려보았다.

"내가 묻고 싶은 말이에요. 잠시 나갔다가 행복한 마음으로 집으로 돌아왔더니 그 사람은 말 한 마디 없이 사라지고 없더군요."

도하는 원을 마주 보았다. 그의 눈에 어린 깊은 상처가 아가리를 벌렸다. 조금 전까지 냉기를 폴폴 풍기던 눈은 어디 가고. 원은 미안함에 손이 달달 떨렸다.

"여자분 좀 너무했네요. 사랑하는 사람에게 인사도 없이 가

버리다니. 차 사장님, 나쁜 여자에게 끌리는 타입이십니까?"

석호는 도하의 이야기에 흠뻑 빠져들었다.

"제가 나쁜 남자라서 그런가 봅니다."

"에이, 설마요? 아! 채령을 마다하신 걸 보면 나쁜 남자가 맞는 것……."

"이상형이 어떻게 되세요?"

원은 재빨리 석호의 뒷말을 끊었다.

"키는 160cm 정도였으면 좋겠고, 밝고 씩씩한 성격에 가끔 고집불통에다, 달콤한 것이라면 영혼이라도 팔 기세로 사족을 못 쓰고, 지기 싫어하는 성격이면 더 좋겠어요."

"좀 특이한 취향이시군요. 그런 여자를 저도 한 명 알고 있는데……."

석호가 슬쩍 원을 쳐다보았지만 그녀는 알아차리지 못했다. 도하의 눈이 원을 놓아주지 않았기 때문이다.

"사장님은 이성의 외면보다 내면을 더 보시는 편인 것 같습니다."

석호의 말에 도하가 대답했다.

"아니요. 얼굴도 아주 예쁩니다. 내 눈에는 세상 그 누구보다 예쁘게 보였어요. 눈이 어찌나 크고 맑은지 한 번 쳐다보면 빠져드는 것 같았죠. 내가 누구인지 잊게 만들 만큼."

원은 도하의 은근한 어조에 마음이 아팠다. 내가 무슨 짓을 한 거지? 저런 눈으로 쳐다보는 남자를 내가 찼어. 정말 찬 건가. 머릿속이 뒤죽박죽이었다. 체머리를 흔들었다.

지금은 어떻게든 인터뷰로 돌아와 임무를 완수해야 한다. 무심코 나 편집장이 적어 준 질문을 영혼 없이 읽어 내려갔다.

"하룻밤에 여성분들과 몇 번 정도 하세요?"

"백원!"

석호의 부름에 멍하니 그를 쳐다보았다.

"응?"

"질문이 왜 그래?"

"질문이 왜? 헉!"

원은 깜짝 놀라 허둥지둥 질문지를 구겨 버렸다. 도하가 자세를 바꾸더니 원에게로 몸을 숙였다.

"재미있는 질문이네요. 이런 것도 기사화됩니까?"

"아, 아니요! 이건 제가 선정한 질문이 아니에요. 결코 이런 걸 물어볼 의도가 없었어요. 이 질문은……."

나 편집장이 작성한 질문이라고 말할 틈도 없이 도하가 말을 가로챘다.

"할 만큼 합니다. 남자로서."

도하의 눈빛에 불길이 일었다. 원의 숨이 턱하고 막혔다. 도하의 눈빛은 마치 그건 네가 더 잘 알잖아? 하고 대답하는 것 같았다.

"그, 그러시겠죠. 척 봐도 좋아 보이십니다. 하하."

어색한 기류를 석호가 넉살로 모면했다.

"인터뷰가 나가면 정말 여성들의 관심을 한 몸에 받을 수 있는 건가요?"

"물론이죠. 차 사장님이 주제에 적합한 인물이라고 제가 장담합니다."

도하는 원에게 질문했지만 석호가 대신 대답했다.

"다행이네요. 이제 새 출발을 할 수 있겠군요."

내가 제대로 들은 게 맞나? 원의 눈이 커다랗게 떠졌다.

"잘 생각하셨어요. 그분은 그만 잊으세요, 차 사장님. 싫다고 도망간 여자에게 미련 두는 것만큼 어리석은 행동은 없습니다. 제 살 깎아먹기나 다름없죠."

"네. 잊어야죠. 나에 대한 사랑보다 스스로의 두려움을 더 신뢰한 그 여자를 정말 잊을 겁니다."

잊을 거라는 도하의 말은 강편치였다. 원의 심장은 이미 KO패. 어떻게 내 앞에서 저 말을 아무렇지도 않게 할 수 있지.

"두려움을 더 신뢰했다고요?"

원의 되물음에 도하의 입매가 비틀렸다.

"아닙니까? 아니면 왜 내 곁을 떠났을까요?"

원은 머뭇거렸다.

"분명 그분에게도 말 못 할 사정이 있었을 거예요. 해결되지 않는 뭔가가……."

"그렇다면 그 사람의 사랑은 어린애였던 겁니다. 10년 전의 과오를 되풀이하지 않겠다는 내 말을 믿지 못하고 스스로의 두려움을 더 신뢰했죠. 직면하기 무서워 숨어 버린 그 사람은 내 사랑조차 어린애로 만드는 잘못을 저질렀어요. 결국 알게 된 그 진심 때문에 하루하루가 무력하고 고통스러웠습니다."

원의 얼굴에서 핏기가 사라졌다. 손의 떨림은 가슴으로, 전신으로 전염되었다.

"아니에요. 차 사장님이 오해하신 거예요."

"백 기자가 뭘 안다고 그런 말을 합니까?"

도하의 말에 석호가 불안한 눈으로 원을 쳐다보았다. 석호의 얼굴에는 궁금증이 가득했다.

"아무것도 모르잖아요. 지금 내가 얼마나 아프고 슬프고 불행한지 압니까?"

원의 귓가에 뇌성벽력이 치는 듯했다. 도하의 상처는 그녀의 상처에 비하면 보잘것없다고 생각했다.

"나도 이제 그런 사랑 필요 없습니다. 날 믿지 못하고 도망만 치는 어린 사랑 따윈."

누군가가 절벽에서 밀어 버리는 것 같은 충격적인 말이었다. 원은 경악한 눈으로 도하를 응시했다.

"보란 듯이 잊고 살 겁니다. 서로가 서로의 의지가 되는, 서로 신뢰할 수 있는, 어른의 사랑을 할 거라고요."

도하의 말이 원의 심장을 쭉쭉 쥐어짰다. 그러고 보니 한 번도 생각해 보지 않았다. 차도하가 다른 여자와 새로운 사랑을 할 수 있다는 것을. 이혼 후에는 그의 말대로 상처를 싸안기 급급해 그를 없는 사람 취급했다. 마치 차도하와 결혼을 하지 않았던 것처럼, 그를 사랑하지 않았던 것처럼 굴었다. 그래야만 살 수 있을 것 같았다.

하지만 다시 만나 사랑한 차도하는 지우려야 지울 수 없는 존재였다. 그를 외면한 3주 동안 썩어 문드러지는 속앓이를 했다. 이제 겨우 만났는데 돌아온 말은 청천벽력이었다.

나를 잊고 다른 여자와 행복하겠다니. 다른 여자와 새로운 사랑을 하고, 다른 여자와 결혼해서 아이를 낳고, 다른 여자에게 다정하게 속삭이는 도하를 생각하는 것만으로도 끔찍했다. 배가 뒤틀리고 화가 났다.

차도하는 나 하기는 싫고 남 주기 아까운 그런 사람이 아닐진대, 어째서 저 사람을 놓으려고 했을까. 그의 말대로 나는 그를 사랑하기에 어리고 작았던 것일까.

원은 도하를 응시했다. 그의 깊은 눈동자에 어린 확고함. 어린 사랑이 아닌 어른의 사랑으로 오지 않으면 나를 갖지 못할 것이라는…….

놓치고 싶지 않아. 이 남자를 결코 잃고 싶지 않아!

원은 냉랭한 얼굴로 녹음기를 끄고 노트를 덮었다. 석호는 그런 원을 이상하게 쳐다보았다.

"백 기자?"

"석호야, 자리 좀 비켜 줘."

"어?"

"좀 나가 달라고. 이 남자와 할 말이 있어."

"백 기자, 왜 그래. 인터뷰 안 할 거야?"

"인터뷰 안 해."

"뭐? 미쳤어?"

"그래, 미쳤어. 여기서 인터뷰 접을 거야."

"백원, 왜 그러는데?"

원은 음산한 미소를 머금고 도하를 쳐다보았다.

"다른 여자들이 내 남자를 보고 흑심 품는 일에 일조하는 건 더 이상 용납 못 하겠어."

"그, 그게 무슨 말이야?"

석호는 원의 말에 석상처럼 굳었고 도하는 흥미롭다는 듯 눈썹을 추어올렸다.

"말 그대로야. 그러니까 제발 비켜 줘. 도하 씨와 끝내야 할 일이 있어."

단박에 원과 도하 사이를 간파한 석호는 벙벙한 얼굴로 사무실을 나갔다.

"도하 오빠."

석호가 나가자마자 도하가 나지막하게 정정해 주었다. 그의 표정은 원이 알고 있는 얼굴로 돌아와 있었다. 원만을 담은 눈동자. 원은 한숨을 푹 내쉬고 입꼬리를 올렸다.

"오빠 소리 들을 만큼 예쁜 짓 하지 않았잖아요?"

도하는 원의 당돌함에 천천히 자리에서 일어났다.

"이제부터 예쁜 짓 하면 불러 줄 거야?"

"남의 속 다 긁어놓고 이제 와서?"

도하는 못 들은 척 원에게 다가왔다. 한 발짝만 더 가면 그녀를 안을 수 있었다. 하지만 멈춰 섰다. 원은 그를 올려다보았다. 그 눈에는 물음표가 그려졌다.

"내게 할 말 더 남아 있지 않아? 난 아직 듣지 못했어."

그의 말에 원은 피식 웃었다. 그러나 곧 진지해졌다.

"당신, 다른 여자한테 못 주겠어요. 그냥 내 거 합시다."

도하의 입매가 웃음으로 씰룩씰룩 했다.

"다른 여자랑 만나기만 해 봐요. 끝까지 쫓아가서 지옥을 경험하게 해 줄 테니까."

도하의 얼굴에 환한 웃음이 걸렸다.

"이제는 날 안아 줘야 하는 거 아니에요?"

"내가 경험한 지옥을 탈출할 만큼은 아닌 것 같은데?"

"못됐어. 나도 지옥이었다고요."

"그 지옥은 네가 스스로 찾아간 거고."

원은 진심을 담아 속삭였다.

"사랑해요, 도하 오빠. 도망쳐서 미안해요. 두 번 다시 도망치지 않을게요."

"원아."

도하의 다정한 부름에 원은 가슴이 벅차올랐다. 그가 두 팔을 벌리고 그녀를 기다리고 있었다. 원은 한걸음에 달려가 그의 목을 껴안았다. 도하 또한 으스러져라 그녀를 끌어안았다.

두 개의 심장은 마치 하나였던 것처럼 같은 박동을 만들어 냈다. 도하는 고개를 숙여 원의 입술을 찾았다. 그녀는 입을 벌려 온전히 자신을 내어 주었다. 한참 동안 열렬히 키스하던 도하가 고개를 들었다.

"정말 도망치지 않는 거지?"

"네."

"결혼은?"

"할 거예요. 꼭 하고 말 거예요."

도하는 원을 꼭 껴안고 원의 머리를 쓸어 주었다.

"무섭지 않아?"

"도하 오빠를 잃느니 무서운 게 백배 나아요. 결혼해서 함께 웃고 울면서 어떤 난관도 헤쳐 나갈 거예요. 오빠 말이 다 맞았어요. 그동안 어린애 같이 행동해서 미안해요."

"우리 원이, 멋지다. 날 믿어. 나도 널 믿을게. 무슨 일이 있어도 널 지킬 거야."

원이 그의 품에서 몸을 떼고 도하를 올려다보았다.

"그래도 너무 했어요. 날 잊고 다른 여자랑 사랑하겠다니?"

"그 말을 하지 않았다면 끝까지 자존심을 꺾지 않았을 거잖아. 이곳으로 들어오면서도 쌀쌀맞은 표정 풀지도 않고. 일만 하고 돌아가겠다는 강력한 의지가 두 눈에 새겨져 있던데?"

"아니에요. 그냥 무슨 말을 어떻게 해야 할지 몰라서 그랬던 거예요."

"내가 인터뷰를 한다고 해도 연락하지 않았어. 궁금해서 전화를 해 볼 만도 했을 텐데."

"날마다 연락을 할까 말까 고민했어요. 한데 용기가 생기지 않았어요."

"두려워서?"

"그렇기도 했고. 내가 뭘 원하는지도 모르겠고. 오빠를 사랑하는데 내 안의 무언가가 가로막는다는 느낌에 혼란스러웠어요. 그래서 차일피일 미뤘는데, 도하 오빠가 어린애가 아니라 어른과 사랑하고 싶다고 하니까 겁이 났어요. 진짜 무서운 건 도하 씨 곁에 내가 없는 거구나, 하는……."

"내가 어떻게 널 떠나? 널 잡으려고 무슨 짓까지 했는데."

"무슨 짓을 했는데요?"

도하는 대답 대신 원을 꼭 껴안았다. 원의 주위에 심어놓은 프락치, 윤하에 대해 들으면 기함할 것이다.

"수에게 상을 줘야겠어."

"응? 갑자기 수는 왜?"

"그런 일이 있어."

"말 안 해 줄 거예요?"

"나중에, 애 셋 낳으면 이야기해 줄게."

"세 명씩이나?"

"세 명이 아니면 날아갈 것 같아서."

"그럼 시간이 촉박하잖아요. 세 명 낳으려면 분발해야 하는데. 여기서 할까요?"

"뭐?"

도하의 그윽한 웃음소리는 달콤한 초콜릿이었다. 원은 도하의 아늑한 품에서 그림자가 사라진 행복한 미래를 보았다. 그 행복을 침범하는 공포 따윈 일찌감치 물러나 있었다.

에필로그

　회사 홈페이지의 콘텐츠 항목을 살펴보던 원은 파리처럼 주위를 기웃거리는 석호가 신경 쓰였다. 점심 식사도 거하게 먹였고 원하는 아이스커피까지 사다 바쳤는데 뭐가 못마땅한지 그는 눈썹을 찌푸리며 요리조리 관찰을 해대고 있었다.

　"왜, 또 필요한 거라도 있어?"

　"사모님이 왜 이런 작은 회사에서 일하고 있는지 이해가 안 돼서."

　"자아실현이라고 해 두자."

　"난 그동안 너한테 뭐였니?"

　"그건 또 무슨 헛소리야?"

　"우린 동갑에다 손발이 척척 맞는 파트너였잖아. 물론 내가 1년 늦게 입사하긴 했지만 넌 날 막 신뢰하고 난 널 미치도록 의지하고."

"난 널 막 신뢰한 적 없는데?"

"야, 백원. 장난이라도 그런 말 마! 너와 내가 단짝이라는 건 온 직원들이 다 알아!"

원은 한숨을 내쉬고 모니터에서 눈을 떼 석호를 바라보았다.

"그래서 또 그 얘기야?"

"그래. 어떻게 나한테까지 비밀로 할 수 있어? 적어도 나한테만은 털어놓을 수 있었잖아. 아니다. 그간 배우 백결이 오빠라는 사실도 숨겼는데 뭘. 남편이 있었다는 이야기를 할 만큼 단짝이 아니었단 말이지. 고작 이런 존재밖에 안 되지, 난!"

원은 앞머리가 휘날리도록 입바람을 불었다. 덩치가 산만한 석호가 예민하다는 사실을 이번에 처음 알았다. 원이 도하와 부부 사이였다는 것과 다시 만나게 되었다는 걸 알자마자 그 사실에 놀라워하기보다 그에게 먼저 말하지 않았다는 이유로 며칠 동안 내내 삐쳐 있었다.

게다가 배우 백결이 인터뷰 잘 부탁한다며 인사하러 왔다가 동생도 잘 부탁한다며 두 사람의 관계를 밝히고 회사 직원들에게 커피를 돌렸다. 그 사건 이후로 여직원들은 원을 바라볼 때마다 눈을 반짝거렸고, 석호는 충격에 입을 다물지 못했다.

석호가 게거품을 물 듯 엄청 서운해하자 원은 어쩔 수 없이 쌍둥이 오빠에게 맞아 죽을 각오를 하고 배우 백결의 본명이 백수라고 천기누설까지 했다. 그런데 석호의 섭섭함은 요지부

동이었다.

며칠 동안 원은 석호에게 무조건 미안하다는 말을 입에 달고 살았다. 하지만 듣기 좋은 말도 세 번이면 지치는 법인데, 서운하다는 말을 하루 열두 번, 며칠 동안 들으니 슬슬 짜증이 나기 시작했다.

"어제도 그제도 미안하다고 했잖아. 오늘은 사과의 뜻으로 밥과 커피까지 샀어. 내가 더 이상 뭘 해야 되는 거니?"

"우리의 우정이 이렇게 가벼운지 정말 몰랐다. 배신자."

저 배신자라는 말도 귀에 딱지가 앉을 정도로 들었다. 누가 사나이들의 마음이 태평양 바다보다 넓다고 했던가. 그렇게 말한 사람의 입을 확 찢어 주고 싶다.

"우정이 꼭 무거워야 돼?"

"당연하지. 너와 내가 함께한 세월만 해도 자그마치 5년이야. 배신자."

"내 이름 신자 아니거든? 또 배신자라고 부르면 우리 오빠에게 다 이를 거야!"

"누구? 아, 배우 백결? 하나도 안 무섭다."

"미안하지만 석호야. 백결 말고도 쌍둥이 오빠 둘이나 있고, 최근에 오빠가 한 명 더 생겼다는 거 모르니?"

"……설마 남편?"

"그래. 우리 도하 오빠 알면 넌 지옥행 급행열차 타야 돼! 이거 왜 이러셔?"

"무서운 것. 벌써부터 권력에 기생하는 맛을 알다니."

석호는 눈을 부라리더니 사무실 저편으로 건너가 한 무리의 여자 동료들과 합석해 최근 프라이버시의 핫이슈로 자리 잡은 백원 기자의 러브 스토리에 관한 썰을 풀어 댔다. 마치 한을 풀려는 것처럼.

석호와 유치한 입씨름을 하다 보니 금세 속이 허해졌다. 석호가 우겨서 점심 식사로 스테이크까지 먹었는데, 그의 끈덕짐에 기초대사량이 마구 올라간 모양이다.

유광그룹 차도하 사장과의 러브 스토리로 인해 한동안 회사 내에서 유명세를 치를 것이라 각오했다. 하지만 죽마고우보다 약간 못한 석호와의 사이가 이토록 피곤한 관계가 되리라고는 예상도 하지 못했다.

원과 도하의 사이가 공표되고 기획 특집 기사의 방향도 선회했다. 경제 분야의 인터뷰이를 새롭게 수색해야 할 판이어서 최하나의 기사도 3주나 연기되었다. 하나가 떨떠름해 할 줄 알았는데 되레 그녀는 기뻐했다. 기획 기사의 아이템은 본래 하나의 아이디어라 원의 힘을 빌지 않고 기사를 낼 수 있게 되어 하나의 자존심을 세워 준 듯했다. 내심 원이 기사를 더 잘 뽑으면 어떡하나 걱정한 하나였다.

모든 이들이 원과 도하의 사랑에 놀라워했지만 곧 진심으로 축복해 주었다. 물론 쌍수 들어 열렬히 환영한 사람은 나윤하 편집장이었다. 도하로부터 나 편집장이 프락치라는 것을 들은 원은 왜 나 편집장이 하나의 기획 기사에 자신을 투입했는지 그 이유에 대해서도 알게 되었다.

"그럼 이 모든 게 계산된 거였어요?"

"물론."

"알파고는 내가 아니라 도하 오빠네. 몇 수를 내다본 거예요?"

그들을 흐뭇하게 바라보던 나 편집장은 이제 본연의 임무에 적극적으로 임하겠다고 말해 원은 그것이 뭐냐고 물었다.

"편집장 사퇴하고 류하준 부편집장을 본격적으로 꼬셔 봐야죠. 나름 원이 씨와 페어플레이하려고 그동안 여우 본색을 숨겨 왔거든요."

"페어플레이는 무슨. 그 남자 너 가져. 아직도 못 가진 거야? 왕년의 나윤하답지 않게 왜 이래?"

"너, 내가 알고 있는 차도하 맞니? 원이 씨, 비결이 뭐예요? 하준 씨 꼬실 때 써먹게요."

"천연기념물로 지정하면 돼요."

"천연기념물?"

도하가 어렸을 때의 추억을 윤하에게 설명했다. 유심히 듣던 윤하의 입꼬리가 올라갔다.

"역시 원이 씨는 그때부터 귀여웠어요!"

윤하는 막냇동생 대하듯 원이를 예뻐했다. 비록 시작은 좋지 않았지만 윤하가 정중하게 과거의 일을 사과하자 원도 그녀에 대한 껄끄러움을 털어버리기로 했다. 더욱이 자신에 대한 윤하의 호감이 진심이라는 것을 알고 난 다음에는 훨씬 편하게 그녀를 대할 수 있었다.

"정말 그만두실 거예요?"

원의 물음에 윤하가 고개를 끄떡였다.

"도하 성화 때문에 어쩔 수 없이 프라이버시 편집장을 수락하게 된 거예요. 사실 더 놀고 싶었는데."

"도하 오빠가 성화를 부렸다고요?"

"네. 새벽에 전화해서 빨리 일하라고 어찌나 닦달하든지. 내가 잠 좀 자고 싶어서 일한다고 했잖아요."

"우리 부편집장님과 잘되기길 바랄게요."

"공적인 관계에서 벗어나면 아마 하준 씨도 날 돌아봐 줄 것 같아요. 실은 몇 번 대시를 했는데 칼같이 자르잖아요. 공과 사가 엄격한 사람이라는 것은 알았지만 사내연애는 생각도 안 해 봤다고 해서 빨리 직장을 그만둬야겠다고 결심했어요."

"하준 선배가 사내연애는 싫대요?"

"자기 원칙이 아니라나 뭐라나? 그래서 원이 씨에게 눈길 하나 안 준 것 같아요."

"어쩐지…… 제가 5년 동안 하준 선배 좋아하면서 왠지 고백해서는 안 될 것 같다는 생각이 들긴 했거든요."

원이 납득이 간다는 듯 맞장구를 치자 도하의 눈에서 불이 일었다.

"백원, 넌 왜 이런 표정인데? 설마 고백 못 해서 아쉬워하는 거야?"

"백원이라고 부르지 말라고 했잖아요. 없어 보인다고."

"지금 말 돌리는 거지?"

"아닌데. 나 그런 적 없는데."

"백원!"

질투 섞인 도하의 부름에 윤하가 놀려댔다.

"차도하가 언제 이렇게 질투하는 바보 같은 남자가 됐대? 하여간 사랑은 낭만적이야."

"시끄러!"

도하가 윤하를 꼬나보며 소리치자 원의 입가에 슬며시 미소가 피어났다. 원은 도하에게 몸을 밀착시키며 팔짱을 꼈다.

"바보라도 너무 좋아요. 도하 오빠가 오래오래 나만 사랑하는 바보가 됐으면 좋겠어요."

"원이 씨는 바보 부인이 되는 건데?"

"그래도 이 바보 오빠를 사랑해요."

원의 말에 도하는 갑자기 원을 끌어안고 빙그르르 돌렸다.

"나도 너 사랑해."

도하의 열렬한 고백에 못 볼 꼴을 봤다는 듯 윤하는 혀를 끌끌 찼다.

"선배, 누가 찾아왔어요."

"날? 누가?"

하나의 표정이 조심스러워지더니 곧 허리를 숙여 원에게 귓속말을 했다.

"마음 단단히 먹으세요. 드라마 찍을지도 모르니까. 손님은 휴게실에 계세요."

하나가 일러준 대로 원은 휴게실로 들어가 자신을 찾아온 손님을 찾았다. 손님의 뒷모습에 원의 안색이 저절로 굳어졌다.

"안녕하세요."

"이번엔 날 봐도 도망가지 않는구나."

"지난번엔 죄송했습니다."

꾸벅 허리를 숙여 사죄했다. 그러자 정 여사의 찌푸린 미간도 펴졌다.

"원아."

"네."

"너와 조용히 이야기를 하고 싶은데, 잠깐 나갈 수 있겠니?"

"회사라도 괜찮으시다면……."

"괜찮다."

"이쪽으로 오세요."

원은 비어 있는 회의실로 정 여사를 안내하곤 녹차를 내어 왔다.

"죄송해요. 티백 녹차밖에 없어서."

"차 마시러 온 거 아니다. 너도 앉아."

"네."

잠시 고요가 흘렀다. 정 여사가 녹차를 노려보다가 잔을 들고 한 모금 마셨다.

"맛이 나쁘지는 않네."

정 여사의 입에서 호의적인 반응이 나오자 그때까지 참고 있던 숨이 저도 모르게 쉬어졌다.

"내가 여기까지 온 이유를 짐작하고 있겠지?"

가슴이 덜컥 내려앉는 기분이었다. 밀폐된 회의실에서 한때 시어머니와 마주하고 있고, 그 시어머니는 과거나 현재나 자신을 못마땅해 한다.

설마 도하 오빠와 헤어지라고 봉투를 꺼내실까. 못 헤어지겠다고 말하면 물이라도 뿌리시려는 건가. 원은 뜨거운 녹차를 바라보며 밖으로 나가지 않은 걸 후회했다.

하지만 그런 꼴을 당할지언정 도하와 헤어질 마음 따윈 없었다. 어떠한 고난과 역경도 함께하기로 약속했으니까. 두 번의 배신은 사전에 없다. 원은 떨리는 심장을 주저앉히고 가슴을 폈다.

"네. 짐작하고 있습니다."

"그럼 이거 받거라."

역시 정 여사가 내민 것은 하얀 봉투였다.

"받지 않겠습니다. 어머님."

정 여사가 의아한 얼굴로 쳐다보았다.

"내 뜻을 알고 있다며?"

"알지만 그렇게 해 드릴 수가 없습니다. 전 도하 씨와 평생을 함께할 겁니다."

"평생 그렇게 살겠다고?"

"네."

"그건 안 된다!"

"죄송합니다. 어머님, 허락하지 않으셔도 도하 씨와 살겠습니다."

"아무리 그래도 그렇지, 동거 상태로 계속 살겠다니? 아이가 태어나면 어쩌려고."

"……네?"

원이 눈을 똥그랗게 뜨고 정 여사를 바라보자 그녀의 얼굴에 근심이 가득했다. 정 여사가 원의 손을 잡으며 설득조로 이야기했다.

"원아, 네가 나 때문에 결혼을 망설이는 건 십분 이해해. 하지만 10년이나 지났고 네가 성숙했듯 나도 많이 변했단다. 허튼 말 아니야. 그러니까 이거 받아 줘."

"어머……님?"

"이제 우리 도하와 결혼 좀 해 주면 안 되겠니? 너희 둘이 다시 만난다는 말 듣자마자 네 시조모님이 용한 사람에게 받아 낸 길일이야. 제발 이걸 네 부모님께 전달해 다오. 도하에게 너 한 번 데려오라고 그렇게 말했는데 그 녀석은 차일피일 미루면서 굼벵이처럼 굼뜨기만 하고, 지금 내 속이 말이 아니다. 시커멓게 타서 문드러질 지경이야!"

"헤어지라고 말씀하시러 온 게 아니셨어요?"

"내가? 아니야. 너 말고는 도하의 배필이 없다는데."

"무슨 말씀이신지……?"

"원아, 10년 동안 우리 도하가 여자를 쳐다보지도 않아서 결혼은 고사하고 살아생전 손주라도 안아 볼 수 있을까 걱정이 이만저만이 아니었다. 오죽했으면 도하가 남자를 좋아하는 게 아닌가 의심이 들 정도였어."

원은 정 여사의 말에 어안이 벙벙했다. 남자를 좋아한다고?

"그런데 너와 다시 만나고 있다는 걸 듣고서 내가 얼마나 기뻤는지 아니? 내 아들이 그렇게 염원하던 가정을 꾸리게 됐는데 쌍수 들어 환영하지는 못할망정 반대라니. 말이 아니 될 소리지."

"그럼 절 받아 주시는 거예요?"

"받아 주다니? 네가 날 받아 줘야지. 그때 네게 한 행동들이 어른으로서 부끄러운 행동이었다는 걸 시간이 흐른 뒤에야 알게 됐어. 지난번에 날 보자마자 도망친 널 보고 네 상처가 여전히 아물지 않았다는 걸 알았다. 원아, 정말 미안하다. 어른답지 못한 시어머니는 잊어버리고 새롭게 변모한 시어머니만 기억에 담아 두면 안 되겠니?"

"정말 고맙습니다. 고맙습니다, 어머님!"

"너희들 소식을 듣고 파주 어머님께 알려드렸더니 그제야 말씀해 주시더라. 10년간 도하에게 다른 여자가 생기지 않았던 건 그 애 인생의 여자는 너 하나뿐이었기 때문이라는 거야. 처음에는 무속인 말을 맹신하는 어머님을 꺼렸는데, 지난 시간들을 되돌아보니 나도 믿을 수밖에 없었어. 네가 우리 도하와 있는 걸 보고 운명이 정해 준 배필이란 걸 인정하게 됐단다. 다시 돌아와 줘서 고맙다. 원아."

정 여사의 얼굴에 함박 웃음꽃이 피었다. 원은 그제야 해묵은 원망이 씻겨 내려가는 것 같았다.

"원아, 그리고 요즘 결혼 전 혼수는 흉이 아니래."

"혼수……라고요?"

"아니, 그 혼수 말고. 오해하지 마. 절대 아니니까. 넌 그냥 빈 몸으로 우리 도하에게 오렴. 이번에는 꼭 분가하자. 그래야 우리 손주가 빨리 찾아오지."

"어머님이 말씀하신 혼수가……."

"호호호. 괜찮아. 괜찮다니까."

손사래를 치는 정 여사의 눈에 기대가 반짝였다. 원의 얼굴이 홍시처럼 발그레해졌다. 정 여사는 봉투를 원에게 전해 주며 말했다.

"내 욕심으론 제일 빠른 날이었으면 좋겠구나."

봉투를 열어 세 개의 길일을 확인한 원은 제일 빠른 날짜가 겨우 2주 뒤라는 것을 알고 깜짝 놀랐다.

"너무 빨라요. 어머님!"

"아무것도 준비 안 해도 된다니까. 식장은 얼마든지 잡을 수 있어. 유광그룹이 괜히 유광그룹이겠니? 아니면 전통 혼례를 다시 올려도 되고. 이번에는 네가 하자는 대로 하마."

전통 혼례라는 말을 듣자마자 가슴이 두근거렸다. 10년 전 첫날밤의 예쁜 추억이 떠올랐다.

원은 정 여사를 배웅하고 도하에게 '어머님께서 다녀가셨

어요' 라는 문자를 넣었다. 보내기 버튼을 누르기 무섭게 도하
로부터 전화가 걸려왔다.

　—뭐라고 안 하셨어?

　"뭐라고 하셨어요."

　—뭐라고? 너 찾아가지 말라고 계속 당부드렸었는데.

　"전통 혼례가 좋겠어요."

　—어?

　"두 번째 결혼인데 식장에서 야단스러운 결혼식이 아니라
가족끼리 조용히, 소박하게 치르고 싶어요."

　—나 아직 청혼 안 했는데?

　"걱정하지 말아요. 어머님께서 하고 가셨으니까."

　—뭐?

　"어머님이 택일할만한 길일을 뽑아 오셨어요. 2주 후는 너
무 빠르죠? 아무래도 석 달 뒤가 좋겠어요."

　—아니, 2주 뒤가 좋겠어.

　"그럼 아무 준비도 못 해요."

　—이미 네가 다 준비했잖아. 내 아파트에, 내 카드로, 네가
원하는 걸로!

　"도하 오빠 그렇게 안 봤는데 역시 치밀해요. 이 모든 게 작
전이었어요?"

　—작전 완료. 원아, 하루가 1년 같아. 어서 빨리 진짜 내 신
부가 되어 줘.

　"사랑해요, 도하 오빠."

보이지 않았지만 도하가 빙그레 웃는 것이 느껴졌다. 그의 사랑이 전해졌다.

자동차가 파주 집 대문 앞에 정차했다. 도하가 차에서 내려 조수석의 문을 열자 원이 활짝 웃으며 몸을 내렸다. 반가운 마음으로 나무문 앞에 냉큼 달려가 초인종을 눌렀다. 잠시의 기다림도 못마땅한지 카랑카랑한 목소리로 외쳤다.

"엄마, 아빠. 저 왔어요. 할아버지!"

"어이구, 우리 원이 왔니?"

"네, 할아버지. 저 왔어요."

철컹 대문이 열리고 할아버지가 두 팔을 벌리며 원을 맞았다. 원은 쪼르르 달려가 안겼다. 도하는 자동차에서 내린 두 개의 캐리어를 끌고 마당 넓은 집 안으로 들어왔다.

"여행은 즐거웠어?"

"네!"

"차 서방도 재미있었어?"

"네, 할아버님."

원의 목소리에 방문들이 제각각 열리며 가족들이 우르르 툇마루로 몰려나왔다. 엄마는 버선발로 뛰어나왔다. 원이 엄마를 부르며 팔을 벌렸는데, 엄마는 쌩하니 원을 지나쳤다. 엄마가 반갑게 마주한 사람은 도하였다.

"차 서방, 얼른 들어와. 운전하느라 피곤했지?"

"아니요, 장모님. 멀쩡합니다."

"아유, 무슨 소리야? 운전이 얼마나 힘든데. 수야, 뭐하고 있니? 어서 원이와 차 서방 짐들 방에 갖다 놓지 않고."

트레이닝 복 차림의 대한민국 톱배우 수는 얼굴을 잔뜩 찡그리며 뒤통수를 긁적댔다.

"엄마, 막내아들도 운전해서 조금 전에 도착했다고요."

"조금 전은 무슨? 한잠 늘어지게 잤잖아. 어서!"

"네, 네. 알겠습니다. 백수 아들은 짐이나 날라야죠."

수가 투덜거리며 짐을 옮기려 하자 도하가 만류했다.

"제가 하겠습니다, 형님."

"······형님?"

가족이 된 이후 처음으로 불리는 호칭에 수의 얼굴이 활짝 펴졌다.

"네, 형님."

"그, 그렇지. 내가 형님이고 자네는 매제였지? 이런 것쯤이야 형님인 내가 자네를 위해 얼마든지 해 주지. 편히 쉬게나."

수의 거드름에 쌍둥이 건, 강 오빠가 팔짱을 끼고 꼬나보았다. 건, 강 오빠들도 수와 원처럼 이란성 쌍둥이였다. 다른 듯 닮은 듯 반듯한 생김새와 길쭉한 다리를 자랑하는 원의 두 오빠들은 시골 동네의 자랑거리였다. 여심 저격수인 수보다 동네 아줌마들에게서 딸들의 신랑감으로 순위를 다투고 있었다. 건은 서울중앙지검 특수부 검사, 강은 명성대 신경외과 교수였다.

"저놈이 눈에 뵈는 것이 없나 봐. 아무리 그래도 차 서방이 여섯 살이나 많은데, 말꼬리를 잘라 먹어."

건의 말에 강이 응답했다.

"그러게. 예전에는 안 그러더니 톱스타 됐다고 저러는 거? 그래 봤자 우리 집에서는 흔하디흔한 사내놈에 불과한데. 원이가 금지옥엽이라는 걸 까먹었나 봐."

"네가 가서 현실을 일깨워 줘."

"알았어, 형."

강은 천천히 걸어가 형님 유세를 떠는 백수의 뒤통수를 갈 겼다.

"아, 형! 왜 이래?"

"차 서방에게 개길 군번은 아닐 텐데?"

"왜?"

"차 서방이 너보다 해병대 기수가 더 높다는 사실을 잊은 건 아니겠지? 게다가 네 형들 동창이다."

"그래도 엄연히 족보가 있는데."

"그 족보가 개족보는 아니잖아. 어린놈이 예의 말아먹고 차 서방을 원이 취급하듯 하면 되겠냐? 집안의 수치가 되지 말고 진짜 톱이 되려면 제대로 해, 인마."

강이 한 대 더 치려고 하자 도하가 나섰다.

"괜찮습니다, 형님."

"차 서방, 내가 버르장머리 없는 건 못 봐주는 성미인 거 잘 알잖아. 백수, 뭐하냐?"

"알았어. 알았다고! 매제, 안으로 들어가요. 짐은 내가 옮길게요."

수의 백기에 건과 강은 회심의 미소를 지었다.

원과 도하는 가족들에 둘러싸여 제일 큰 안방으로 들어갔다. 문을 열자 또 한 명의 반가운 얼굴이 보였다.

"할머니!"

"원아!"

도하의 할머니 고유란 여사가 자리에서 일어나 그들을 맞았다.

"차 서방 할머니도 같이 저녁 잡수시라고 모셨다. 집이 바로 코앞인데 우리끼리만 식사를 할 수는 없지."

"괜찮다고 사양해도 원이 할아버지가 막무가내더구나. 어차피 너희들 여기서 하룻밤 자면 내일 우리 집으로 올 텐데."

"하루라도 더 일찍 보고 싶은 마음이야 자네나 나나 다를 바가 없지."

"고맙네, 정이."

고 할머니는 할아버지에게 진심으로 고마워했다.

"내가 이제야 한을 풀게 됐어. 원이가 우리 도하 옆에 서 있는 걸 보니까 죽어도 여한이 없어."

"이 사람아, 죽긴 왜 죽어? 오래오래 살아서 증손자 봐야지. 난 꼭 그럴 테니 자네도 나만 따라오시게."

"아무렴, 그렇고말고."

할아버지가 울먹거리는 고 할머니의 손을 잡고 자리로 인도했다. 은은한 미소를 띤 가족들도 제 자리를 찾아 앉았다.

그득한 상차림에 원과 도하의 입이 떡 벌어졌다. 원의 어머니, 김선영 여사가 아침부터 준비한 저녁 음식은 휘황찬란했다. 상석의 할아버지를 중심으로 고유란 여사, 부모님, 오빠들, 그리고 원과 도하가 빙 둘러앉았다.

"차 서방, 많이 들게."

아버지의 말을 시작으로 식사가 시작되었다. 엄마 밥은 언제 먹어도 맛있었다.

원은 도하가 식사하는 모습을 몰래 지켜보았다. 먹는 모습마저 기품 있었다. 그녀는 젓가락으로 뜬 밥이 떨어지는지도 몰랐다.

이 멋진 남자가 법적으로도 완벽하게 나의 것이로구나.

"침 떨어지겠다. 드럽게."

맞은편에 앉은 수가 얼굴을 찡그리며 작게 속삭였다. 수가 자기에게 가까운 갈비찜에 젓가락을 대려는 순간 원이 재빨리 갈비찜을 도하 앞으로 끌어왔다.

"오빠, 우리 엄마 갈비찜 둘이 먹다가 하나가 죽어도 몰라요."

"백원, 네 오빠는 이쪽인데?"

수가 쪼르르 앉아 있는 삼 형제를 가리키며 말했다. 그러거나 말거나 원은 손수 왕갈비 한쪽을 도하의 밥그릇 위에 올려놓았다.

"내가 먹을게."

"내가 주고 싶어서 그래요, 오빠."

"어른들 계시는데 호적 헷갈리게 자꾸 오빠라 그럴래?"

수가 왈칵 성을 내자 원이 가자미눈으로 쏘아보았다.

"우리 도하 씨에게 자꾸 왜 그래?"

"니네 도하 씨도 손 있거든?"

만만치 않은 수의 공격에 꼬리를 내린 건 원이었다.

"하와이는 어땠어?"

큰 오빠의 질문에 원이 무심코 대답했다.

"좋았어."

"저 봐, 저 봐. 영혼 없이 대답하는 거. 하와이가 눈에 들어왔겠어? 차 서방이 바로 옆에 있는데."

수의 빈정거림에 발끈한 원은 바짝 약이 올랐다.

"네 말이 맞아. 하와이 해변이 눈에 하나도 안 들어오더라. 우리 멋진 도하 씨랑 하루 종일 호텔 방에만 있느라고."

"픕!"

수의 입안에서 밥알이 발사되었다. 원은 수의 놀란 모습에 만족스럽게 미소 지었다.

"도하 씨, 많이 먹어요."

"원아."

"왜요? 또 예쁘다고 하게?"

"어른들 계시는 자리잖아."

"응?"

그제야 원은 눈을 똥그랗게 뜬 할아버지, 고 할머니, 부모님, 큰오빠, 작은 오빠의 면면을 쳐다보았다. 눈을 잔뜩 찡그리며 어색하게 샐샐거렸다.

"그, 그게…… 오해예요. 수가 우리 도하 씨 자꾸 구박하니까……."

얼굴이 벌게진 도하는 괜히 헛기침을 해댔다. 뭐라고 변명할 수가 없었다. 사실이었으니까.

"아버지, 내년 즈음에는 우리 집에서 갓난아기 울음소리가 들리겠습니다."

"애비야, 그럼 너는 할아버지가 되는 거냐?"

"그러네요. 저도 이제 할아버지가 되겠네요. 여보, 당신은 할머니가 되겠어."

아빠의 기쁨에 찬 말에 온 가족의 입가에 웃음꽃이 피었다.

"아버지가 저렇게 기뻐하시다니. 이럴 줄 알았으면 내가 먼저 결혼해서 손자 안겨 드리는 건데. 형들 잘못이 더 커! 다들 뭐했어? 형들이 제때 결혼했으면 나도 초등학교 다니는 조카가 있겠다. 원이는 두 번이나 결혼했는데 우리 삼 형제는 왜 한 번을 못해?"

수는 결국 강이 오빠로부터 매를 벌었다.

촛불이 은은하게 향취를 더했다. 엄마가 깔아 준 이부자리는 정다웠다. 예전에 원이 쓰던 방을 엄마는 정성을 들여 신혼부부가 머물기 좋은 방으로 꾸며 놓았다.

원은 이제나저제나 도하가 돌아오길 기다리는데 시간은 자꾸 달팽이처럼 흘러만 간다. 탁상 위의 시계를 보니 5분만 더 지나면 자정이었다. 오빠들의 술자리에 불려간 도하는 아직까지 돌아오지 않았다. 원은 자리에서 벌떡 일어났다.

옛날 족두리 쓰고 연지곤지 찍은 첫날밤에도 오빠들은 도하를 곤죽으로 만들었다. 유전적으로 술을 못하는 백 씨네 남자들은 그 한을 도하에게 풀었다. 자신들은 잔만 받고 입에 대지도 않으면서 주량이 센 도하에게 술을 주르르 부어 주었다.

공정한 게임이 아니다. 적군이 세 명이나 있는 데서 도하가 버티긴 힘들 터. 분연히 일어나 휘적휘적 걸어 큰오빠들의 방으로 건너갔다. 여닫이문을 열려고 하는 순간 드르륵 문이 열렸다. 도하였다.

"오빠!"

"원아!"

얼굴이 불콰한 도하가 만면에 미소를 지었다.

"나 마중 왔어?"

"네. 오빠들 틈에서 우리 도하 씨 구해 주러."

"기분 좋은데? 히어로 아내가 있어서."

"오빠들은요?"

"보다시피."

원은 도하의 손짓으로 방을 쳐다보았다. 술상 앞에 옹기종기 모여 앉아 술잔을 나누었을 오빠들이 기절한 채 대자로 뻗어 있었다.

"어떻게 된 거예요?"

"내가 한 번 당하지, 두 번 당할 것 같아?"

도하가 눈을 찡긋거렸다.

"우리 오빠들 만만찮을 텐데."

"수의 경쟁심을 살짝 건드렸더니 음주를 하더라고. 건과 강도 질 수 없다고 마구 마셔대고."

"일망타진이네요."

"가자, 원아."

"네. 오빠."

방으로 돌아가려던 도하는 하늘의 둥근 달을 올려다보았다.

"우리 좀 걸을까?"

"좋아요."

도하가 원의 어깨에 팔을 두르자 그녀는 그의 허리를 꽉 잡았다. 두 사람은 몰래 집을 나서 동네의 오솔길을 걸었다.

"그때도 저렇게 달이 둥글었어. 네가 있는 방으로 가면서 내가 얼마나 떨었는지 모르지?"

"언제?"

"10년 전, 우리 첫날밤."

"그랬어요?"

"응. 무척 떨렸어. 넌 아직 소녀인데, 내가 짐승처럼 굴까 봐."

"지금도 짐승인데 그때는 더 했을 거야. 그땐 혈기왕성한 20대였잖아요."

"내가 어떤 짐승인데?"

도하의 은근한 어조에 원의 뺨이 붉어졌다.

"뜨겁고 야한 짐승인데, 그 짐승을 내가 사랑해요."

"하하하!"

도하의 웃음소리가 가슴을 간질인다.

"근데 방으로 걸어갈 때마다 달이 이리 이울고, 저리 이우는 거야. 그래서 다행이라고 생각했어. 술이 거나하게 취해 있으면 내가 널 어쩌지 못할 테니까."

"내가 얼마나 가슴을 콩닥거리며 기다린 줄 알아요? 난 그때 할 줄 알았어요. 로맨스 소설의 여주인공처럼 진하게. 근데 족두리도 안 벗겨 주고 한복도 그대로 두고 오빠는 방 안으로 들어오자마자 고꾸라져서 잠들었잖아요. 내 야무진 꿈은 공중분해 되었고."

"실은 그때 잠든 거 아니었어."

"그럼?"

"잠든 척한 거지. 내가 짐승이 안 되려면 그 수밖에 없었어."

"어쩐지, 내가 막 흔들었는데 미동도 없이 자더라."

"내가 그날 밤 하얗게 지새웠는지는 모르지?"

"그랬어요?"

"근데 넌 내 속이 시커멓게 타는 줄도 모르고 쿨쿨 잘만 자더라?"

"당연하죠. 내가 얼마나 힘든 자세로 꼿꼿하게 앉아 있었는데. 피곤해 죽는 줄 알았어요."

"오늘은 안 피곤해? 우리 시차 적응도 못 했잖아."

"하나도 안 피곤해. 도하 오빠 옆에 있으면 하나도."

원의 말에 도하는 싱긋 웃었다. 다정하게 걷던 두 사람은 어느덧 다시 집을 향해 걷기 시작했다.

"도하 오빠, 우리 아이는 언제쯤 가질까요? 세 명 낳으려면 열심히 노력해야 돼요."

"당분간 우리 둘만 있고 싶어."

"아까 할아버지, 할머니 표정 봤어요? 기대를 잔뜩 하는 눈치시던데."

"우리에겐 제대로 된 신혼이 없었잖아."

"그래도 난 오빠 닮은 아이들 빨리 만나고 싶긴 해."

"정말?"

"응. 난 오빠 말대로 딱 셋이면 좋겠어요. 오빠는요?"

"난 무조건 네 의견에 따를게."

"그럼 우리 노력하는 거예요."

"응. 그 대신 딱 3개월만 우리끼리 있자."

"알았어요."

집의 대문이 보였다. 도하가 손으로 자신의 얼굴을 두드렸다.

"아, 이제 좀 깬 것 같아."

"오빠도 많이 마셨구나."

"응. 무슨 일이 있더라도 잠을 깨야지."

"왜요? 피곤하면 그냥 자요."

"그냥 자기 싫으니까."

"응?"

"오늘 밤에 짐승이 되려면 술의 힘 따윈 물리쳐야 된다고."

"네?"

도하가 야릇한 미소를 머금으며 원을 마주 세웠다.

"원아, 너와 매일 밤 자고 매일 밤 사랑하고 매일 밤 행복했으면 좋겠어. 넌?"

"오빠 마음이 바로 내 마음."

"사랑해."

"나도 사랑해요, 도하 오빠."

깊은 어둠을 물러가게 만든 둥근 달 아래에서 도하는 원을 꼭 끌어안고 오래오래 입을 맞추었다. 그의 사랑이 원에게 간절히 전달되길 바라면서. 원 또한 그의 사랑에 화답하느라 오물오물 입술을 움직였다.

가벼운 뽀뽀에서 시작한 입맞춤은 깊고 깊은 사랑이 되었다.

운명은 바로 그들의 편이었다.

—fin